FOLIO SCIENCE-FICTION

John Gregory Betancourt

La naissance d'Ambre

D'après l'œuvre de Roger Zelazny

Prélude aux
Neuf Princes d'Ambre, III

Traduit de l'américain
par Brigitte Mariot

Gallimard

Titre original :

ROGER ZELAZNY'S TO RULE IN AMBER

Né en 1963 dans le Missouri, John Gregory Betancourt a passé une grande partie de sa jeunesse en Europe avant d'entamer aux États-Unis une double carrière d'écrivain et d'éditeur spécialisé dans les littératures de l'imaginaire. Auteur de plus de trente livres de *fantasy* et de science-fiction, dont quelques best-sellers situés dans l'univers de *Star Trek*, il a travaillé pour *Amazing Stories* et œuvré pour le renouveau de la mythique revue d'horreur *Weird Tales*.

Celui-ci est tout particulièrement pour

KIM

REMERCIEMENTS

L'auteur remercie Byron Preiss qui a rendu ce projet possible ; son éditeur, Howard Zimmerman, qui a fait un travail extraordinaire, malgré un emploi du temps parfois éreintant ; ainsi que Theresa Thomas, Warren Lapine, Lee F. Szczepanik Jr. pour leurs commentaires, leurs critiques et leurs conseils sur les avant-projets.

1

La grisaille m'entourait. Grise, la couleur de l'aube naissante. Des heures, des jours, des années et des siècles de gris. Un gris inconsistant, dévorant et enveloppant tout, qui aspirait force physique et appétence de vie. Un gris si envahissant qu'il était impossible, malgré des efforts désespérés, d'en mesurer l'ampleur.

Je tombais à travers ce gris, en songeant à Aber, mon irresponsable de frère, qui m'avait laissé choir. Puis je pensais à Dworkin, mon irresponsable de père, qui m'avait demandé de protéger ses arrières, tandis qu'il détruisait l'univers.

Pendant un moment, je voulus les tuer tous les deux. Ce désir perdura en moi. Puis, je souhaitai les frapper. Cette envie dura encore plus longtemps.

Je finis par ne plus m'en soucier.

Je tombais toujours.

D'innombrables siècles s'écoulèrent. Mon esprit vagabondait ; je fis des rêves désagréables. De temps à autre, la voix de mon père s'adressait à moi.

« Sois patient, me dit-il soudain. La fin est venue, le commencement est là, devant.

— Qu'y trouverai-je ? m'enquis-je avec méfiance.

— Rien, répondit-il. Tu n'as été qu'un outil, rien de plus, qu'on a utilisé, puis abandonné.

— Non ! »

Je pivotai brusquement pour l'empoigner, mais mes bras étreignirent le vide. Il n'était pas là, en réalité. Je l'avais imaginé.

Rêves, cauchemars, hallucinations, divagations. Appelez ça comme vous voulez. Tout n'était qu'une seule et même chose.

Et je continuai à plonger dans cette insondable mer de gris.

Une éternité passa. Puis, une autre.

Ma chute prit fin sans que je ressentisse la moindre sensation de mouvement. Étais-je vraiment tombé ? Aber le saurait, me fit remarquer une partie lointaine de mon être. Aber connaissait toutes les ficelles de la magie.

Je fronçai les sourcils et m'efforçai de me rappeler quelque chose d'important. Quelque chose au sujet de quelqu'un à éliminer...

Je ne parvins pas à faire resurgir ce souvenir. Ma tête me faisait souffrir. Comme s'ils n'avaient pas été sollicités depuis très longtemps, mes muscles se mirent à se plaindre et mes os à craquer.

Je fis un écart et manquai tomber. Je retrouvai subitement mon sens de l'orientation et distinguai parfaitement le haut du bas, la gauche de la droite, l'avant de l'arrière. L'épaisse et impénétrable grisaille m'entourait toujours, mais quelque chose avait manifestement changé. De façon radicale.

« Aber ! » criai-je. L'air parut avaler mes paroles.

« Aber ! Où es-tu ? »

Pas de réponse.

Toutefois, je savais que mon frère n'avait rien fait pour me secourir. Il avait dû partir... mais où ? Je fronçai les sourcils. Il était sûrement retourné aux Cours du Chaos. Alors, qui allait bien pouvoir m'aider ?

Un visage, un nom sur le bout de ma langue...

« Dworkin ? » murmurai-je. Cela me paraissait logique. « Père ? »

Les souvenirs se mirent à affluer. Notre fuite de Juniper jusqu'aux étranges Cours du Chaos... un certain Lord Zon, qui tentait d'éradiquer ma famille... mon demi-frère Aber, qui peignait des cartes magiques, appelées atouts, que l'on pouvait utiliser pour voyager à travers des mondes... ma demi-sœur Freda, qui lisait l'avenir... et, plus spécialement, notre père, ce nain que j'avais appelé oncle Dworkin pendant toute mon enfance. Il s'était avéré qu'il m'avait menti pour me protéger. En fait, il *était* mon père et détenait des pouvoirs magiques que je commençais tout juste à comprendre. Un jour prochain, moi aussi, je maîtriserais cette magie. Je le savais.

Dworkin avait créé son propre univers, cet espace gigantesque et tentaculaire de mondes d'Ombre. Ce faisant, il avait affaibli les pouvoirs des sorciers qui résidaient aux Cours du Chaos.

Aussi un individu du Chaos — probablement Lord Zon — avait-il envoyé des créatures de l'enfer pour éliminer toute notre famille et détruire les Ombres, ainsi que le Schéma magique qui les engendrait.

Le simple fait d'y penser me donnait mal à la tête.

Fuyant les Cours du Chaos, Dworkin, Aber et moi nous étions rendus dans un endroit secret abritant le Schéma, au centre du nouvel univers. Malheureusement, quand il l'avait créé, Dworkin ne maîtrisait pas complètement le Schéma ; son essence même contenait une imperfection. Pour y remédier, il avait détruit l'ancien Schéma, puis l'avait de nouveau dessiné entièrement avec son propre sang. Une fois sa tâche accomplie, il s'était effondré ; moi, j'étais tombé dans le vide.

Cela avait-il fonctionné ? Existait-il désormais un nouveau Schéma conforme ? Je l'ignorais. Comment faire pour le savoir ?

Les choses importantes d'abord ! Il me fallait un plan. Je dressai une liste dans ma tête :

1. Sortir du brouillard.
2. Retrouver le reste de ma famille.
3. Empêcher quiconque de nous tuer.

Au cas où il resterait du temps, j'ajoutai :

4. Réduire mon père à l'état de chair sanguinolente pour nous avoir mis dans un tel pétrin.

Autour de moi, l'air se mit à frémir, devenant tour à tour plus clair, plus foncé, plus clair, plus foncé. Je tendis les mains et scrutai la grisaille pour tenter d'apercevoir mes doigts. Rien. M'imaginais-je des choses ?

La lumière vacilla de nouveau, imperceptiblement. Impossible de savoir si j'avais rêvé, cependant j'avais l'impression que c'était *différent*.

Je réprimai un sentiment d'excitation ; aucune raison de se montrer trop optimiste. J'avais trop souvent été déçu. Pourtant, une petite partie de moi-même s'interrogeait — l'aube pourrait-elle enfin approcher ? S'était-il produit autre chose ?

Tout serait préférable à ce brouillard gris.

Je rapprochai petit à petit mes mains de mon visage. Des ombres floues se dessinèrent. Je remuai les doigts ; les ombres s'agitèrent. Le gris avait vraiment commencé à se dissiper. Même si ma vision était limitée, je pouvais de nouveau voir. Rien n'est plus inutile qu'un épéiste aveugle.

Je m'accroupis et attendis avec impatience. La grisaille se dispersait peu à peu, comme une brume matinale que l'apparition du soleil désagrège. Beaucoup plus tard, je parvins à distinguer mes mains avec clarté. Un battement de cœur plus tard, je voyais mes bottes. Un autre battement, et je vis à trois mètres à la ronde, puis à six, à quinze...

Je me redressai, regardai autour de moi, mais n'aperçus que des roches, du sable et le ciel. Aucun arbre, aucun buisson, aucune touffe d'herbe n'interrompait ce désert. Ici, pas même le lichen ne poussait.

Le brouillard gris continuait à s'éloigner de moi rapidement, dans toutes les directions, en une marée descendante qui dévoilait des collines, des vallées et de lointaines montagnes, tout aussi désolées que le paysage qui m'entourait. Je n'avais encore jamais vu d'endroit aussi aride et inanimé.

Le bâton que j'avais tenu tout au long de ma chute se trouvait à quelques pas, à moitié dissimulé par des cailloux. Je m'en approchai, nonchalant, le ramassai et m'appuyai dessus avec lourdeur ; je me sentais âgé, las. Il ne me manquait plus qu'une longue barbe blanche pour être un parfait vieillard.

Les derniers vestiges de gris disparurent, sans révéler un monde prometteur pour autant. Les montagnes lointaines ne présentaient ni arbre, ni buisson, ni même un brin d'herbe — pas la moindre chose vivante de quelque taille, forme ou espèce que ce fût. Nul oiseau ne gazouillait ni ne voletait ; nul insecte ne stridulait. Pas même un souffle de vent pour soulever la poussière du sol.

Je ne m'étais jamais senti aussi seul. Où me trouvais-je ? Où ma chute m'avait-elle entraîné ?

Le ciel vira au bleu, à l'azur le plus pur et le plus profond que j'eusse jamais vu, exempt de la moindre volute de nuage. Ébahi, je levai les yeux vers cette immensité.

Je finis par m'obliger à regarder le sol, soupirai et me résignai à me mettre au travail. Ma première tâche consistait à sauver ma peau. Il me fallait sortir de cette Ombre — si c'en était vraiment une. Et puis, je commençais à ressentir les premiers tiraillements de la faim.

Je dressai un rapide inventaire. Épée, couteau, bottes, jeu complet d'atouts — tout était à sa place.

Mes membres et mes doigts aussi. Pas la moindre égratignure. Mes facultés mentales semblaient plus aiguisées que jamais.

Si les atouts fonctionnaient encore, je pourrais les utiliser et appeler n'importe lequel de mes demi-frères ou demi-sœurs pour me tirer d'affaire. Ou je pourrais me servir d'une carte représentant un endroit, comme l'Au-delà ou les Cours du Chaos, et m'y rendre directement. Le seul problème pour moi était de savoir si ces lieux étaient sûrs. Trop de gens essayaient de me tuer pour prendre le risque de foncer tête baissée vers une destination inconnue. Du moins, pas avant d'avoir pris les précautions adéquates — une armée, par exemple.

Je retirai le paquet d'atouts de la pochette de mon ceinturon et les feuilletai jusqu'à l'image d'Aber. De toute ma fratrie, il était mon préféré ; lui seul semblait posséder le sens de l'humour, lui seul m'avait réellement accepté et mis à l'aise dans ma nouvelle famille. J'hésitai. Devais-je le contacter pour lui demander de me secourir ?

Non... pas lui, pas encore. Je l'aimais beaucoup, mais ne lui faisais pas vraiment confiance. Il avait ses propres problèmes et son propre programme. Même si c'était sous la contrainte, il nous avait trahis au profit d'Uthor, le roi du Chaos. Je pouvais le lui pardonner... mais il lui faudrait reconquérir ma confiance.

Rangeant sa carte à la fin du paquet, où je pourrais la retrouver aisément, je continuai à faire défiler les atouts. Mon frère défunt, Locke... il ne pourrait plus m'être d'aucune aide désormais. Mon frère Conner... ma sœur Blaise...

Je finis par tomber sur celui de mon père. La carte montrait un nain, un sourire niais aux lèvres, affublé d'un costume de bouffon ridicule, avec des clochettes cousues au bout de ses chaussons pointus violets. Aber l'avait peint ainsi volontairement. Il ne ratait pas une occasion de caricaturer toute personne qui l'avait offensé, notre père en particulier.

J'élevai l'atout de Père et me concentrai pour l'imaginer devant moi. Son image cependant refusa de s'animer. Malgré ma concentration extrême, je ne ressentais pas la moindre réaction de sa part. Était-il mort ? Inconscient ? Ou m'ignorait-il, tout simplement ? Ces différents cas de figure me semblaient tous possibles et, à ce moment précis, je n'avais aucun moyen de découvrir la vérité.

Cela pouvait aussi signifier que mes atouts ne fonctionnaient plus. Après tout, Père avait détruit le Schéma sur lequel ils reposaient. Non, il me fallait présumer qu'ils étaient opérationnels. Père pouvait très bien désirer ne pas répondre ou être dans l'impossibilité de le faire. Je devais essayer avec une autre carte.

Qui restait-il ? Uniquement mes autres frères et sœurs, et je ne les connaissais pas suffisamment pour savoir si je pouvais me fier à eux ou pas. N'importe lequel d'entre eux pouvait servir Lord Zon. À Juniper, quelqu'un avait délibérément introduit un assassin dans le château pour me tuer.

Le complot avait échoué, mais j'ignorais toujours l'identité du traître.

Après avoir écarté l'atout de mon père que je glissai avec celui d'Aber, je sélectionnai celui de ma sœur Freda. Je lui accordais plus de confiance qu'au reste de la famille. Elle était peut-être mystique, lisait dans l'avenir, mais elle avait toujours été honnête à propos de ses intrigues : elle briguait la responsabilité de la famille.

Telle qu'Aber l'avait peinte, Freda était somptueuse et désirable, avec ses cheveux roux relevés qui mettaient en valeur ses pommettes hautes et son teint pâle. Sa robe du soir d'un rouge pourpre chatoyant faisait ressortir ses yeux sombres. Elle arborait l'expression ravie d'un chat qui tient un oiseau dans sa gueule, ce qui m'intriguait quelque peu.

Alors que je penchai mon regard vers elle, les étoiles se mirent à scintiller dans le fond de la carte et je perçus un semblant d'animation. Bon — les atouts fonctionnaient toujours. Puis son image s'agita, mais de façon étrange, avec des mouvements désordonnés. Je ne parvenais pas à distinguer son visage clairement. Comme si on avait tendu un voile entre nous.

« *Qui... là ?* » demanda-t-elle. Ses mots me parvenaient par bribes. « *Je... vois...*

— C'est moi... Oberon.

— *Qui ?* s'écria-t-elle. ... *encore !* »

Avant que je pusse répondre, le sol s'agita. Un tremblement de terre ? Je m'appuyai sur mon bâton pour tenter de garder l'équilibre. Les vibrations s'amplifièrent. Sous mes pieds, des cailloux se mirent à sautiller. Des rochers glissèrent ; une secousse violente faillit me projeter au sol.

Freda disait : « *... pondez... ! Qui est... ?*

— Pas maintenant », lui dis-je. Posant ma main sur sa carte, je rompis le contact brutalement ; quand le tremblement de terre aurait cessé, je ferais une nouvelle tentative. Pour éviter de perdre mon paquet d'atouts, je le rangeai dans son étui.

Un grondement lointain, à l'extrême limite de ma perception, se fit entendre ; il ne tarda pas à gagner en puissance. Pas celui du tonnerre — il me rappelait plutôt une cavalcade. Mais il n'y avait pas de chevaux ici... à moins que ?...

Je me retournai lentement à la recherche de la source du bruit. Là — en provenance de la vallée, dans un nuage de poussière —, il s'agissait vraiment de chevaux !

Non, pas de chevaux... de licornes. Des douzaines de licornes, une centaine ou plus, galopaient vers moi à une allure folle. Leur pelage blanc argenté luisant de sueur scintillait dans la lumière du soleil. Sur leur front, leur corne montait et descendait au rythme de leurs foulées. La célérité de leur course estompait les contours de leurs sabots. Je n'avais jamais rien vu d'aussi magnifique. Que pouvaient-elles bien faire ici ?

Elles franchissaient les distances à la manière d'un incendie de forêt, laissant derrière elles des flots de couleurs — verts et bruns, roses et jaunes — qui, telle une marée, inondaient montagnes et vallées. Un océan d'herbe surgit de terre.

Des arbres jaillirent du sol — les jeunes plants se transformèrent presque aussitôt en chênes gigantesques, en érables, en pins et en de nombreuses autres essences. Des buissons de belle taille alourdis de baies mûres... des prairies... des forêts... le vert des arbres et de l'herbe... le rose, le jaune et le violet des fleurs... le rouge et or des fruits mûrissants...

La horde s'approchait. La force trépidante des bêtes au galop faisait rebondir tout élément instable aux alentours, comme s'il s'agissait de vulgaires jouets d'enfants. Je chancelai ; toutefois, grâce au bâton, je parvins à rester debout.

Les licornes continuaient leur progression — leurs sabots frappaient le sol comme des marteaux sur des enclumes ; le vacarme s'amplifiait en un grondement assourdissant. Lorsqu'elles furent à cent mètres de moi, je distinguai l'éclat sauvage et cruel de leurs yeux. Elles galopaient avec une désinvolture folle, indomptable et féroce que rien ne pourrait arrêter.

Pris d'une panique soudaine, je cherchai en vain un abri autour de moi. Si cette horde me renversait, je ne survivrais pas au piétinement des sabots. Où pouvais-je aller ? Que pouvais-je faire ? Jc fis défiler mentalement les possibilités.

Cinquante mètres...

Je pouvais contacter quelqu'un pour venir à mon secours, mais je n'avais pas le temps de sortir un atout.

Trente mètres...

Prenant une profonde inspiration, je levai mon

bâton et fis face aux licornes. Je n'avais aucune chance de les distancer. Et si je les traitais comme une véritable horde de chevaux ?

Je poussai un cri de guerre — bien qu'il leur eût été impossible de m'entendre à cause du fracas de leur course —, fis tournoyer mon bâton et me campai fermement sur mes pieds. Si je parvenais à effrayer les meneurs pour les écarter suffisamment...

Dix mètres... cinq...

Cela ne marcherait pas. J'en pris brusquement conscience. Leurs naseaux se dilatèrent. Leurs mâchoires claquèrent. Leurs yeux se mirent à rouler en tous sens. Elles couraient sans rime ni raison ; une incroyable folie semblait s'être emparée d'elles.

J'affermis ma position. Mon cœur battait à tout rompre dans ma poitrine, mais j'ancrai mes pieds dans le sol sans lâcher prise.

Trois mètres... un...

Au dernier moment, les deux premières licornes bifurquèrent. L'une d'elles s'engagea sur ma gauche, la deuxième sur ma droite ; les autres leur emboîtèrent le pas. Telle une rivière contournant un îlot, elles s'écartèrent suffisamment pour m'éviter.

Le pilonnement précipité de leur passage me rendit sourd. La chaleur dégagée par leurs corps me balaya à la manière d'un vent brûlant. Le nuage de poussière soulevé par leurs sabots m'emplit les yeux et la bouche. Des gouttes de sueur écumante m'éclaboussèrent le visage et les bras.

Toussant, suffoquant, à demi aveugle, je demeurai aussi immobile que possible. Elles allaient me dépasser sans heurt. Je survivrais en me tenant tranquille.

Elles disparurent. Le silence se fit soudain accablant.

Mais, alors que je m'apprêtais à me détendre, le sol se mit à grouiller et à bouillonner sous mes pieds. Quoi encore ? Déséquilibré, je titubai. Quelques instants plus tard, d'épaisses touffes d'herbe jaillirent sous mes bottes, poussant avec rapidité jusqu'à la hauteur de mes hanches. Je m'accrochai à mon bâton et tentai désespérément de rester sur pied.

Au moment où celui-ci toucha le sol, il m'échappa des mains et prit racine. Des branches pointèrent sur toute sa longueur, certaines m'embrochèrent presque. Un visage hideux et torturé apparut au beau milieu du tronc. Deux globes oculaires clignèrent, puis s'ouvrirent... découvrant des yeux bleus familiers... des yeux que j'avais fixés avec admiration et respect des milliers de fois auparavant.

Là, cependant, ils me foudroyaient. J'avais rarement vu autant de haine et de dégoût. Ils voulaient ma mort.

« Non !... » murmurai-je. Mon cœur parut rater quelques battements. Malgré tous mes efforts, je ne réussissais pas à détourner mon regard. « Non !... »

Ces yeux — ce visage — appartenaient à Elnar, le roi d'Ilerium. Le roi Elnar avait péri parce que, malgré mon serment de servir mon souverain et mon pays ma vie durant, je l'avais abandonné. Il était mort — tué par des créatures de l'enfer — depuis une éternité, me semblait-il.

La bouche de bois s'ouvrit. Un gémissement de douleur s'en échappa.

« S'il vous plaît, implorai-je. Pas ça ! Pas une deuxième fois ! »

Je déglutis avec difficulté. La boule dans ma gorge me parut aussi grosse que mon poing. Je ne pouvais croire à ce qui m'arrivait.

Elnar avait presque été un père pour moi. Je l'avais vénéré... J'avais fait tout mon possible pour lui ressembler. De tout ce que j'avais vécu — de toutes les horreurs que j'avais vues depuis mon départ d'Ilerium —, sa mort était ce qui m'avait le plus profondément touché.

Après l'avoir assassiné, les créatures de l'enfer avaient fiché sa tête sur un poteau, dans les environs de Kingstown. Quand j'y étais retourné, la tête du roi s'était adressée à moi. Fait extraordinaire, la magie l'avait gardée vivante. Elle m'avait injurié et hurlé aux créatures de l'enfer de venir me tuer.

Ces instants avaient été les pires de ma vie.

Bien sûr, je savais au plus profond de moi que le roi Elnar ne me parlait pas — pas réellement —, mais ses paroles me blessaient plus que d'autres n'auraient pu le faire. Je *savais* que j'avais trahi sa confiance. Je *savais* que je l'avais abandonné au moment où il avait besoin d'aide. Il était mort par ma faute. D'une façon horrible.

Non. Je m'obligeai à réfléchir. Pas par ma faute.

Mais à cause de l'ignoble magie des Cours du Chaos.

Je pris une profonde inspiration pour dominer ma surprise et ma répulsion. Les créatures de l'enfer avaient créé une parodie macabre de ce qu'avait été jadis le roi Elnar. La tête sur le poteau n'avait été ni mon suzerain ni mon ami. Pas plus que le visage dans cet arbre n'était celui du roi Elnar. C'était une abomination, créée par la magie — une abomination qui méritait haine et destruction...

Et pourtant... c'était son visage...

Tandis que je le regardais, les yeux bleus familiers se posèrent sur moi. La bouche de bois s'ouvrit et se tordit en un rictus cruel.

« Toi ! » geignit-elle enfin, avec la voix du roi Elnar. « Je te connais ! C'est à cause de toi que je suis là ! Assassin ! *Traître !* »

2

J'inspirai profondément, puis exhalai bruyamment.

« Vous vous trompez ! » lançai-je. La tête tranchée, fichée sur le poteau en Ilerium, avait prononcé presque les mêmes mots. « Rappelez-vous ce qui s'est réellement produit. Regardez au fond de vous-même. Vous y verrez la vérité.

— *Traître* ! » cria-t-elle. Ses lèvres se retroussèrent en une grimace peinée. « *Assassin ! Boucher !* »

Je me détournai. Mes yeux me brûlaient. Ma tête bourdonnait. Je ne pouvais croire en mon infortune. Pourquoi les licornes m'avaient-elles infligé cela ? Essayaient-elles de me punir pour une raison quelconque ?

Non, pas les licornes... Aber, c'était lui le responsable. Je le compris brusquement. J'étais retourné à Juniper avec le poteau sur lequel avait été empalée la tête du roi Elnar. Aber l'avait rangé. Plus tard, près du Schéma, quand je lui avais réclamé un bâton, il en avait fait apparaître un pour moi... et la malchance avait voulu qu'il me rendît celui qui avait supporté la tête du roi Elnar.

Les licornes, avec leur faculté à donner la vie, avaient d'une manière ou d'une autre ranimé le bâton et le roi Elnar, mais en les unissant l'un à l'autre. Cela se tenait. Comme je l'avais découvert à Kingstown, en réduisant sa tête en un amas de chair sanguinolente, des siècles auparavant, celle-ci avait fini par *pousser* sur le piquet.

« Tu mérites la mort ! hurla le visage dans l'arbre. Non... pour toi, la mort serait trop douce ! La *torture* ! Mille ans de torture ! »

Je fermai les paupières et tournai la tête. Pendant combien de temps pourrais-je encore supporter cela ? Le roi Elnar continua de m'insulter. Que pouvais-je faire pour l'arrêter ? Comment pouvais-je me racheter à ses yeux ?

« Assez ! » lançai-je. Prenant une profonde inspiration, je pivotai brusquement. Mon esprit s'échauffait ; je ne pouvais endurer ses insultes plus longtemps.

« Oh, le lâche a parlé ! ironisa-t-il. Assez ! Ai-je pleuré quand j'ai été tué ?

— Je suis sérieux ! » Je tirai mon épée et fis un pas en avant en levant ma lame d'un air menaçant. Serait-ce mou comme de la chair humaine ou dur comme du bois ? « Taisez-vous, sinon...

— Sinon quoi ? Qu'as-tu l'intention de faire... me tuer de nouveau ? » Il éclata de rire. « Tu as toujours été un idiot. Un idiot et un traître ! Voilà comment tu respectes ton serment d'allégeance ! Me tueras-tu de ta propre main, cette fois ? Ou laisseras-tu aux créatures de l'enfer le soin de s'en charger ? »

J'inspirai avec rage et brandis mon épée.

« *Assassin !* hurla-t-il. *Assassin !*

— Je ne le répéterai pas », prononçai-je d'une voix calme et inquiétante. En mémoire du roi Elnar, je devais tenter une dernière fois de faire la paix avec cette partie vivante de son être qui se trouvait là, devant moi. « Croyez-moi, je n'aurais rien pu faire de plus pour vous aider. Si j'étais resté en Ilerium, nous serions morts tous les deux, aujourd'hui. Voilà la vérité.

— Tu *devrais* être mort ! cria-t-il. Des milliers d'individus ont péri par ta faute ! *Assassin ! Traître !*

— *Assez !* » La rage me submergea.

Sans une seconde d'hésitation, je frappai le visage de la pointe de mon épée. L'acier mordit son nez avec un bruit sourd de métal entaillant du bois. La lame ne s'enfonça pas profondément, mais cela parut lui faire mal.

« *Assassin !* » brailla-t-il d'une voix rendue aiguë par la panique. Ses yeux se croisèrent de façon comique quand il essaya de loucher pour voir la blessure. « *À l'aide ! Au secours ! Sauvez-moi de cet assassin !* »

Je libérai ma lame d'une secousse, laissant une longue coupure dans le bois de son nez, d'où une sève noire visqueuse commença à suinter lentement. À l'instar du sang, dont elle avait la consistance, elle se mit à perler peu à peu.

L'arbre poursuivit ses injures.

« J'ai dit *assez* ! » Ma voix s'éleva en un hurlement. Si j'étais incapable de le battre ou de le raisonner, je pouvais toujours vociférer. « Taisez-vous ou je vous tranche la langue !

— Tu n'oserais pas ! s'écria-t-il. Briseur de serments ! Régicide ! *Assassin !* »

Et ainsi de suite.

Je m'obligeai à inhaler profondément pour me calmer. Visiblement, les créatures de l'enfer avaient dépouillé le roi Elnar de tout esprit rationnel, laissant derrière elles quelque chose qui ne pouvait qu'imiter le langage humain. Il ne restait rien de mon vieil ami.

Tout cela était absurde. Je ne permettrais pas aux créatures de l'enfer de me faire perdre mon temps et mon énergie. Je n'allais pas me battre contre un arbre.

L'aspect macabre de la situation me fit secouer la tête ; je me détournai. Essayer de faire entendre raison à cette monstruosité serait une perte de temps et d'énergie. Peut-être était-ce ce que désiraient les créatures de l'enfer. Peut-être était-elle censée m'occuper jusqu'à ce qu'elles pussent me capturer ou me tuer. Malheureusement pour elles, elles n'étaient pas assez proches. Elles ne retrouveraient jamais le roi Elnar... elles ne l'utiliseraient jamais plus contre moi.

Cette *chose* n'était décidément pas mon souverain. Je n'avais pas à la traiter avec déférence, ni avec respect. Pas plus qu'à me battre contre elle. Après tout, que pourrais-je bien accomplir en frappant un arbre avec mon épée ? En cas de duel, je pourrais peut-être annoncer « première entaille », au lieu de « premier sang versé ». Même si personne n'appellerait *duel* un coup d'épée donné à un arbre désarmé...

La réponse m'apparut alors.

Je n'avais rien à faire du tout. Si je voulais sortir vainqueur de cet affrontement, il me suffisait de m'éloigner. Si je l'abandonnais là, à hurler ses insultes et à me maudire, il n'aurait plus aucun pouvoir sur moi.

Je lui tournai donc le dos pour me diriger vers la vallée. Pourquoi pas ? J'avais le choix entre tant de mondes que je n'avais aucune raison de revenir par ici. Il pouvait hurler, maudire mon nom. Peu m'importait !

« Reviens ! brailla-t-il. Lâche ! Espèce de poule mouillée ! *Traître !* »

Je m'immobilisai. Malgré la justesse de mon raisonnement, je compris que je ne pouvais pas simplement m'en aller. Cela m'*importait.*

Peut-être était-ce dû à mon serment au roi Elnar. Peut-être étais-je redevable de quelque chose à son souvenir. Ou peut-être les créatures de l'enfer avaient-elles ensorcelé sa tête pour l'obliger à me retenir en se disputant avec moi, même si je jugeais cela absurde. Quelle qu'en fût la raison, j'*avais besoin* de faire la paix avec cet arbre.

Mais de quelle façon ? Les menaces avaient été inutiles. La raison également. Que me restait-il ?

« *Assassin !* criait-il toujours. *Assassin !* Que

quelqu'un me vienne en aide ! Vengez ma mort ! *Aux armes ! Aux armes !* Il s'échappe ! »

Que restait-il ? Peut-être... la réalité ?

Avec un soupir, j'inspirai profondément et fis de nouveau face à l'arbre. Qu'avais-je à perdre ? Après tout, cela ne pourrait être pire. Le roi Elnar était déjà mort. Les créatures de l'enfer lui avaient déjà coupé et ensorcelé la tête. Peut-être que s'il comprenait vraiment ce qui lui était arrivé...

Je m'accrochai à cette idée : *lui faire comprendre.* Si je parvenais à lui montrer à quel point sa situation était désespérée... ou le faire taire pendant une minute pour la lui expliquer... cela suffirait peut-être.

« Laissez-m..., commençai-je.

— *Assassin !*

— Laiss...

— *Bourreau !*

— ... moi vous...

— *Traître !*

— ... expliquer !

— *Briseur de serments !* »

Je m'interrompis. Les insultes n'avaient cessé de pleuvoir.

Un humain qui parlerait, crierait et hurlerait sans interruption perdrait rapidement sa voix. Qu'en était-il d'un arbre ? Je n'en avais aucune idée. Mais j'avais bien l'intention de le découvrir.

« *Régicide !*

— Oui, oui. Racontez-moi. »

Il s'exécuta, me traitant de tous les noms possibles et imaginables — dont certains que je n'aurais jamais pu concevoir. Pendant cette litanie, je restai debout là, à hocher la tête, souriant de temps en temps, l'encourageant aux moments opportuns. Peut-être lui fallait-il tout simplement du temps pour s'enrouer.

Eh bien, qu'il en soit ainsi ! Ses mots ne pouvaient me blesser.

Quand il finit par se répéter, je décidai de m'accorder du repos. Je m'assis sous ses branches déployées, étendis mes jambes et bâillai à m'en décrocher la mâchoire. Après quelques essais, je trouvai une position confortable contre le tronc, m'y adossai et fermai les yeux.

Les invectives cessèrent brusquement. J'ouvris un œil.

« Continuez, suggérai-je. Ne vous interrompez pas.

— Que fais-tu ? s'insurgea-t-il.

— Je me repose.

— Pas question ! Assassin ! *Que quelqu'un vienne à mon aide !*

— Allez-y, lançai-je d'un ton sarcastique. J'adore le son de votre voix. »

Cela le rendit enragé. Il se remit à crier, à hurler, à me menacer et à m'injurier.

Malgré le chapelet incessant de ses insultes, ce repos me faisait le plus grand bien. Je pourrais même m'endormir...

Je refermai les yeux et fis semblant de ronfler.

Au bout de dix minutes, jurons et insultes s'interrompirent. L'arbre se mit à marmonner les plus terribles imprécations, promettant de m'étriper, de me décapiter, de me faire frire dans de l'huile... parfois, les trois à la fois.

Léger progrès, mais progrès tout de même. Je continuai à ronfler.

Les grommellements se poursuivirent pendant une dizaine de minutes environ. Puis ce fut le silence. L'avais-je dompté ? Son accès de rage était-il passé ? Allait-il me parler avec civilité désormais ?

J'ouvris un œil avec précaution et épiai le visage du roi Elnar. Il baissa son regard vers moi, en fronçant les sourcils d'un air sévère.

« Ne vous arrêtez pas ! gloussai-je. Votre voix mélodieuse apaise mon sommeil.

— Que fais-tu ? demanda-t-il.

— Je me repose.

— Pourquoi ?

— Une envie subite.

— *Traître !*

— Criez autant que vous le voulez, fis-je en croisant les bras derrière ma tête et en fermant les yeux. Cela ne me dérange aucunement.

— Pourquoi donc ?

— Nous sommes loin d'Ilerium. Je n'ai pas à m'inquiéter de ce que des créatures de l'enfer me découvrent ici et me tuent.

— Pourquoi donc ?

— Parce qu'il n'y a que vous et moi, mon vieil ami. Personne ne peut vous entendre, alors ne vous gênez pas ! Criez tout votre soûl. Jurez. Insultez-moi. Cela ne me dérange pas. Personne ne peut vous entendre. Après tout, nous sommes seuls dans ce monde.

— Je ne te crois pas.

— Je m'en moque. » Je fermai les yeux. Cette fois, je *faillis* m'endormir.

Quand il reprit la parole, la méfiance durcissait sa voix. « Qu'entends-tu par *seuls* ?

— Nous ne sommes plus en Ilerium, mon vieil ami. Nous sommes dans un nouveau monde... un monde désert. Il n'y a personne. Aucune créature de l'enfer. Il n'y a que vous et moi. Et vous êtes un arbre.

— Tu n'es qu'un menteur ! »

J'éclatai de rire. « J'aimerais disposer d'un miroir. Vous n'êtes même pas un arbre... vous êtes un visage coincé *dans* un arbre. Comme c'est drôle ! Le roi des arbustes, voilà comment je vais vous appeler !

— *Menteur !*

— Arbrisseau ! »

Comme il ne ripostait pas, je jetai un œil interrogateur vers le tronc tordu et noueux. Mes mots l'avaient-ils enfin touché ?

« Vous n'êtes même pas un bel arbre », repris-je. Pourquoi ne pas ajouter l'offense à la blessure ? « Vous avez de la chance que je ne possède pas de hache. Je pense que vous feriez du petit bois parfait.

— *Menteur ! Menteur !*

— Vous ne me croyez pas ? » Je tendis un bras vers le haut, saisis une branche basse et arrachai une poignée de feuilles en un tournemain.

« Ouille ! cria-t-il.

— Regardez ! Vous êtes vraiment un arbre, que vous l'admettiez ou non !

— Ça fait mal !

— Qu'est-ce qui fait mal ?

— Mes... mes feuilles !? » Une expression horrifiée se peignit sur son visage quand il se rendit compte de ses propos.

Des feuilles. *Ses* feuilles.

J'eus un sourire amer.

« C'est cela, Votre Grandeur. Comme je vous l'ai dit, vous êtes un arbre, à présent, avec des racines, un tronc, des branches et un assez grand nombre de *feuilles*. Tout ce que je vous ai dit est la vérité. »

J'attrapai avec nonchalance une petite branche au-dessus de ma tête et la brisai net. J'eus dro[illegible] un hurlement, en retour.

« Vous voyez ?

— *Arrête !* »

J'avais peut-être trouvé une tactique pour nég[illegible]cier avec lui.

J'annonçai : « Vous allez devoir rester poli, ô roi des arbustes. Afin d'être un bon exemple pour votre peuple. » Je penchai la tête d'un côté. « Les mûriers là-bas vous regardent.

— Ne te moque pas de moi, traître !

— Pourquoi pas ? C'est drôle.

— *Malheur !* cria la voix du roi Elnar. Je suis perdu ! Je suis un arbre et je suis perdu !

— Du calme, dis-je en saisissant une autre

branche, ou je vais devoir procéder à un sérieux élagage... »

Le visage referma la bouche d'un claquement sec. Le silence sembla inattendu — presque surnaturel. S'il lui restait assez de bon sens pour se protéger, de quoi d'autre pourrait-il être capable ? Peut-être subsistait-il davantage du roi Elnar que je n'avais osé l'espérer.

Je baissai lentement mon bras.

« Si vous vous montrez raisonnable, nous pourrions trouver une solution ensemble.

— Tu essaies de me posséder !

— Pourquoi agirais-je ainsi ?

— Je... je ne sais pas. Mais tu en serais bien capable ! C'est ce que font les traîtres et les assassins !

— En voilà une idée. Peut-être ne vais-je pas vous posséder. Je n'ai aucune raison de le faire. Et [illegible] un traître ni un assassin. Ne m'appelez [illegible]n.

[illegible]is...

— Mais rien ! Tout ce que je vous ai dit n'était que la vérité. Vous êtes vraiment un visage coincé dans un arbre. Ce sont les créatures de l'enfer qui vous ont tué, pas moi. Elles vous ont soufflé ces mots et vous ont obligé à les prononcer. L'homme que j'ai connu, l'homme que vous avez été, n'aurait jamais cru à leurs mensonges. Nous les avons combattues ensemble, côte à côte. »

Nous nous dévisageâmes. Je ne savais plus quoi ajouter ; apparemment, lui non plus. Nous nous retrouvions dans une impasse. Au moins avait-il cessé de hurler et de m'insulter.

Un oiseau passa soudain, avec force pépiements. Je me redressai, ébahi. Un oiseau — le premier animal que je voyais dans ce monde ! Les licornes ne s'étaient pas contentées de laisser verdure et arbres magiques dans leur sillage. Je regardai l'oiseau se poser à une dizaine de mètres de nous. Il s'empara d'un brin d'herbe, puis s'envola vers un arbre tout proche où il paraissait construire un nid. Si ce monde possédait des animaux, que pourrait-il y avoir d'autre ? Peut-être... des gens ?

Je me levai et pivotai lentement sur moi-même à la recherche de signes quelconques de civilisation — habitations, fumée s'élevant de foyers, n'importe quoi signalant une présence humaine. Mon regard s'attarda longtemps dans la direction que les licornes avaient prise.

Une adorable rivière, bordée de papyrus et de solides roseaux, murmurait joyeusement à travers la petite vallée pittoresque. Des libellules irisées survolaient l'eau en bourdonnant. Une grenouille sautilla sur la berge et plongea, en un plouf sonore, dans une mare bleu-vert.

« Que regardes-tu ? s'enquit l'arbre.

— Chut ! » Je levai une main pour lui intimer le silence. On aurait dit que quelque chose avait changé.

Un mouvement furtif attira mon attention. À petits pas gracieux, une licorne blanche sortit d'un boqueteau situé au-delà de la rivière, s'approcha de la mare, pencha la tête et s'y désaltéra longuement. Quelque chose pendait à son cou... quelque chose qui ressemblait à un rubis géant accroché au bout d'une chaîne.

J'en restai bouche bée. Il ne pouvait s'agir que du joyau que mon père m'avait montré à Juniper... celui qu'il avait utilisé pour dessiner le nouveau Schéma. Cette licorne devait être celle qui nous avait aidés, mon père et moi.

Quand elle releva la tête et me vit la regarder, elle frappa le sol de sa patte antérieure droite et lança sa tête en avant. Je fis un pas vers elle. Elle se détourna alors et se glissa entre les arbres. Là, elle s'arrêta, le temps de regarder par-dessus son épaule.

Suis-moi, semblait-elle dire. *Suis-moi vers ton destin.*

3

« Très bien, lançai-je. J'ai compris. J'arrive ! »
J'allais la suivre.

« Ne me quitte pas ! s'écria l'arbre.

— Comment ? l'interrogeai-je, en regardant derrière moi d'un air surpris. Je croyais que vous aviez hâte de vous débarrasser de moi !

— ... S'il te plaît ! »

J'hésitai. Le roi Elnar était peut-être mort, mais mon sens du devoir perdurait. Presque à regret, je me tournai vers l'arbre. Cette licorne pouvait bien attendre une minute de plus !

« Que me voulez-vous ?

— Je... je crois que je te connais.

— Il vaudrait mieux... après tout ce dont vous m'avez accusé ! » Pris d'un horrible doute, je m'interrompis — et s'il ne me reconnaissait vraiment pas ? Je demandai donc : « Quel est mon nom ?

— Je crois que c'est... Ar... Orl... Erlock ?

— Vous m'appeliez Obère, précisai-je, avec douceur. Mais mon véritable nom est Oberon.

— Obère... Oberon... oui. Oui, cela me semble correct. Je te *connais.* Obère. Oberon.

— Que s'est-il passé à Kingstown ? Vous en souvenez-vous ?

— Je... je n'y arrive pas. Tu as dit que je suis arbre. Mais je pense que j'ai été homme. Ai-je été un homme ?

— Oui, jadis. » S'il ne parvenait même pas à se souvenir de détails aussi simples, les créatures de l'enfer avaient décidément bien fait leur travail. Ce qu'il avait dit et fait depuis sa mort n'était dû qu'à leur épouvantable magie. Il commençait tout juste à s'en remettre.

Je repris : « Vous souvenez-vous de quoi que ce soit sur moi ? Vous rappelez-vous avoir combattu les créatures de l'enfer en Ilerium ? Vous rappelez-vous autre chose de votre vie passée ? »

Il fit grincer ses dents de bois, mais resta muet. De toute évidence, il avait perdu la mémoire. Vu la façon dont j'avais écrasé la tête du roi Elnar lors de notre précédente rencontre, les absences de l'arbre n'auraient pas dû me surprendre. Avec sa cervelle éparpillée aux quatre coins d'un champ de bataille sur une autre Ombre, comment aurait-il pu se remémorer quoi que ce fût ?

« Connaissez-vous votre nom ? » demandai-je. Si je faisais pression sur lui pour obtenir ces informations, peut-être retrouverait-il des bribes de souvenirs.

« Ev... Agg... Ygg... ?

— Vous ne vous le rappelez pas », conclus-je tristement. J'avais espéré un court instant que l'essence même du roi Elnar eût survécu davantage. « Avez-vous des souvenirs de votre vie d'homme ? Vous rappelez-vous votre royaume ?

— Il fait si noir... murmura-t-il. Les ténèbres emplissent mon esprit... il ne reste rien...

— *Réfléchissez !* » hurlai-je.

Il eut un sanglot. « Je ne peux pas ! Mes souvenirs ont disparu ! Tout ce qui s'est passé avant mon réveil ici a disparu de ma mémoire ! »

Je jetai un coup d'œil vers la licorne. Elle piaffa d'impatience et se faufila entre les arbres. Il était temps de partir. Elle était déterminée ; j'allais devoir la suivre.

Je lâchai en toute hâte : « Je dois me sauver. Si vous m'aviez parlé au lieu de m'insulter ! Je vous promets de revenir dès que je le pourrai.

— Très bien, Oberon.

— Merci, mon vieil ami. »

Après un bref salut, je pris une profonde inspiration et me tournai vers la rivière. La licorne s'ébroua et s'enfonça sous les arbres, tache gris foncé sur fond noir s'éloignant petit à petit sous un dais de feuilles. Quand son regard croisa le mien, l'éclat rougeâtre de ses yeux me rappela ceux d'un chat. Je savais que cette attente l'avait contrariée, mais après tout, elle et ses sœurs avaient bien ramené le roi Elnar... qu'y pouvais-je ?

Je la suivis d'un bon pas, traversai la rivière en pataugeant et pénétrai dans la fraîche forêt aux senteurs humides. Là, aucun chant d'oiseau, aucune stridulation d'insecte, ni bourdonnement ni battement d'ailes. Les feuilles, les champignons, éclairés par les rais de lumière qui perçaient la cime des arbres, revêtaient des arêtes acérées, comme si leurs lignes avaient été soigneusement ciselées à l'aide d'un outil aussi fin qu'une aiguille. Nous coupions à travers des Ombres, enchaînions les mondes les uns après les autres. L'air vibrait d'une puissance omniprésente.

Quand j'atteignis l'endroit où elle s'était tenue, un léger éclat blanc, devant moi, sur la gauche, m'entraîna encore plus loin sous les arbres. Des pistes à peine visibles s'enroulaient autour des vieux chênes et des pins, contournaient des rochers et se tordaient en escaladant des collines peu élevées.

Nous progressions toujours. Pendant la demi-heure qui suivit, elle me conduisit à travers la forêt, puis sur des pentes herbeuses où d'anciens boulders arrondissaient leur dos. Après avoir franchi des vallées luxuriantes mais désertes, où le vent chantait une note lugubre, nous entrâmes de nouveau dans un vaste sous-bois primitif ; là, calme et paix régnaient sur toute chose. Je ne savais pas vraiment si nous voyagions à travers des Ombres.

Enfin, nous nous frayâmes un chemin dans une haie touffue et arrivâmes à une vaste clairière. Au centre, sur une pierre gigantesque d'au moins cinquante mètres de large, luisait le Schéma tracé par mon père avec son propre sang. Il brillait d'une magnifique lumière claire et froide d'un blanc bleuté... bien plus belle que celle de l'ancien Schéma ; cette fois, il était absolument parfait.

Je m'en approchai lentement. Des ondes d'énergie s'échappaient de ses lignes pures et s'insinuaient en moi en bourdonnant. C'était agréable. Étrange, incomparable à toute autre sensation, mais agréable.

Debout au bord de la pierre, les yeux fermés, je me laissai aller, m'imprégnant simplement de la proximité du Schéma. La chaleur qu'il dégageait était si intense, et tellement plus vivante que tout ce que j'avais pu sentir jusqu'alors, que j'aurais pu rester là des jours durant, si un glapissement ou un ébrouement ne m'avait tiré de mon demi-sommeil.

La licorne. Elle désirait quelque chose. Presque à regret, je m'obligeai à ouvrir les yeux.

Je laissai mon regard errer sur toute la longueur du Schéma pour la chercher ; je remarquai alors une protubérance bizarre, située exactement en son centre. D'un point de vue esthétique, c'était incongru. Étonné, je fixai cette saillie et me rendis compte petit à petit qu'il s'agissait d'un corps humain. Chemise et pantalon foncés, cheveux grisonnants... mon père ?

La panique me submergea. Plus je le regardais, plus j'en étais convaincu. Il ne pouvait s'agir que de lui.

« Père ? appelai-je, en avançant d'un pas. Est-ce que ça va ? Tu m'entends ? *Père ?* »

Il ne bougea pas même un petit doigt. Comment était-il arrivé là ? Après qu'il eut créé le Schéma, je l'avais vu disparaître, transporté vers une destination inconnue. Pourquoi était-il revenu ? Avait-il laissé quelque chose d'inachevé ? Aurait-il fait demi-tour pour terminer son œuvre et avait-il été attaqué ? Ou avait-il été blessé ailleurs et s'était-il réfugié ici ?

Peut-être ne s'agissait-il pas de lui.

La gorge serrée, je m'arrêtai net. Vu la puissance dont nos ennemis semblaient disposer, ce pouvait être un piège.

Je jetai un coup d'œil vers l'endroit où j'avais aperçu la licorne pour la dernière fois, mais celle-ci avait de nouveau disparu — elle m'observait sans doute à couvert. Elle devait pourtant avoir une bonne raison pour m'avoir conduit jusqu'ici. Pourquoi l'aurait-elle fait, sinon pour sauver mon père ?

Je ne pensais pas qu'elle m'eût entraîné dans un piège. Je fis néanmoins le tour du Schéma avec méfiance, fixant le corps immobile. Ma boucle achevée, je n'avais toujours pas trouvé de réponse. Rien d'inattendu ne s'était produit. Aucune créature de l'enfer n'avait surgi des environs, épée au poing. Aucune pluie de flèches ne s'était abattue sur moi. Aucun sorcier n'avait projeté de flammes ni d'éclairs dans ma direction.

Mon instinct me soufflait qu'il ne s'agissait pas d'un piège. Si on avait voulu me tuer, l'occasion s'était déjà présentée et on ne l'avait pas saisie.

Père se trouvait toujours au milieu du Schéma, parfaitement immobile.

J'inspirai profondément. Il n'y avait rien à faire sinon l'examiner.

Après un dernier regard circulaire, je marchai à grands pas vers le corps. Toutefois, en atteignant le bord du Schéma, je me heurtai à un mur. Malgré tous mes efforts, impossible d'aller plus loin. Pour autant que je pusse en juger, ce mur était privé de toute forme matérielle ; j'avais beau pousser de toutes mes forces, impossible de le traverser.

Je le contournai par la droite et tentai à plusieurs reprises de rejoindre mon père ; la barrière restait impénétrable. Je ne pouvais traverser le Schéma.

Je reculai pour réfléchir. Père — ou la licorne — devait avoir placé cette barrière pour protéger le Schéma. Cela paraissait logique. Si le roi Uthor, Lord Zon ou quiconque venant des Cours du Chaos découvrait le moyen d'arriver jusqu'au Schéma, il fallait préserver son intégrité.

Cette constatation n'aidait mon père en rien, ni moi non plus, d'ailleurs. Si je ne pouvais l'approcher, comment pourrais-je l'aider ? Peut-être était-il déjà mort.

Je fronçai les sourcils. Réfléchis, réfléchis, réfléchis !

Père disait toujours que chaque problème avait sa solution — il fallait simplement la trouver. Je considérai les choses d'un autre point de vue. Si je ne pouvais l'atteindre... lui pouvait peut-être venir à moi.

« Père ! » appelai-je de nouveau, aussi fort que possible. « Écoute-moi attentivement ! C'est Oberon ! M'entends-tu ? Peux-tu te lever ? Fais-moi un signe ! *Père !* »

Pas de réponse. Pas même un battement de paupières.

Peut-être se trouvait-il là depuis des jours ou des semaines. Le temps s'écoulait de façon étrange d'une Ombre à l'autre. Moi-même, pendant combien de temps étais-je resté prisonnier du brouillard gris ? Je n'avais aucun moyen de le savoir.

Tant que je n'aurais eu la preuve du contraire, je devais croire qu'il n'était pas mort, mais simplement inconscient. La création du Schéma avait peut-être agi sur lui — épuisé, il s'était évanoui. Peut-être la licorne l'avait-elle amené ici pour le mettre en sûreté. Je ne devais exclure aucune hypothèse.

Je marchai autour du Schéma afin de découvrir un passage. Si j'avais eu un atout représentant son centre, j'aurais pu l'utiliser pour m'y rendre. Je pouvais toujours essayer d'en esquisser un... mais avec quoi ? Je n'avais ni plume ni encre. Je pourrais utiliser mon sang, songeai-je — mais je n'avais aucune feuille de papier ni de vélin.

« Père ! criai-je. Réveille-toi ! *Père !* »

Toujours pas de réponse. Je cherchai autour de moi la licorne. Pas moyen de mettre la main sur une créature divine quand on en avait besoin !... Elle semblait m'avoir abandonné ici.

Je me rappelai alors la façon dont j'avais, jadis, voyagé à travers une image du Schéma, à l'intérieur du rubis de la licorne. Cela s'était avéré difficile, mais pas impossible. Si cette version fonctionnait à l'identique, je pourrais peut-être me frayer un chemin jusqu'à mon père.

Je me dirigeai vers ce qui me paraissait être l'entrée la plus probable : l'endroit où il avait commencé à le dessiner avec son sang. Là, je tendis la main et ressentis une étrange sensation de picotements au bout de mes doigts, mais... aucune barrière ne bloquait le passage. Apparemment, je pouvais pénétrer dans le Schéma en suivant sa longue ligne de volutes comme un chemin.

Seuls les lâches hésitent, me dis-je pour me donner du courage. Inspirant profondément, je fis un pas en avant. Désormais, plus question de reculer.

Dès que mon pied effleura le Schéma, ma vision périphérique vacilla légèrement. La sensation de picotements s'étendit à tout mon corps ; je frissonnai malgré moi.

Une douleur aiguë me transperça le crâne à ma deuxième enjambée. Tel un roulement de tambour, une pulsation sourde s'empara de ma nuque ; au même instant, un étrange mal de tête se propagea jusque dans mes yeux.

Tu peux le faire.

J'avalai une grande goulée d'air.

Continue d'avancer.

Une fois de plus, le Schéma semblait irradier des ondes d'énergie. Pris d'un étrange vertige, je faillis glousser. D'une certaine manière — que je n'expliquais pas —, c'était agréable. Une force s'insinua en moi. J'avançai d'un pas... puis de deux.

Tout devint soudain plus difficile. Tête baissée, je me concentrai pour déplacer un pied après l'autre. À chaque pas, une décharge insolite et légèrement désagréable se propageait jusque dans mes cuisses.

Ne t'arrête pas.

Un pied après l'autre.

Avance.

Mon regard suivait la courbe du chemin qui décrivait une série de longues circonvolutions gracieuses. Je connaissais chaque tournant et chaque méandre aussi bien que les cicatrices qui zébraient le dos de mes mains. Le Schéma, imprimé à jamais dans mon esprit, était une partie de moi. J'aurais pu, les yeux bandés, suivre ses lignes sans me tromper.

J'amorçai la première courbe : marcher devint un véritable calvaire. Mes jambes pesaient des tonnes ; je m'obligeais à soulever un pied, puis à le reposer. Des étincelles tournoyaient autour de mes bottes jusqu'à la hauteur de mes genoux ; tous les poils de mon corps se hérissaient.

Ne t'arrête pas.

Un pas... un autre... encore un autre.

À la sortie du virage, ma progression se fit plus aisée ; j'expirai bruyamment. Ma tête bourdonnait. Ma chemise, trempée de sueur, collait désagréablement à mon dos. Je n'y pouvais rien pour l'instant. Je n'allais pas non plus tourner les talons et repartir : j'avais déjà accompli le tiers du chemin.

Après un bref passage facile, les difficultés reprirent. Les étincelles m'arrivaient à la taille. J'avais l'impression de me traîner dans de la boue.

Un pas de plus... un autre... un autre encore.

Mes jambes s'engourdirent. Puis l'engourdissement gagna ma poitrine ; j'eus alors non seulement du mal à marcher, mais aussi à respirer. Renoncer aurait été simple, mais je refusai de céder à la facilité. Père avait besoin de moi.

Quand j'eus dépassé la courbe suivante, mon engourdissement cessa ; je pus me déplacer de nouveau avec aisance. Des étincelles bleues voletaient autour de mes vêtements et de ma peau. J'avais l'impression que des milliers d'insectes grouillaient sur mon corps. Je n'avais jamais rien ressenti de semblable.

Il n'est plus loin maintenant.

Continue d'avancer.

Tu es à mi-chemin.

Rentrant ma tête dans les épaules, je persévérai. La piste s'enroula sur elle-même, puis redevint droite. J'eus l'impression de marcher d'un pas lourd, pendant des kilomètres, dans de la boue qui aspirait mes bottes et s'y accrochait.

Je touchais presque au but. Désormais, je distinguais clairement le visage de mon père. Ses yeux ouverts fixaient le vide. Mort ? M'étais-je déplacé pour rien ? Il battit alors des paupières... il *était* vivant !

« Père ? balbutiai-je. Père... tu... m'entends... ? »

Un craquement m'emplit les oreilles. Les poils de ma nuque et de mes bras se hérissèrent de nouveau. Je m'obligeai à avancer pas à pas. Si je m'arrêtais, je serais incapable de repartir.

Le chemin s'incurva brusquement ; je découvris alors que je pouvais marcher presque normalement. Rassemblant mes forces, je cherchai à accélérer la cadence, mais une lourdeur s'empara de moi. Il me fut de plus en plus difficile de progresser, comme si des chaînes enroulées autour de mes bras, de mes jambes et de mon torse me tiraient en arrière. J'avais l'impression de traîner une charge de dix tonnes.

Je grinçai des dents et continuai ma route. Un pas... un deuxième... un troisième... chaque pas supplémentaire exigeant plus d'effort que le précédent. Je levai une main ; des étincelles jaillirent de ma peau comme l'eau d'une fontaine.

J'étais passé !

Je pus alors marcher normalement. Des étincelles explosaient et voletaient autour de moi. Je me sentais fiévreux et transi, moite et parfaitement sec ; mes yeux brûlaient d'un feu inextinguible. Je battis plusieurs fois des paupières.

Encore une courbe.

J'y étais presque.

Étourdi, je franchis un nouveau virage en titubant. Puis j'avançai tout droit jusqu'au suivant.

J'avais atteint le tronçon le plus éprouvant. Je pouvais à peine me mouvoir ; ma vision était réduite et ma respiration pénible. Ma peau se glaçait, puis devenait bouillante. Les étincelles m'aveuglaient. L'univers lui-même semblait se déverser sur ma tête et mes épaules.

Je me concentrai sur mes pieds : les faire bouger, l'un après l'autre. Tant que j'avançais, je me rapprochais de mon but. Quelques centimètres à la fois... il importait seulement de *continuer à avancer...*

Je distinguais à peine le Schéma. Incapable de respirer, j'utilisai mes dernières forces pour faire un pas de plus.

« Père ? » lâchai-je. Ce ne fut guère qu'un murmure. « Et si tu m'aidais à sortir d'ici ? »

Il ne fit pas un geste. Je parvins, je ne sus comment, à m'agenouiller et à le faire rouler sur lui-même. Je l'examinai, à la recherche de blessures, mais il semblait intact — il n'avait qu'une légère ecchymose au dos d'une main.

« Qu'est-ce qui ne va pas, Père ? »

Il remua doucement les lèvres. Il essayait de parler.

Je me penchai sur lui et tendis l'oreille. Il ne cessait de répéter quelque chose comme : « Thellops... Thellops... Thellops... »

« Thellops ? Par les sept enfers, de quoi s'agit-il ? »

Il fixait le ciel d'un regard vide. Ses lèvres remuaient toujours. Il ne m'entendait pas. De quoi pouvait-il bien souffrir ?

« Allons, Père ! dis-je en le secouant. Réveille-toi ! Je ne peux pas te sortir d'ici tout seul ! *Père !* »

Toujours pas de réponse.

Le prenant sous les bras, je le soulevai et le mis debout. Si je le maintenais ainsi et le faisais bouger, peut-être parviendrait-il à sortir de sa torpeur. Sa tête roula vers l'avant. Je passai alors un de ses bras autour de mes épaules ; il n'était qu'un poids mort, ne faisant aucun effort pour tenir debout tout seul.

« Écoute-moi ! braillai-je. Debout, soldat ! Avance ! »

De tels cris m'auraient fait réagir quelle que fût ma douleur — être soldat dans l'armée du roi

Elnar m'avait entraîné à obéir aux ordres. On n'atteignait pas le grade de lieutenant sans discipline.

« Père ! le pressai-je. Réveille-toi, maintenant ! *Père !* »

Je le secouai une fois de plus, mais il se contenta de baver. De mieux en mieux ! La situation pourrait-elle empirer ?

Ne voyant pas d'autre alternative, je le giflai. Il cligna des yeux et gémit, puis il cilla à plusieurs reprises. Il émergea suffisamment de sa torpeur pour tourner la tête vers moi.

« Peux-tu tenir debout ?

— Pas... réel... marmonna-t-il.

— Bien sûr que si. Je suis réel, c'est moi... Oberon.

— Imagination... »

Je le giflai de nouveau assez fort pour provoquer une sensation cuisante sur sa joue. Il parut recouvrer un peu de sa raison.

« Regarde-moi ! Peux-tu rester debout ? As-tu besoin d'aide pour marcher ? »

Il repoussa mes mains en grognant. Il vacilla une seconde, puis sembla puiser un peu de force dans ses réserves. Il redressa le dos et se tint debout avec raideur ; une expression curieuse, presque perplexe, passa sur son visage.

« Où... ? murmura-t-il.

— Tu es revenu près du Schéma. Sais-tu comment en sortir ?

— Le Schéma... oui...

— Bon. Tu as retrouvé la mémoire. » Je me

retournai et observai le chemin scintillant que j'avais emprunté. Avec tous ses tours et ses détours, il paraissait plus long que je ne l'avais cru de prime abord. « Est-il plus facile d'en sortir que d'y entrer ? lui demandai-je. Peux-tu marcher ? Je ne suis pas sûr de pouvoir te porter jusqu'à l'extérieur. »

Je tressaillis au son ténu d'une lame d'acier sortant de son fourreau. Alarmé, je me jetai aussitôt vers la gauche, en effectuant une roulade rapide. Je me rétablis immédiatement et me campai sur mes pieds, poings serrés.

J'avais réagi juste à temps — mon père avait tiré son épée et se fendait vers moi. Si je n'avais pas été aussi véloce, sa lame m'aurait transpercé.

« Thellops ! » hurla-t-il, en avançant vers moi. Il avait l'air à moitié fou. « Jamais plus ! »

4

« Père ! » m'écriai-je en reculant désespérément. Avait-il perdu l'esprit ? Ne me reconnaissait-il pas ? « C'est moi, Oberon... ton fils ! Père ! »

Il attaqua de nouveau en hurlant.

Heureusement pour moi, il était à peine capable de tenir son épée. Écartant sa lame d'un bras, je me rapprochai et le frappai sans retenue sur le côté de la tête. La violence du choc répercuta une décharge douloureuse le long de mon bras et projeta mon père loin de moi.

Ce coup de poing aurait assommé, ou même tué, tout homme de constitution normale. Mon père en réchappa. Étourdi, le bout de sa lame raclant la pierre, il émit un faible grognement et se précipita vers moi en fouettant l'air de son épée.

« Père, regarde-moi ! » ordonnai-je, en m'écartant à pas chassés. Fait étrange, je gardai mon sang-froid. Je savais qu'il n'était pas dans son état habituel. Il me fallait juste le lui faire comprendre.

Chancelant, il recula, brandit son épée en grommelant et parut rassembler ses forces pour un nouvel assaut.

« Pourquoi agis-tu ainsi ? Réfléchis, Père ! Ce n'est pas si difficile ! »

Agrippant la poignée de son épée à deux mains, il fonça droit sur moi. Son geste était maladroit ; aucun maître d'armes doué de raison ne l'aurait tenté.

Esquivant avec facilité, je lui assénai un autre coup sur la tête. Il tituba, puis recula en taillant. Il me manqua d'un bon mètre.

« Maudit Thellops ! marmonna-t-il.

— Qui est Thellops ? Dis-le-moi, Père ! »

Déséquilibré, il faillit tomber. J'en profitai pour tirer mon épée. C'était peut-être mon père, mais je n'allais pas courir de risque. Pas question pour moi de rester planté là, exposé à ses attaques incessantes. Une seule botte chanceuse lui suffirait.

« Cela ne se passera pas comme ça, bougonna-t-il. Cela ne se passera pas comme ça.

— Qu'est-ce qui ne se passera pas comme ça ? » l'interrogeai-je.

Secouant la tête, il chargea de nouveau.

Cette fois, nous croisâmes le fer. J'avais prévu de le désarmer rapidement mais, alors que nos lames s'entrechoquaient, il retrouva ses forces. Il me repoussa d'un mouvement puissant, puis se lança dans une série de doubles feintes et d'attaques rapides que je contrai avec peine.

« Père ! Arrête !

— Plus d'entourloupes !

— Ce n'est pas un piège ! C'est moi, Oberon !

— *Thellops !* »

Voilà qu'il recommençait ! Je battis en retraite

avec méfiance en gardant un œil sur l'extrémité de sa lame. Elle s'agitait vivement d'un côté, puis de l'autre, comme une guêpe prête à planter son aiguillon.

« Je ne veux te faire aucun mal. Mais si tu continues, j'y serai obligé ! »

Il feinta et tailla à hauteur de ma tête. Je parai et me dérobai, puis parai de nouveau quand il repartit à l'attaque. Il utilisa un enchaînement compliqué de feintes et de bottes. Bien qu'ayant perdu l'esprit, il restait le meilleur épéiste que j'eusse rencontré.

Il fit couler le sang le premier. D'une feinte et d'une riposte fulgurantes, il se retrouva sous ma garde et entailla le dessus de mon poignet droit. Je ne vis rien venir. Une seconde plus tard, il me fit une estafilade sur l'avant-bras droit. Aucune de ces blessures n'était mortelle, mais le sang dégoulinait jusque sur ma main. À brève échéance, je serais incapable de tenir mon épée correctement.

Il rejeta la tête en arrière et éclata de rire. Si je tombais, s'imaginerait-il avoir gagné ? Je devais garder ce plan en réserve, au cas où il me toucherait de nouveau.

Je changeai mon arme de main avant que mon sang ne maculât la poignée. Nous ne combattions visiblement pas à égalité. Si je n'agissais pas promptement, il allait me tuer.

« C'est ta dernière chance, fanfaronnai-je. Relève ta lame, sinon je ne réponds plus de rien !

— Thellops ! gronda-t-il. Plus jamais ! »

Au diable la diplomatie !

Il était peut-être meilleur escrimeur que moi ; je savais, toutefois, que dans le monde réel le meilleur ne gagnait pas toujours. Le plus malin, lui, réussissait. Si je ne parvenais donc pas à confondre un fou, je ne méritais pas de vivre.

Il engagea une nouvelle fois. Je m'effaçai devant lui, cédant du terrain brusquement, et me concentrai sur ma défense. Il devait exister une faille dans sa tactique. Il me fallait tout simplement la découvrir.

Son épée se déplaçait si rapidement qu'elle en devenait floue. Il testait mes parades pour trouver un moyen de percer ma garde. Je parai avec frénésie, décrivant des cercles avec lenteur. Chacun de ses assauts semblait parfait. Il suivait un rythme bien précis désormais : attaque, repos, attaque, repos.

Quand il s'interrompit pour reprendre son souffle, je l'étudiai avec attention. Je remarquai alors qu'un énorme hématome violet se formait autour de son œil gauche — à l'endroit même où je l'avais frappé par deux fois. Je supposai que l'œdème amoindrirait son champ visuel. Si j'engageais du côté gauche et tirais avantage de ce handicap...

Il allongea une nouvelle botte foudroyante. Cette fois, je virai à droite. Il ne cessait de battre des paupières et de secouer la tête. Plus je tournais avec rapidité, plus je le voyais hésiter et s'interroger.

Il recommença à se fatiguer. Il s'arrêta soudain et son épée perdit de sa précision.

À moi de jouer.

Je me baissai et le surpris par la droite, en le frappant brutalement. J'assénai mon coup du côté où il ne voyait plus rien. Il recula en titubant, tout en moulinant désespérément. Je me fendis alors en avant, laissant pendre le bout de ma lame. Il ne la vit pas arriver — la boursouflure brouillait sa vision — et, même s'il l'avait vue, je ne pensais pas qu'il lui restât assez de force pour l'arrêter.

L'extrémité de mon épée s'enfonça profondément dans son pied droit. Je la libérai d'un geste brusque, provoquant ainsi un jet de sang.

Il se mit à tailler avec fureur, en poussant des hurlements. Sa lame siffla dans les airs et manqua mes yeux de peu. Quand il prit appui sur son pied blessé, sa jambe se déroba sous lui. Il chancela et faillit s'effondrer.

Je l'avais bien possédé ! Je me précipitai en avant, saisis sa main libre qui s'agitait en tous sens, tournai sur moi-même et le soulevai avec grâce. Il passa par-dessus mes épaules et atterrit sur le dos, trois mètres plus loin. L'air contenu dans ses poumons fut expulsé bruyamment. Il resta allongé sur le sol, assommé.

Je me précipitai vers lui et écrasai de ma botte la main qui tenait son épée. Il lâcha prise en haletant. Incapable de bouger, il respirait avec peine. D'un coup de pied, j'écartai son arme ; celle-ci racla la pierre sur plus de six mètres, avant de s'arrêter au bord du Schéma.

« C'est ta dernière chance, dis-je avec un calme que j'étais loin de ressentir. Rends-toi, Père, et plus tard, nous pourrons boire un verre en riant de cette mésaventure. »

Malgré sa fatigue et ses blessures, il tenta de me repousser. Je ne pouvais que l'admirer — moi, je n'aurais pas eu le courage de continuer à lutter. Désarmé, comment espérait-il pouvoir se battre ?

Il roula soudain sur le côté et se remit debout d'un mouvement mécanique. Avant que je pusse réagir, il avait sorti un couteau de sa ceinture.

« Meurs ! » brailla-t-il. Il plongea vers moi, avec la ferme intention de me l'enfoncer dans la poitrine.

« Père, fis-je d'un ton menaçant, en reculant, arrête donc ! Tu n'as aucune chance ! »

Il grogna ; aussi frappai-je le côté droit de son crâne avec la poignée de mon épée. Un bruit sourd retentit. Étourdi, il tomba à genoux.

« *Ça suffit !* » Je donnai un coup de pied dans son couteau, puis lui en assénai un dans l'estomac. Il bascula en arrière, pantelant.

« Désolé, Père », dis-je d'un ton plus contrit que fâché. « Mais tu l'as bien cherché. »

Je le cognai une nouvelle fois sur la tête avec la poignée de mon épée. Il s'effondra face contre terre. S'efforçant de se redresser, il cria : « Thellops ! »

Je me jetai sur lui sans hésiter, lui enfonçai un genou entre les omoplates et lui immobilisai les bras dans le dos. Il lui était ainsi impossible de m'attaquer — ni de se relever, d'ailleurs.

« Dis-moi ce que j'ai fait pour t'agacer à ce point,

lui chuchotai-je à l'oreille. Et, par les sept enfers, que signifie Thellops ? »

Grognant toujours, il tourna la tête et me mordit violemment le poignet gauche. Avec un cri, je me débattis pour me libérer et le frappai deux fois à la base du crâne. Il se remit à geindre.

« Père », lançai-je d'une voix dure, « je vais t'aider. Mais tu dois cesser de me faire du mal. Tu comprends ce que je dis ? »

Il essaya à nouveau de me mordre la main.

Je perdis tout contrôle. Je le frappai jusqu'à lui faire perdre connaissance. Père ou pas, je n'en supporterais pas davantage. Je lui avais laissé suffisamment de chances.

Quand je retrouvai mon souffle et mon sang-froid, je lui attachai les poignets avec des morceaux de tissu provenant de sa chemise déchirée. Doutant de leur solidité, je le fouillai pour vérifier qu'il n'avait pas d'autres armes. Je découvris un second couteau que je confisquai ; une tête de licorne ornait son manche. Vraiment très joli ! Je le coinçai dans ma ceinture.

Je finis par me redresser. Les coupures de ma main et de mon avant-bras ne saignaient plus ; j'avais toujours cicatrisé rapidement. Les morsures sur mon poignet ne laisseraient qu'une marque en forme de demi-lune, rien de plus. Il avait reçu plus de coups qu'il ne m'en avait infligé.

Je ramassai mon épée, la remis dans son fourreau et m'assis à ses côtés, jambes croisées. Qu'allais-je faire de lui ? Je ne pouvais pas me promener avec un fou dangereux, inconscient — ou, pire, parfaitement éveillé.

Il gémit et se contracta convulsivement. Quand je me penchai pour le regarder, je vis qu'il me fixait à travers ses paupières fendues. Décidément, pas une seconde de répit ! Avec son visage tuméfié et son nez sanguinolent, il avait un air plus pitoyable que menaçant, mais je ne m'y fiai pas. Ses mâchoires s'agitèrent de bas en haut, mais aucun mot ne vint.

« Qu'as-tu à dire pour ta défense ?

— Thellops, chuchota-t-il.

— Ne recommence pas. » J'en avais plus qu'assez de ses *Thellops*.

Prenant une inspiration profonde et purifiante, je me levai et m'étirai pour décontracter mon cou et mon dos. Puis je récupérai son épée, la glissai dans son fourreau et balançai ce deuxième ceinturon sur mon épaule. Aucune raison de le laisser là.

« Thellops... tuer... » marmonna-t-il.

Je soupirai. Le plus important d'abord.... Il me fallait nous sortir d'ici. Comment ?

À Juniper, mon père m'avait en quelque sorte projeté à l'intérieur du rubis de la licorne. Dans le joyau, j'avais suivi le Schéma sur toute sa longueur. Et, quand mes pensées s'étaient tournées vers Ilerium, le Schéma m'y avait envoyé.

Peut-être qu'en parcourant cette nouvelle stucture du Schéma, le même phénomène se produirait. Si celui-ci avait le pouvoir de lire dans mes pensées et de m'envoyer là où je désirais me rendre, c'était le moyen le plus sûr de sortir d'ici.

Autant s'en assurer tout de suite. Je me mis debout.

« Allons-y, Père. »

Je le relevai et le basculai sur mon épaule sans trop de ménagements. Il pesait moins lourd que je ne pensais. Si mon idée s'avérait exacte, si le Schéma pouvait vraiment m'envoyer dans une Ombre différente, je ne voulais pas partir sans lui.

Bon... où aller ? Ilerium et toutes les Ombres que j'avais connues n'existaient plus... En détruisant le premier Schéma, Père les avait anéanties. Il me fallait un lieu sûr. Une Ombre proche de celle-ci... mais à l'abri des mauvaises influences du Chaos. Un monde aussi agréable et confortable que Juniper l'avait été... mais plus facile à défendre.

« Prêt ? » m'enquis-je.

Il grommela de nouveau, sans toutefois protester. Heureusement pour lui, il n'essaya plus de me mordre. Je n'avais nulle envie de le replonger dans l'inconscience.

« Allons-y ! »

Je visualisai une Ombre mentalement, fis un pas en avant... et le Schéma disparut.

5

Je me retrouvai sur le versant herbeux d'une montagne, à contempler, tout en bas, une mer d'un bleu étincelant. À mes pieds, une crique déroulait le ruban de sa plage de sable blond ; c'était le plus magnifique des paysages côtiers qu'il m'eût été donné de voir. Il n'y manquait qu'une rangée de dais aux couleurs vives et quelques tentes. Une brise chaude et légère transportait jusqu'à moi des senteurs salées et iodées, tandis que le doux murmure du ressac se mêlait aux cris des mouettes et autres oiseaux marins. À la faveur du soleil qui dansait et scintillait sur les vagues, j'aperçus des dauphins qui sautaient hors de l'eau, à des centaines de mètres de la grève. Heureux présage.

Après avoir installé mon père sur le sol — il grogna et marmonna à plusieurs reprises, mais se tint tranquille —, je continuai mon tour d'horizon. À ma droite, la montagne abrupte exposait son flanc émaillé de boulders ou de chênes ; à ma gauche, avec ses troncs prêts à être coupés, s'étendait une forêt dense et ancienne. Derrière moi s'étiraient des kilomètres de prairies, endroit idéal pour cultiver ou bâtir une ville — ou les deux.

« Thellops... » chuchota mon père. Il cherchait à se libérer de ses liens, mais je me contentai de l'ignorer. Il ne pouvait pas faire grand-chose tant qu'il était attaché. « Pas à temps... Thellops. »

Je fronçai les sourcils. Qui était exactement ce Thellops ? Pas à temps pour quoi faire ? Cela pourrait être important. Dès que je me serais assuré de la sécurité de cette Ombre, je m'efforcerais de le découvrir.

Tournant le dos à la mer, je me frayai un chemin entre les boulders et grimpai vers le sommet. Je me souvenais de la façon dont les pierres se déplaçaient dans le Chaos, mais heureusement, ici, elles semblaient parfaitement normales et immobiles.

Une fois tout en haut, je me protégeai les yeux d'une main et scrutai les environs. Je voyais à des kilomètres à la ronde. D'épaisses forêts s'étendaient de chaque côté et, au loin, des montagnes dressaient leurs crêtes enneigées. En bas, la mer scintillait inlassablement.

À priori, ce monde était fort plaisant et prometteur. Il comportait tout ce que je désirais... excepté un asile d'aliénés. On pourrait facilement ériger un château ici.

Seuls les habitants faisaient défaut. Pas question de compter sur les indigènes pour nous aider. Eh bien, on pourrait parfaitement amener des ouvriers d'autres Ombres ; avec suffisamment d'or, il existerait peu de choses qu'on ne pourrait acheter. J'avais vu assez souvent Aber se servir du

Logrus pour savoir qu'il était possible de trouver tout ce qu'on voulait, et même assez rapidement, si l'on savait où chercher dans les autres Ombres.

Je m'assis sur un rocher brûlé par le soleil pour réfléchir avec soin aux choix qui s'offraient à moi. En premier lieu, Père. Je l'observai avec une certaine inquiétude — au moins avait-il cessé de chercher à se libérer : il se reposait bien sagement. En fait, son état nécessitait des soins urgents. Cela impliquait de trouver un médecin.

Par où commencer ? Par les Cours du Chaos ? Les médecins de là-bas — y en avait-il dans le Chaos ? — pourraient peut-être l'aider. Malheureusement, nous y serions certainement arrêtés, à condition d'échapper à la mort si on nous tirait dessus à vue.

Je songeai à le porter dans d'autres Ombres pour y trouver de l'aide...

J'eus soudain la vague impression d'un contact mental. Quelqu'un cherchait à me joindre par l'intermédiaire d'un atout. Aber ? Freda ? Toute aide serait la bienvenue.

J'ouvris mon esprit et me retrouvai face à ma demi-sœur Blaise, mais l'image était floue, comme si je la voyais à travers un tunnel empli de brouillard. Par-dessus son épaule gauche, j'aperçus l'extrémité d'un lit. Ses appartements privés ? Une trace de saleté entachait sa joue droite ; ses cheveux, habituellement peignés avec élégance, pendaient dans le plus grand désordre. Je ne lui avais jamais vu aussi mauvaise mine.

« Oberon ! souffla-t-elle.

— Qu'est-ce qui ne va pas ? » Je lui adressai un sourire amer. Cela pourrait facilement devenir la façon de nous saluer dans la famille.

« Tu es vivant ! » Elle sourit d'un air soulagé.

« Je pourrais dire la même chose de toi. Comment vas-tu ? Que se passe-t-il là-bas ? »

Elle lissa sa robe décolletée. Le tissu d'un vert chatoyant qui mettait en valeur sa superbe silhouette était dans un tel état qu'on aurait pu croire qu'elle avait dormi avec ses vêtements pendant des jours entiers.

« J'ai connu mieux. Où es-tu ? En sûreté ?

— Oui. Je suis dans une Ombre avec Père.

— Bon. Je vous croyais morts tous les deux. » Elle jeta un coup d'œil presque désinvolte par-dessus son épaule. J'entendis une sorte de martèlement et un bruit de lames d'acier s'entrechoquant. Un duel ?

« Que se passe-t-il ? fis-je soudain. Où sont Freda et Aber ?

— Les hommes du roi Uthor s'apprêtent à m'arrêter, annonça-t-elle d'un ton calme et mesuré. Je ne sais pas ce qui est arrivé aux autres. Je n'ai pas vu Freda depuis deux semaines, et Aber, depuis un mois. Vas-tu me faire traverser, oui ou non ? »

Des coups sourds et un bruit de métal crissant sur du bois parvinrent à mes oreilles. Elle regarda de nouveau par-dessus son épaule. La porte, derrière elle, se fissura.

« Où es-tu ?

— Aux Cours. En visite chez tante Tana et oncle Snoddar. » Je n'avais jamais entendu parler d'eux.

Devant mon air surpris, elle ajouta : « Les seuls survivants de ma famille maternelle. Malheureusement, la situation n'est guère brillante. Mon oncle est mort et je pense que tante Tana s'est enfuie dans l'Au-delà. J'ai entendu son carrosse s'éloigner à toute allure. Alors, si ça ne t'ennuie pas...

— Uthor détient-il d'autres personnes ? »

Elle acquiesça, les yeux exorbités. « Il a ordonné l'arrestation de toute notre famille. Ils ont déjà pris Titus et... oh, je ne sais combien d'autres !

— Et je suis ta dernière planche de salut », soupirai-je. Je me doutais que je serais le dernier qu'elle appellerait à son secours.

« Qui d'autre sinon le champion de la famille ! » Elle eut un sourire presque désespéré. Derrière elle, la porte se fendit en deux ; la partie du haut sortit à moitié de ses gonds. « Ne m'oblige pas à te supplier. Fais-moi traverser, comme un gentil petit frère. »

Pourquoi pas ? Je n'avais rien contre elle. En fait, je l'avais mésestimée dès le départ, puis je m'étais rendu compte de mon erreur. Dans son sang coulait plus d'acier que de dentelle ; la digne fille de notre pèrc.

« D'accord. »

Elle eut l'air soulagé. « Si ça ne t'ennuie pas, dépêche-t... »

Je me penchai vers elle. « Viens ! »

Elle s'empara de ma main avec une force à me briser les os et je la tirai jusqu'au sommet de la montagne. La chambre disparut au moment même où les premières troupes à tête de serpent du roi Uthor franchissaient le seuil.

Blaise poussa un cri en s'effondrant dans mes bras. Un frisson d'angoisse me saisit. Aurait-elle reçu un coup de couteau ou une flèche dans le dos ?

Je l'allongeai doucement dans l'herbe et cherchai une trace de blessure quelconque. Je ne découvris pas même une égratignure. Pourtant, elle restait couchée là, suffoquant.

« Es-tu blessée ? demandai-je.

— Non..., murmura-t-elle. Je me sens juste... bizarre... j'ai mal... partout... j'ai sommeil... »

Mes craintes se dissipèrent. Il m'était arrivé la même chose la première fois que j'étais entré dans l'Au-delà, cet endroit du Chaos où Père possédait terres et biens. Je n'y avais pas été préparé et j'étais resté inconscient pendant au moins trois jours.

Sa tête retomba en arrière ; ses paupières se fermèrent. Elle se mit à ronfler doucement.

« Ah non, pas question ! » m'écriai-je. Je la secouai jusqu'à ce qu'elle ouvrît les yeux. Elle me jeta un regard trouble. « Reste éveillée !

— Que... pourquoi... ?

— Cette Ombre a une incidence sur toi. Combats-la. Parle-moi, chante-moi quelque chose, insulte-moi... fais n'importe quoi ! Mais reste éveillée. »

Son front se plissa. « Mais j'ai déjà visité des milliers d'Ombres...

— Pas comme celle-ci et ses semblables. Père a retracé le Schéma qui les engendrait. Tout a été modifié, mais avec subtilité. Tu le sens ?

— Modifié ? » Elle écarquilla les yeux. « Comment ? Où se trouve ce Schéma ?

— Mmm, mmm. » Je secouai la tête en souriant. « Mieux vaut que tu ne le saches pas. Ce sera plus sûr pour toi. Uthor n'hésiterait pas à tuer pour le découvrir. »

Elle soupira. « Tout le monde cherche déjà à m'éliminer... qu'est-ce qu'un secret de plus pourrait bien changer ?

— Pas tout le monde !

— Besoin de dormir... » chuchota-t-elle, sa tête ballottant sur sa poitrine.

« Non, pas question ! Debout ! Tout de suite ! » Je la soulevai sans effort ; elle glissa un bras autour de ma taille pour se soutenir. Pendant une seconde, elle regarda vers mon visage. Puis, involontairement, à ce qu'il semblait, ses yeux se fermèrent et son menton retomba.

« Blaise ! hurlai-je.

— Je suis réveillée ! »

Elle battit plusieurs fois des paupières, puis referma les yeux. Je savais qu'elle n'y pouvait rien.

Plus de temps à perdre — je la giflai de toutes mes forces, laissant une empreinte violette sur sa joue gauche.

Ses yeux s'ouvrirent tout grands. Ses traits, habituellement doux, se tordirent en un rictus. Elle s'écarta de moi en tournoyant.

« Comment oses-tu ? » cracha-t-elle. Elle me frappa la poitrine si fort que je reculai d'un pas. Comme tous les membres de notre famille, elle avait un caractère avec lequel il fallait compter. Et des poings d'acier.

J'avais l'étrange sensation d'être allé un peu trop loin. Je ne l'avais jamais vue aussi furieuse. Bien qu'un retour en arrière fût irréalisable, il n'était pas trop tard pour m'excuser.

« Je suis désolé, lançai-je en me frottant la poitrine. J'essayais seulement de te garder éveillée et en vie !

— Ça ne suffit pas ! Ne lève plus jamais la main sur moi ! »

Elle m'attrapa le poignet et le serra fortement.

« Ça fait mal ! protestai-je en essayant de garder mon calme. Assez. Nous ne devrions pas nous battre entre nous.

— J'ai tué des hommes pour moins que ça, dit-elle d'une voix lourde de menaces.

— Je n'en doute pas un instant », répliquai-je en lui adressant mon plus charmant sourire, réputé pour avoir fait fondre le cœur des veuves les plus effarouchées, en Ilerium. « C'est la seule chose qui m'est venue à l'esprit pour te maintenir éveillée. Je ne recommencerai pas si tu ne te rendors pas, d'accord ? C'est important.

— Explique-moi ça, Oberon. » En bâillant, elle lâcha ma main. Au moins parvenait-elle désormais à garder les yeux ouverts.

« Il m'est arrivé la même chose dans l'Au-delà... j'ai dormi pendant trois jours. Père et Aber ont fini par me réveiller et m'ont empêché de me rendormir. Père craignait que je ne me réveille pas s'ils me laissaient seul. Je ne veux pas que cela se produise avec toi.

— Où se trouve Père ? Tu as dit qu'il était ici.

— Là, en bas. » Je tournai la tête dans sa direction. « Il est malade, lui aussi.

— Dans le Chaos, tout le monde le recherche. Il doit y retourner. Est-ce qu'il dort ?

— Non, il est attaché.

— Quoi ?

— Je n'ai pas pu faire autrement. » Je haussai les épaules. « Il ne va pas très bien. Il n'est pas vraiment endormi, mais... dérangé, en quelque sorte.

— Dérangé ? » Elle me dévisagea. « Que veux-tu dire ? Qu'est-ce qui ne va pas chez lui. Si tu lui as fait quelque chose...

— Non, non, cela n'a rien à voir. » Je marquai une hésitation. « Tu ferais mieux de le vérifier par toi-même. Je pense que ça a peut-être un rapport avec le Schéma. Visiblement, il t'affecte. Il pourrait en être de même pour lui.

— Conduis-moi jusqu'à lui. »

Je la menai en bas de la pente, une main sur son coude pour l'empêcher de tomber. Quand nous rejoignîmes notre père, elle eut une moue de mécontentement et se pencha pour le détacher.

Je la retins. « Ne fais pas ça. Le libérer présente des risques. Il a essayé de me tuer.

— Il est blessé...

— Il survivra. J'étais justement à la recherche d'un docteur. Je suppose que tu ne connais rien à la médecine ?...

— Si, un peu. » Elle s'agenouilla près de lui et posa une main sur son front. Puis elle lui essuya un filet de bave sur le menton avec le bas de sa robe.

« Il a été affreusement battu. Qui l'a attaqué ? Les hommes du roi Uthor ?

— Non, moi, malheureusement. » J'eus l'impression de m'en excuser. « Je n'ai pas eu le choix. Il voulait me tuer.

— Pourquoi ?

— Je ne sais pas. » Haussant les épaules en désespoir de cause, je m'agenouillai près d'elle. « Il agissait comme un dément. Dès que j'ai eu le dos tourné, il m'a attaqué avec son épée et, avec un peu plus de force, il m'aurait tué. Il est meilleur épéiste que moi. »

Ses yeux se rétrécirent pour étudier mon visage avec attention. « Que lui as-tu fait ? Il n'agit jamais sans raison. As-tu dit ou fait quelque chose pour le contrarier ? L'as-tu menacé de quelque façon que ce soit ?

— Non, je n'ai rien fait. Je l'ai trouvé inconscient et j'ai essayé de l'aider. »

Elle effleura l'empreinte rouge de ma main sur sa joue. « Comme tu l'as fait pour moi ?

— Je l'ai secoué, mais... » Je haussai les épaules.

Elle s'évertua à dénouer les liens de ses poignets. « Aide-moi à les retirer. Peut-être que...

— Ne fais pas ça ! » Je tirai ses mains en arrière. « Je t'ai dit qu'il est dangereux. Il s'est battu comme un démon. La prochaine fois, il pourrait avoir plus de chance et me tuer... ou nous tuer tous les deux !

— Il va bien falloir que tu le délivres. Il est le seul à pouvoir nous sauver.

— Nous sauver ? » Je la regardai d'un air surpris. « Nous sauver comment ?

— Il est à l'origine des Ombres, s'empressa-t-elle de répondre. On ne parle que de ça dans le Chaos. S'il les élimine, le roi nous laisserait peut-être retourner chez... »

Je me reculai. « Impossible.

— Pourquoi ? Tu ne veux pas rentrer à la maison ?

— C'est *ici,* chez moi. J'ai besoin des Ombres comme tu as besoin du Logrus. » Je repensai à la licorne et au Schéma ; les soupçons que j'avais enfouis au fond de moi refirent surface. « En outre, le Schéma ne peut être détruit. C'est la création de Père. »

Elle me regarda fixement. « Bien sûr ! Tout le monde sait qu'il l'a créé !

— Il l'a dessiné, mais il existait bien avant lui. Il est en moi... et en d'autres endroits, également. » Je songeai au rubis suspendu au cou de la licorne. « Des forces que je ne comprends pas encore sont à l'œuvre. Je pense qu'elles ont utilisé Père pour créer le Schéma. S'il ne s'était pas exécuté, elles auraient trouvé quelqu'un d'autre... moi, sûrement.

— Alors c'est inéluctable ? fit-elle, les yeux dans le vague. C'est ce que tu es en train de me dire ?

— Je le pense, oui.

— Mais *pourquoi* a-t-il fallu que ça tombe sur ma famille ? » Sa voix devint plaintive. « Pourquoi devons-nous en souffrir ? Je veux juste rentrer à la *maison* !

— Regarde autour de toi ! » Je lui pris la main et l'obligeai à se lever. D'un geste ample du bras, je lui montrai le paysage vierge. « Voici un royaume prêt à être habité. Je vais y bâtir une ville. Si ça ne te plaît pas, il y a d'autres Ombres que tu auras l'occasion de visiter pendant le restant de tes jours. Tout ce dont tu peux rêver existe quelque part, hors d'ici. Tu n'as qu'à chercher. Tu aimerais être une reine ou une déesse ? Libre à toi ! Tu veux des joyaux ou des richesses ? Prends-les ! C'est ton droit. Tu es une créature du Schéma, comme Père... ou moi. Il est en toi aussi, du moins en partie. Il est en chacun de nous. Je sens sa présence. Tu peux profiter pleinement de ton héritage véritable.

— Non ! cria-t-elle. Ce n'est pas ce que je veux ! Je ne m'étais pas rendu compte à quel point les Cours me manquaient, jusqu'à mon retour à la maison !

— Le Schéma est inscrit dans ton sang ! lançai-je avec emphase. Regarde à l'intérieur de toi. Tu le sens ?

— Non ! » cria-t-elle.

J'ajoutai avec davantage de gentillesse : « Le Schéma demeurera... que nous le voulions ou non. Si cela implique que tu ne puisses pas retourner aux Cours du Chaos... eh bien, nous en ferons notre propre version, ici. Appelons-les... les Cours de Dworkin.

— Ne te moque pas de moi.

— Ce n'est pas le cas. » Il lui fallait simplement s'habituer à l'idée de vivre dans les Ombres pour le restant de ses jours.

« Le Chaos est magnifique... c'est une marée changeante à l'infini... une musique faite de chair... et les pouvoirs dont nous disposons là-bas...

— Dont nous disposions.

— Tu ne comprends pas, fit-elle d'un ton amer.

— Tu as raison, rétorquai-je avec une note de dureté dans la voix. Je ne comprends pas. J'ai détesté chaque minute que j'ai passée dans le Chaos. Le seul moyen de m'y faire retourner, ce sera les pieds devant !

— C'est la raison pour laquelle tu as attaché Père, n'est-ce pas ? s'enquit-elle en se tournant brusquement vers moi. Il voulait détruire les Ombres et tu voulais l'en empêcher... »

Je lui éclatai de rire au nez.

« Arrête ! cria-t-elle. Ce n'est pas drôle !

— Ne sois pas idiote, Blaise. Tout ce que je t'ai dit est vrai. Tu le verrais si tu te donnais la peine de regarder. Père est devenu fou, d'une façon inexplicable. Il ne peut pas nous aider pour le moment. C'est à nous de l'aider.

— Il devait avoir un bon motif pour vouloir ta mort. Tu as dû lui faire quelque chose, ou il savait que tu représentais un danger pour le Chaos, ou... »

Je soupirai. Elle ne voulait pas entendre raison.

« Non, répondis-je d'un ton posé. Comme je te l'ai dit, cela ne s'est pas passé ainsi. Je l'ai trouvé, gisant inconscient au centre du Schéma, répétant continuellement la même chose... Thellops. Est-ce que cela signifie quelque chose pour toi ? »

Elle eut l'air perplexe. « Thellops ?

— Oui. » Je vis dans son regard que ce mot ne lui était pas étranger. « Tu sais de quoi il s'agit, n'est-ce pas ?

— Pas de quoi... mais de qui ! » Elle se passa la langue sur les lèvres. « Thellops est le gardien du Logrus. »

6

« Un seigneur du Chaos », grognai-je. On en revenait toujours à nos ennemis. « J'aurais dû le deviner.

— Il est plus que cela. Il veille sur le Logrus. C'est un privilège sacré. C'est l'homme le plus important des Cours, après le roi.

— C'est lui qui attaqué Père ?

— Non, il est inoffensif... vieux et gâteux. Son esprit divague. Tout le monde pense qu'il est fou, mais personne ne s'en préoccupe.

— Il est fou ? » Cela attira mon attention. « À quel point ? Comme Père ?

— Il... il parle au Logrus. Il le traite comme un être humain. Il déambule en marmonnant toute la journée. Je l'ai vu faire. C'est... agaçant. »

Père n'avait pas encore atteint ce stade. Mais, au moins, je savais qui était Thellops désormais. Peut-être la réponse se trouvait-elle à portée de main ; je ne l'avais pas encore trouvée, tout simplement.

« Tu le connais bien, ce Thellops ? » insistai-je.

Peut-être pourrait-elle le faire venir pour nous aider. « Examinerait-il Père, si nous le lui demandions ? Ou nous trahirait-il au profit d'Uthor ?

— Je ne sais pas. Je ne lui ai jamais prêté beaucoup d'attention.

— Mais tu l'as déjà rencontré. Il te connaît ?

— Oui.

— Et Père ?

— Évidemment. Nous l'avons tous rencontré. Tous ceux du Chaos. C'est lui qui décide quand... et si... on peut traverser le Logrus. Parfois, il prodigue ses conseils, qu'on le veuille ou non. »

Cela piqua ma curiosité. Si les objets magiques étaient partout similaires, peut-être que les conseils de Thellops concernant le Logrus pouvaient s'appliquer au Schéma. En réussissant à maîtriser le Schéma et ses pouvoirs, j'avais le sentiment que tout deviendrait plus simple pour nous tous.

« Quelle sorte de conseils ? Que t'a-t-il dit sur le Logrus ?

— Quand mon tour d'y pénétrer est venu, il m'a dit d'y emporter un miroir. J'ai obéi et le miroir est devenu magique. » Sa voix s'enroua. « Mais, évidemment, je l'ai perdu depuis.

— Peux-tu le récupérer ? » Après tout, Aber pouvait se procurer presque tout ce qu'il voulait, et ce, sur de longues distances, grâce au Logrus. Quelque chose d'aussi petit qu'un miroir devait être assez facile à faire apparaître. Un miroir enchanté pourrait nous être utile, ici...

Blaise haussa les épaules. « J'essaierai plus tard. Il me manque.

— Quoi... le miroir ?

— Oui.

— Que faisait-il ?

— Il me montrait toujours la vérité. Même quand elle faisait mal. »

Intéressant. Malheureusement, la vérité ne me semblait pas alors particulièrement utile. Je la connaissais déjà : notre père était fou et nous ne savions pas vraiment comment l'aider.

Ce qu'il me fallait de toute urgence, c'était un plan d'action. S'il existait la moindre chance que Thellops pût aider notre père, nous devions trouver un moyen pour l'amener ici. Mais comment ?

J'inspirai profondément et m'exhortai au calme. Rien ne servait de courir. J'essayai de faire un pas mental en arrière. Cela m'avait toujours aidé d'étudier les choses sous un angle différent.

Au lieu de faire venir Thellops ici... ne pourrions-nous pas lui amener Père ? Le roi Uthor avait peut-être mis nos têtes à prix, mais j'étais capable de changer d'apparence à volonté. D'après ce que j'avais vu, d'autres gens du Chaos pouvaient le faire aussi... peut-être était-ce le cas pour Blaise. Si nous pouvions déguiser notre père et le faire passer subrepticement dans les Cours du Chaos pour recevoir les soins de Thellops...

Je faillis éclater de rire. Ridicule — nous ne pouvions pas nous infiltrer dans le bastion ennemi avec le vague espoir que quelqu'un fût capable de le soigner. Autant nous présenter aux portes du palais en demandant de nous faire arrêter ou tuer !

Je me mordis la lèvre pensivement. Je tentai une

nouvelle marche arrière mentale. Il devait exister un autre moyen.

« Parle-moi encore de Thellops », finis-je par demander. Une connaissance approfondie du personnage apporterait peut-être une troisième solution.

« Tout le monde s'accorde à dire que c'est un vieillard inoffensif. Je ne vois pas ce que je pourrais ajouter.

— Est-il au service d'Uthor ?

— Je ne crois pas.

— Pourquoi ça ? »

Elle marqua une hésitation. « C'est juste une impression. À sa façon de regarder le roi... je dirais qu'il laisse transparaître plus d'ennui que de respect.

— Si je souhaitais lui parler, comment devrais-je m'y prendre ? Y a-t-il un endroit où je pourrais le rencontrer seul, et sans surveillance ?

— Peut-être dans le Logrus...

— Lui arrive-t-il de quitter les Cours ?

— Je ne crois pas. » Elle hésita de nouveau. « Il est âgé. Et fou. Où irait-il ? Personne ne veut de lui. »

Je me mis à faire les cent pas. « Dis-m'en plus sur le Logrus. Est-il surveillé ? Pourrais-je m'en approcher ?

— Il n'est pas gardé... c'est inutile.

— Et Thellops ?

— Il ne porte pas d'armes, si c'est à ça que tu penses. Peut-être que si tu le prenais par surprise, tu pourrais le ramener ici avant qu'il puisse t'en empêcher. Il n'a pas l'air très fort.

— On ne sait jamais. Les apparences sont parfois trompeuses, surtout avec les créatures du Chaos. » Je secouai la tête. « Non, de toute façon, l'enlever n'est pas la solution. Nous devons obtenir sa coopération. Nous pourrions faire appel à son sens du devoir, ou de l'amitié ! Est-ce un intime de Père ?

— Pas vraiment, à ma connaissance. Je n'ai jamais entendu Père parler de lui, sinon avec désinvolture.

— Thellops ! » marmonna soudain Père, comme s'il avait suivi notre conversation.

Je jetai un coup d'œil vers lui. Il paraissait dormir. Ses bras et ses jambes s'agitaient comme les pattes d'un chien rêvant qu'il court après un lapin. Une autre idée s'imposa à moi.

« Et si Père essayait de me mettre en garde ? suggérai-je doucement. Thellops serait-il capable de l'avoir mis dans cet état ? Cela expliquerait son attitude. Il m'a appelé Thellops, avant de tenter de me tuer.

— Je ne sais pas... » Blaise était indécise. « Freda le saurait peut-être. T'est-il arrivé de quitter Père du regard ? Auraient-ils pu se rencontrer sans que tu le saches ? »

Je me remémorai la façon dont Père avait disparu du centre du Schéma. Où était-il allé ? Et combien de temps était-il resté là-bas ? Je n'avais aucun moyen de le savoir.

« C'est possible, admis-je. Nous avons été séparés.

— Pendant combien de temps ?

— Je ne sais pas. Tout a pris un caractère insolite. » Pendant combien de temps *étais-je* resté prisonnier du brouillard gris ? Quand Père avait retracé le Schéma, j'avais perdu toute notion du temps. Il aurait pu se passer une heure... comme des jours ou des semaines. Impossible de le déterminer, puisque le temps s'écoulait différemment selon les Ombres. Un mois avait passé aux Cours du Chaos, d'après Blaise.

Elle soupira. « Thellops est très puissant. Il le faut, car il travaille en lien direct avec le Logrus. Mais, en admettant qu'il soit vraiment responsable de l'état de Père, une question s'impose... *pourquoi ?* Cela n'a aucun sens pour moi. Pourquoi s'en prendrait-il à Père ? Et pourquoi le rendrait-il fou ? »

Elle n'avait pas tort de s'interroger. J'aurais aimé avoir une réponse à lui fournir.

« D'après ce que je sais, poursuivit-elle, Thellops ne s'est jamais mêlé de politique. Il ne porte pas d'épée et ne se bat jamais en duel. Pourquoi interviendrait-il ? Pourquoi ne laisserait-il pas le roi Uthor et les *lai she'one* se charger de Père ? Voilà ce que je n'arrive pas à comprendre.

— Et s'il s'agissait d'une vengeance ? suggérai-je. Personne ne semble vouloir des Ombres, à part Père et moi.

— Et Aber », ajouta-t-elle en faisant la moue. Elle et lui ne s'étaient jamais entendus. « Et Freda, bien sûr. »

J'acquiesçai. C'était vrai, tous deux semblaient

autant apprécier les Ombres que moi. Nous nous ressemblions tous plus que je ne le pensais... nous étions tous des enfants du Schéma.

Blaise lança : « En outre, nombreux sont les gens des Cours qui ont grandi avec les Ombres et qui aiment y jouer. Mais en ce qui nous concerne... » Sa voix s'estompa. « Les Ombres ne paraissent pas me convenir, tout simplement. Elles ne font pas partie de moi. Je pense que tout le monde le ressent maintenant. Quand les tempêtes sont survenues...

— Mais ça s'est produit il y a des années ! » Aber m'avait parlé des terribles tempêtes ensorcelées qui, en s'abattant sur les Ombres après leur première apparition, avaient ravagé les Cours du Chaos et tué des milliers de personnes.

« Non, dit Blaise avec fermeté. C'est faux... de nouvelles tempêtes ont touché le Chaos... beaucoup plus nombreuses... au cours du dernier mois.

— Elles ont dû se produire quand Père a retracé le Schéma.

— Je ne sais pas. » Elle poussa un profond soupir. « C'était horrible, Oberon. Elles ont frappé les Cours et l'Au-delà si fort que nous avons cru la fin de l'univers imminente. Je ne veux pas avoir à subir ça de nouveau !

— Je suis désolé pour ces tempêtes, mais elles sont terminées et il n'y a rien à faire pour l'instant. Tu as survécu...

— Pas grâce à toi ! cracha-t-elle.

— ... et, en dehors de ma famille proche, il m'est difficile de m'inquiéter au sujet d'autres personnes du Chaos. En fait, j'aurais aimé que ces tempêtes anéantissent le roi Uthor, Lord Zon et tous nos opposants. Si je savais comment m'y prendre, j'en provoquerais d'autres !

— N'y pense même pas ! » Elle parut horrifiée. « Tu n'as pas idée à quel point c'était horrible ! Je ne le souhaiterais pas même à mon pire ennemi... pense aux milliers de victimes innocentes qui mourraient ! »

J'eus un ricanement de mépris. « Tu as le cœur sensible. Si je le pouvais, j'éliminerais nos rivaux en frappant fort et vite. Peu importe le prix à payer.

— Tu ne réussirais qu'à augmenter le nombre de tes adversaires. » Elle secoua la tête. « Nous sommes des gens robustes, nous les seigneurs et les dames du Chaos.

— Presque aussi difficiles à tuer que Père et moi.

— Tu serais surpris de constater combien il est difficile de tuer un seigneur du Chaos. » Elle haussa les épaules. « Les tempêtes du Schéma ont servi d'avertissement. Quand les Cours seront affaiblies et le Chaos menacé, chacun de nos opposants mettra ses griefs de côté et se ralliera au roi.

— Contre Père et moi.

— Si tu veux le formuler ainsi, oui. Pour tout le monde, Père est le responsable, mais c'est notre mort à *tous* qu'ils désirent. La tienne, la mienne, celle de Freda, de Père... la disparition de toute notre famille. On dit que ça vient de notre lignée... que les traîtres engendrent des traîtres. Si nous mourons, le problème disparaîtra... du moins, c'est ainsi qu'ils raisonnent.

— Je commence enfin à comprendre. » Une soudaine inspiration me dévoila la vérité. La cause de notre lutte n'était pas *réellement* les Ombres ou les ravages que les tempêtes du Schéma avaient provoqués. Nous luttions pour le *pouvoir*.

Le Schéma concurrençait le Logrus... il était peut-être même *plus puissant*. Bien sûr, les seigneurs du Chaos de pure souche pouvaient modifier leur apparence, se déplacer à travers les Ombres et faire venir à eux des objets très éloignés. Mais j'étais aussi capable de faire tout cela en utilisant le Schéma. Et, contrairement au Chaos, le Schéma produisait apparemment un nombre infini de mondes des Ombres dans l'univers tout entier.

Je m'interrogeai : *Pourquoi aurait-on besoin du Logrus, si le Schéma avait un tel pouvoir ?*

Père était pareil au premier seigneur du Chaos, celui qui avait découvert et expérimenté le Logrus, puis maîtrisé ses dons pour bâtir un empire. Le premier roi du Chaos avait dû exercer des pouvoirs inimaginables aux yeux de tous ceux qui l'avaient précédé. Et il les avait utilisés pour vaincre ses ennemis et créer les Cours du Chaos, sur lesquelles lui et ses descendants régnaient depuis des milliers et des milliers d'années.

Je fus parcouru d'un frisson d'excitation et d'impatience. Je me demandais si... le Schéma pourrait faire la même chose. Une fois maîtrisé, ferait-il de Père — et de moi ! — les souverains incontestés des Ombres et du Chaos ?

Je déglutis. Pas étonnant que le roi Uthor eût souhaité notre mort. Il ne craignait pas seulement le Schéma et ses pouvoirs, mais redoutait ce que nous pourrions devenir si nous le dominions.

Et il avait de bonnes raisons d'avoir peur. Si j'avais l'occasion de l'attaquer, j'utiliserais le Schéma contre lui sans hésiter une seconde.

Ayant raté une partie du discours de Blaise, je m'obligeai à l'écouter de nouveau.

« ... peux-tu leur en vouloir ? Ces tempêtes du Schéma ont tué des centaines de gens et détruit des donjons par dizaines ! Le Schéma est une menace, il doit être éliminé pour le bien de tous ! »

À demi amusé, je la regardai en souriant. Elle avait presque l'air d'une enfant, babillant à propos de détails insignifiants, persuadée, à tort, de leur importance.

« Oublie l'idée de détruire les Ombres, intervins-je. Je t'ai déjà dit que c'était impossible.

— Le roi Uthor les détruira, lui. Le Schéma, également.

— Il peut toujours essayer. »

Elle eut un reniflement de mépris. « Tu crois vraiment que tu feras le poids contre le roi ?

— S'il le faut. Je ne vais pas tourner le dos et abandonner. »

Blaise secoua la tête d'un air songeur. « Tu es incroyablement stupide... ou alors, incroyablement courageux. »

J'eus un large sourire. « Peut-être un peu des deux. Bon, revenons à Thellops... »

Elle caressa le front de notre père doucement. « C'est incompréhensible. Si Thellops voulait la mort de Père, pourquoi ne l'a-t-il pas tué sur-le-champ ? Pourquoi l'avoir rendu fou ?

— Père s'est peut-être échappé. Ou il a gagné... nous ne savons pas ce qui s'est passé. Thellops a sans doute pensé que la folie était la meilleure punition. »

Elle secoua la tête. « Possible... mais cela sonne faux. Je pense qu'il y a une autre explication. Une raison qui nous échappe encore. »

Je ne pus qu'acquiescer. Rien ne semblait vraiment coïncider. J'avais l'impression que nous avions laissé filer un ou deux détails importants.

Blaise étouffa un bâillement. « Quoi qu'il en soit, tant que tu ignores le fond du problème, mieux vaut s'abstenir d'agir. Tu ne ferais qu'aggraver la situation.

— Je ne crois pas qu'elle puisse être pire.

— La mort est ce qu'il y a de pire, à mon avis. Et Père est encore en vie.

— C'est vrai. » Elle avait raison sur ce point.

« Attendons de voir si Père retrouve ses esprits, proposa-t-elle. Après, tu pourras lui demander pourquoi il ne cesse de répéter le nom de Thellops. Peut-être rêve-t-il à de vieilles connaissances.

— Je ne crois pas que Thellops soit un de ses amis. » Je ne pus retenir un sourire. « Père voulait m'éliminer. Et il s'y est bien employé. Généralement, les vieux amis ne se promènent pas en cherchant à s'entre-tuer.

— Il pourrait s'agir de quelque chose que tu as dit ou fait à Père. » Blaise bâilla de nouveau. « Il n'y a rien qu'une bonne nuit de sommeil ne puisse arranger. En parlant de ça...

— Non ! » Je levai la main comme si j'allais la gifler ; ses paupières se soulevèrent.

« D'accord, d'accord ! grogna-t-elle, en plissant les yeux. Je suis réveillée ! Sérieusement, Oberon, tu ne peux pas continuer à frapper les gens. La prochaine fois que tu essaieras, je te casserai le bras !

— Des promesses, toujours des promesses. » Je souris et haussai les épaules. « Comme je l'ai dit, tu dois rester éveillée. Je ne peux transporter qu'un fardeau inconscient à la fois.

— Je ne vais pas m'endormir.

— Ça, c'est sûr ! Pas tant que je te surveille, en tout cas. »

Je scrutai son visage avec attention ; ses paupières retombaient déjà. Qu'est-ce qui pouvait bien provoquer cette torpeur ? La proximité du Schéma ?

Peut-être se sentirait-elle mieux si nous nous éloignions un peu plus. Cela valait la peine d'essayer.

« Viens, partons. Nous allons chercher un endroit où tu pourras te reposer en toute sécurité.

— D'accord. » Elle se releva avec maladresse. « Et pour Père ?

— Si tu es capable de marcher, je me charge de l...

— Je vais marcher, m'interrompit-elle d'un air résolu.

— Très bien. Suis-moi. Crie, si je vais trop vite. Je ralentirai l'allure.

— Ne t'inquiète pas pour moi, cher frère.

— Entendu. »

Je pris Père dans mes bras et me dirigeai d'un bon pas vers la forêt. Je savais exactement où je voulais aller. Tout en marchant, je laissai mon imagination vagabonder. Autour de nous, le paysage commença à changer : une nuance rosée auréola le soleil, des touffes de fleurs blanches au détour d'un chemin, un pont couvert surplombant une crique. Un faon apprivoisé vint flairer nos poches, en quête de quelque gâterie.

Blaise en rit de plaisir. Je regardai derrière moi et sourit. Les occasions de rire se faisaient si rares dans notre vie.

Allongeant le pas, nous laissâmes derrière nous le petit cerf qui sautait parmi les buissons et jouait à cache-cache avec des lapins, des sconses et d'autres animaux de la forêt.

Nous traversâmes des bois, des prairies, des collines ondoyantes couvertes de blé et de seigle mûrs, et des pâturages où paissaient des vaches bien grasses et des moutons replets. Des fermiers à l'air prospère travaillaient çà et là dans les champs avec leurs enfants. Tous agitaient la main et nous saluaient de la plus courtoise des façons. Deux garçons portant des ballots vinrent à notre rencontre en courant. Ils regardèrent notre père avec curiosité. Aucun d'eux ne demanda pourquoi je portais un vieillard ficelé ; cela aurait été impoli et ils n'étaient pas du genre indiscret... une Ombre paisible, en vérité. Nous avions grand besoin d'autochtones aimables qui n'allaient pas essayer de nous tuer ou de nous trahir...

« Pouvons-nous vous offrir à boire, monsieur ? demandèrent-ils. Ou quelque chose à manger, madame ?

— Non, merci. » Je m'arrêtai et me retournai pour vérifier que ma sœur suivait. « Blaise ?

— Un verre serait le bienvenu », répondit-elle. Elle repoussa une mèche rebelle sur son front. Sans maquillage, les cheveux en bataille, son visage avait l'air plus dur. Je me remémorai la force de son coup de poing et me demandai — ce n'était pas la première fois — si je ne l'avais pas sous-estimée.

« Voilà. » Le plus âgé des deux sortit une cruche en terre de son ballot et versa de l'eau dans une tasse que tenait son frère. Ils la lui tendirent.

« Merci. » Elle but avidement, toussa, s'étrangla et la leur rendit aussitôt.

« C'était bon ? m'enquis-je avec une grimace.

— C'était de... *l'eau.* » Elle haussa les épaules, dégoûtée.

« Encore ? » Les garçons lui souriaient, s'imaginant qu'elle avait apprécié de se désaltérer.

« Ça ira pour l'instant. »

Ils se tournèrent de nouveau vers moi. « Monsieur ? Peut-être que le vieil homme...

— Nous n'avons soif ni l'un ni l'autre. » Je jetai un coup d'œil vers l'extrémité du chemin et fronçai les sourcils. S'il existait une auberge, là-bas, au-delà de ce bosquet sur la colline... une bonne vieille auberge, avec un porche muni d'une grille sur le devant, Père pourrait s'y reposer. Un médecin compétent habiterait dans une propriété non loin. Il pourrait nous aider.

Il fallait qu'il en fût ainsi. Il fallait que ma vision se matérialisât.

7

Et ce fut le cas. La petite ville nous apparut dès que nous atteignîmes le sommet de la colline. Ce n'était qu'un hameau, composé de deux douzaines de bâtiments environ. Une grande et vieille auberge se dressait juste là, devant nous. De la fumée s'échappait paresseusement de ses deux hautes cheminées de briques, transportant des effluves alléchants de pain frais et de viande rôtie. Trois vieillards à la barbe grise, assis dans des fauteuils à bascule installés sous le porche, taillaient des morceaux de bois avec leurs couteaux. À notre approche, ils relevèrent la tête et nous lancèrent de joyeux saluts.

« Ce vieil homme ne va pas bien ? » me demanda négligemment l'un d'eux. Il fixait, sans complaisance, le visage tuméfié et les poignets ligotés de notre père.

« Il est sujet à des crises », répondis-je. Mon ton me parut plus las que convaincant ; la journée avait été longue. « Je l'ai attaché pour l'empêcher de se blesser. Sa dernière crise a failli avoir raison de lui.

— Hem, hem. » Hochant la tête avec componction, il s'installa plus confortablement dans son fauteuil et recommença à se balancer doucement. « Alors, vous aurez besoin du docteur Hand.

— Mais pas du jeune docteur Hand, précisa le deuxième vieillard qui taillait toujours son morceau de bois. Celui qu'il vous faut, c'est le *vieux* docteur Hand.

— C'est ça, approuva le troisième. Le vieux docteur Hand, c'est lui le meilleur pour les crises, pour sûr. Il habite de l'autre côté des basses collines, plus près de Haddoxville que de Barleyton, au Manoir du Bord.

— Merci », leur dis-je. Ce vieux docteur Hand serait donc notre homme.

Le premier tailleur de bois reprit : « Demandez au jeune Jamas d'aller chercher le vieux docteur Hand pour votre père. Il doit être à l'intérieur, sûrement derrière le comptoir. Cette balade ne va pas le déranger, ça c'est sûr. Sa petite amie habite à Haddoxville !

— Ça oui, renchérit le deuxième vieillard en se balançant lentement. Ça n'embêtera pas du tout le jeune Jamas. »

Je me tournai vers Blaise. « Comment te sens-tu ?

— Je me sens *beaucoup* mieux, me dit-elle, avec un regard qui confirmait que, pour elle, le pire était passé. Bien qu'après cet affreux breuvage de fermier, j'aie besoin d'une vraie boisson.

— Jamas a le meilleur vin des sept comtés, affirma le troisième.

— Merci, lui dis-je. Si vous avez soif, entrez donc... je vous paierai une tournée.

— Merci beaucoup ! répondit le premier. Nous viendrons dès que Jamas vous aura installés, comptez là-dessus ! »

Je transportai notre père à l'intérieur. Une fois que mes yeux se furent habitués à l'obscurité de la salle au plafond bas, je distinguai quelques tables éparses et un long comptoir. Une marmite bouillonnait dans la cheminée, répandant de bonnes odeurs.

Derrière le bar se tenait un homme d'âge moyen, aux cheveux roux. Il leva les yeux de l'épais bloc de chêne qui lui servait de comptoir et qu'il nettoyait. Il nous fit un signe amical. S'agissait-il du jeune Jamas ?

« Bonjour, dit-il, avec un charmant sourire. Ce type que vous portez ne se sent pas bien ?

— Il est malade... il a des crises. » Je décidai de m'en tenir à mon histoire.

« Alors, vous voulez une chambre ?

— Trois.

— Vous aurez le choix à l'étage. » Il indiqua de la tête l'escalier situé au fond de la pièce. « Il n'y a personne, en ce moment. Vous verrez, les chambres n'ont rien d'extraordinaire, mais les lits sont chauds et la nourriture bonne et copieuse.

— Exactement ce qu'il nous faut. » Je m'avançai vers les marches, puis hésitai. Il valait mieux s'occuper d'abord de Père. « Ces vieillards, là, dehors, nous ont dit de demander le jeune Jamas. Ce n'est pas vous, n'est-ce pas ? »

Il gloussa. « On ne m'appelle plus le jeune Jamas depuis près de vingt ans. Non, il s'agit de mon fils aîné. Moi, c'est Jamas tout court, maintenant.

— Pas le vieux Jamas ? plaisantai-je.

— Non. Le vieux Jamas, c'est mon père.

— Ravi de vous rencontrer, Jamas. » Je lui fis un signe de tête poli. « Je suis Oberon. Voici ma sœur, Blaise. Nous espérions que votre fils pourrait aller à Haddoxville pour y chercher le vieux docteur Hand. »

Jamas acquiesça. « Pour les crises, le vieux docteur Hand est l'homme qu'il vous faut, c'est certain. L'expérience a du bon, c'est moi qui vous le dit. Mon garçon est dehors en train de ramasser du bois pour la cuisine. Il sera là dans quelques minutes. Je l'enverrai aussitôt chercher le docteur. Cela ne le dérangera pas.

— Merci.

— De rien. »

Je pivotai et, par l'étroite cage d'escalier, portai notre père jusqu'au premier étage. Je poussai du pied la première porte sur ma gauche et découvris une petite chambre au mobilier hétéroclite : un lit à baldaquin surélevé, une petite armoire et une vieille table de toilette avec une bassine bleue ébréchée. Cela conviendrait tout à fait à notre père.

« Bon, laisse-moi ouvrir le lit. »

Blaise me contourna rapidement et replia la couverture bariolée. Je fis glisser Père entre les draps. Il bavait de nouveau. Je soupirai et lui essuyai la bouche avec un pan de sa chemise.

« Puis-je le détacher, maintenant ? demanda Blaise. Je ne crois pas qu'il soit dangereux.

— D'accord. Mais sois prudente... s'il se réveille, il pourrait se montrer violent.

— Il ne me ferait pas de mal.

— On ne peut pas faire confiance à un fou. »

Elle défit en silence les liens qui enserraient ses poignets, en frottant délicatement les marques rouges qu'ils avaient laissées. Père s'agita un peu et murmura doucement. Puis, à ma grande surprise, Blaise se pencha et récupéra un couteau, au manche orné d'une licorne, dans sa botte droite. J'ignorais qu'il en cachait un là. C'était la copie conforme de celui que je lui avais déjà subtilisé.

« Je garderai les yeux ouverts », dit-elle avec un sourire, comme si elle avait lu dans mes pensées. Elle me tendit le couteau que j'enfilai dans mon ceinturon, à côté de son frère jumeau. « Même si ça ne sert pas à grand-chose... il peut toujours s'en procurer un autre, grâce au Logrus ! »

Je n'y avais pas songé ; je fronçai les sourcils. À quoi bon désarmer quelqu'un qui pouvait avoir toutes les armes qu'il voulait à tout instant ?

« Peut-être que nous devrions le garder attaché..., suggérai-je.

— S'il doit s'échapper, qu'il s'échappe ! Je t'aiderai à le rattraper la prochaine fois... s'il y en a une. »

Je levai les sourcils. J'entrevoyais de nouveau en elle le guerrier qu'elle avait si soigneusement dissimulé derrière la soie et les dentelles. Je ne mis pas sa parole en doute : si elle affirmait qu'elle m'aiderait, elle le ferait.

« Viens, dit-elle. J'ai vraiment envie d'un verre, à présent.

— Moi aussi. »

Alors que nous nous dirigions vers la porte, je stoppai net.

« Attends ! » J'eus la sensation qu'on tentait de me contacter par l'intermédiaire d'un atout.

« Qu'y a-t-il ? m'interrogea-t-elle.

— Quelqu'un essaie de me joindre... »

Je me concentrai et, à travers un étrange tunnel vacillant, j'aperçus une silhouette sombre. Il semblait — je pensais qu'il s'agissait d'un homme — me dire quelque chose. Toutefois, je n'arrivais pas à comprendre ses paroles.

« Qui est-ce ?

— Je ne sais pas.

— *Oberon...* » La voix de l'homme résonnait faiblement.

« Aber ? » L'image tremblota, puis devint plus distincte. Il s'agissait bien de mon frère — mais il était beaucoup plus mince que la dernière fois que je l'avais vu. Ses pommettes saillaient et des cernes noirs entouraient ses yeux profondément enfoncés dans leurs orbites.

« ... vivant ! » dit-il. Sa voix me parvenait, indistincte. « J'ai... de te joindre... jours !

— Le temps s'écoule différemment ici. Où es-tu ?

— Sur le point... tué ! » cria-t-il. Il avait l'air désespéré. « Viens me... avant... ! *Presse-toi !* »

8

« J'arrive ! » Sans hésiter, je me penchai vers lui.

Il jeta un regard par-dessus son épaule, les yeux exorbités, puis saisit mon poignet à deux mains. J'eus l'impression qu'il pesait une tonne ; serrant les dents, je le tirai à moi. Il se jeta dans mes bras.

« Ob... ! » Aber tendit les mains et tituba. Il semblait incapable de garder l'équilibre. « Quelque chose ne tourne pas rond, ici... » Il serait tombé, si je ne l'avais pas retenu. Souffrait-il des mêmes désordres que Blaise ?

« Ce qu'il te faut, c'est juste un pied *schématique* ! » lançai-je d'un ton ironique et plus confiant que je ne l'étais. Il n'esquissa pas même l'ombre d'un sourire à ma plaisanterie ; je compris qu'il était vraiment en très mauvaise condition. Gagné par l'inquiétude, je l'aidai à s'asseoir près de notre père.

Il avait perdu beaucoup de poids. Son visage présentait une expression désespérée et traquée que seul le gibier sentant sa fin proche affichait. Il portait ses habituels pantalon et chemise bleus, mais une fine poussière jaunâtre le recouvrait de la tête aux pieds. Les genoux de son pantalon étaient en lambeaux, comme s'il s'était traîné dans un jardin jonché de pierres... qui, d'après moi, avaient dû essayer de le dévorer. Dans le Chaos, les pierres avaient des propriétés singulières.

« Qu'est-il arrivé à Père ? demanda-t-il en le fixant. Quelqu'un l'a attaqué ? Est-ce qu'il va bien ?

— Il est souffrant, lâchai-je.

— Il ne manquait plus que ça », marmonna Aber, en se prenant la tête entre les mains. Il frissonna, inspira profondément, puis expira lentement. « Moi qui pensais qu'il pourrait tout arranger.

— Laisse-moi deviner. Tu voulais qu'il détruise le Schéma. »

Il leva les yeux. « Non ! Enfin, bon... peut-être que s'il se rendait, le roi Uthor nous épargnerait.

— Tu le vois faire preuve d'abnégation ? Voilà qui ne lui ressemblerait guère.

— Non, je suppose que non, dit-il d'une voix où perçait une note d'amertume. Mais nous pourrions le sacrifier !... Le roi accepterait peut-être un marché...

— Non. » Je fus catégorique. « Nous formons une famille et nous allons rester soudés.

— Toi et ton idéalisme ! Père n'hésiterait pas à te vendre, s'il pensait que cela pourrait le sauver.

— Tu ne lui rends pas justice », déclarai-je. Pendant mon enfance, notre père s'était donné beaucoup de mal pour me protéger. « Reprends ton souffle. Ensuite, tu me raconteras ce qui s'est passé aux Cours. Peut-être pourrai-je faire quelque chose.

— Je pense que personne ne peut plus rien faire. » Il se plongea dans la contemplation des lattes du plancher. « Ils sont à notre poursuite. Je crois que le roi Uthor a capturé tout le monde, à part toi, Père et moi.

— Et Blaise, bien sûr. Elle est libre.

— Blaise ? Épatant ! » dit-il d'un ton sarcastique. Je me souvins alors qu'entre eux ne régnait pas le grand amour. « *Évidemment*, elle a toujours su tirer son épingle du jeu.

— Merci de t'inquiéter pour moi, Aber », lança Blaise avec froideur, derrière moi.

Il leva les yeux d'un air surpris.

« Je te croyais morte, lui répondit-il.

— Désolée de te décevoir.

— Pourquoi n'as-tu pas répondu à mes appels ?

— Je devais être trop occupée. »

Aber ouvrit la bouche, prêt à lui renvoyer une réponse acerbe, mais je lui intimai le silence d'un geste de la main.

« Descends, ordonnai-je à Blaise. Nous te rejoindrons dans quelques minutes. Je dois parler avec Aber, seul à seul.

— Oh, très bien. De toute façon, j'ai vraiment besoin de ce verre. Surtout maintenant qu'*il* est là. » Elle sortit dans le couloir à grand bruit, sans rien ajouter.

« Garce », marmonna Aber dans sa barbe. S'adressant à moi : « J'ai essayé de la contacter à cinq ou six reprises, au cours des dernières semaines, car j'avais vraiment besoin d'aide. Elle n'a jamais répondu. J'en ai conclu qu'elle avait été capturée. En fait, elle ne daignait tout simplement pas me répondre.

— Elle avait ses propres problèmes. Je l'ai sortie des Cours juste à temps... des créatures de l'enfer étaient en train de forcer sa porte.

— Tu aurais dû l'y laisser. » Il croisa les bras dans une attitude butée. « Certaines personnes ne méritent pas d'être sauvées.

— Elle fait partie de la famille. » Je tentai d'avoir l'air sérieux. Nous ne pouvions pas nous permettre de nous disputer et de nous diviser... pas avec tous ces ennemis qui voulaient notre mort. « Si ce que tu dis est vrai, nous sommes peu nombreux, à présent. Et je suis sûr que Blaise se montrera efficace, quand nous nous installerons de nouveau quelque part. »

Il me lança un regard étrange. « Elle a refusé de m'aider aux Cours, quand j'avais besoin d'elle. Je ne suis pas près de l'oublier !

— Je ne t'ai pas dit de le faire. Sois juste conscient de ses limites et rappelle-toi que tu ne peux pas compter sur elle. Elle est peut-être difficile à vivre, et tu n'apprécies guère sa compagnie, mais nous devons rester soudés, que tu le veuilles ou non.

— C'est le meilleur moyen de nous faire tous tuer, grommela-t-il. Je n'arrête pas de te répéter de ne faire confiance à personne !

— Sauf à toi.

— Évidemment ! » Il éclata de rire — son sens de l'humour semblait lui revenir. « Et à Freda, bien sûr. Mais à Blaise... certainement pas ! Je ne serais pas surpris qu'elle soit le traître qui a failli nous faire tuer à Juniper.

— Ne t'inquiète pas. » Je secouai la tête. « Je ne

me fie à personne, à l'heure actuelle. Après tout, elle veut que je détruise le Schéma.

— Quoi ? » Il en resta bouche bée. « Et que tu détruises les Ombres ?

— Pas de panique, je ne ferai rien d'aussi drastique. » Je gloussai. « Même si je savais comment m'y prendre ! Ce qui n'est pas le cas. »

Il se détendit. « Bon.

— Tu as dit qu'Uthor avait capturé tous les autres ?

— Je crois, oui. Dès que les tempêtes sont apparues, il a donné l'ordre d'arrêter tous les membres de notre famille.

— Cela ne me surprend pas. » J'aurais agi de même, à sa place.

« Comment les tempêtes sont-elles nées ? s'enquit-il. Père les a-t-il vraiment envoyées pour détruire le Chaos, comme on le dit ?

— S'il les a créées, c'est par accident. » Je haussai les épaules. « Quand il a retracé le Schéma, toutes les anciennes Ombres ont été détruites et de nouvelles se sont formées. La puissance de cette destruction a dû se répercuter jusque dans le Chaos. Je ne vois pas d'autre explication.

— Le Schéma... tu es certain qu'il l'a dessiné correctement, cette fois ?

— Oui. Je le sens au tréfonds de mon esprit, comme toi tu dois percevoir le Logrus.

— C'est vrai ? » Son visage s'éclaira. « Voilà une bonne nouvelle ! Puisque tu es décidé à le conserver, il n'y a qu'une chose à faire.

— Laquelle ?

— Apprendre à contrôler ses pouvoirs. Peut-être que Père... »

Sa voix se perdit quand il regarda notre père. Se penchant sur lui, il examina ses ecchymoses, ses coupures et ses lèvres fendues. L'enflure, au moins, avait commencé à diminuer.

« Qu'est-il arrivé à Père ? demanda-t-il. On croirait qu'il a reçu une tonne de cailloux sur la tête.

— Le fait de tracer le nouveau Schéma a agi sur son esprit. Il s'est comporté de façon bizarre. Il a tenté de me tuer ce matin, et j'ai dû me défendre.

— Alors, c'est toi qui as fait ça ?

— J'en ai bien peur », répondis-je, m'excusant presque.

Il siffla, puis me regarda avec un respect nouveau. « À l'exception de Locke, Père a toujours été le meilleur épéiste de la famille. Tu dois donc le surpasser ! »

Je ne niai pas. *Qu'il continue à penser ainsi !...* la réputation d'être dangereux n'avait jamais nui à quiconque.

Aber reprit : « Bien joué !... c'est tout ce que je peux dire. Il était temps que quelqu'un remette Père à sa place. J'aurais voulu voir ça. Tu penses vraiment qu'il va s'en tirer ?

— Bien sûr, dis-je, avec plus de confiance que je n'en ressentais. Il a simplement besoin de repos, le temps fera le reste. Nous avons déjà fait appeler un médecin. Il ne reste plus qu'à attendre qu'il arrive.

— Bon.

— Et toi ? Tu te sens mieux maintenant ? »

Il réfléchit quelques secondes. « En fait, oui.

— Prêt pour un verre ?

— Presque. » Aber se mit debout en chancelant et commença à lisser ses vêtements, puis à les brosser. Des nuages de poussière s'échappèrent de sa chemise et de son pantalon. « Maintenant, dis-moi, Oberon, où te cachais-tu ? J'ai essayé de te joindre pendant des semaines. Je commençais à désespérer. »

Je haussai les épaules en guise d'excuse. « Le temps s'écoule différemment, ici. Je ne pense pas qu'il se soit passé plus de quelques heures depuis notre dernière rencontre. Du moins, à mon avis. Depuis combien de temps ne m'as-tu pas vu ?

— Je n'en suis pas sûr... » Il fronça les sourcils. « Je dirais quatre à cinq semaines. Peut-être plus. J'ai passé le plus clair de cette période à essayer de rester en vie. Les *lai she'on* ont fini par me piéger dans l'Au-delà, juste après l'accalmie des dernières tempêtes. C'est à ce moment-là que j'ai utilisé toutes les cartes qui me restaient, les unes après les autres.

— As-tu réussi à contacter Freda ? Ou quelqu'un d'autre ?

— Non. Personne, à part toi. »

Mon cœur se serra.

« Si Freda a été blessée ou tuée..., commençai-je.

— Je suppose que le roi Uthor la détient, mais... » Il haussa les épaules. « Je ne sais pas. En tout cas, elle n'a pas été exécutée publiquement. Pas comme Mattus et Titus.

— Quoi ! » Je le fixai, sidéré. « Quand ? Comment ?

— Uthor les a fait passer au fil de l'épée, il y a environ quinze jours. » Devant mon expression horrifiée, il poursuivit d'un air sévère : « Leurs têtes sont fichées sur des piques, devant les portes du palais. Je suis étonné que Blaise ne t'ait rien dit.

— Non, elle n'en a pas parlé. » Ma gorge se serra. Deux frères morts. Freda, ma sœur préférée, probablement prisonnière. Et tous les autres... Uthor devait être en train de les faire torturer... ou pire. Je me remémorai la façon dont Lord Zon s'était servi du sang de mes frères pour espionner notre père à Juniper.

Mes pensées revinrent à Freda. Quelques heures plus tôt, d'après le temps de ces Ombres, elle avait tenté de me joindre par l'intermédiaire de mon atout. Avais-je raté une occasion de la sauver ? En ne répondant pas, l'avais-je laissée à la merci d'une capture ou d'une exécution ?

À ce moment-là, malheureusement, je n'aurais rien pu faire — les licornes nous auraient piétinés tous les deux, si j'avais essayé de la tirer jusqu'à moi. Je soupirai.

« Je vais tâcher de la contacter sur-le-champ, annonçai-je.

— Je viens d'essayer. Mais je t'en prie, fais donc ! »

Je sortis rapidement mon paquet d'atouts et les feuilletai. Dès que j'eus retrouvé sa carte, je la pris et l'élevai. Je me concentrai de toutes mes forces, fixant son image.

Rien.

« Eh bien ? » demanda Aber.

Je me contentai de secouer la tête. Je baissai la carte et la rangeai dans mon jeu. Tant que je n'aurais pas vu son cadavre, je refuserais de croire qu'il lui était arrivé quelque chose de grave. Je referais une tentative plus tard... et autant de fois qu'il le faudrait. En cas d'échec, nous devrions trouver un autre moyen de la sauver. Je ne pouvais pas l'abandonner aux griffes d'Uthor.

« Et Conner ? m'enquis-je doucement.

— Je ne sais pas. Je n'ai pas réussi à le contacter non plus. Même chose avec Fenn, Isadora, Syara, Pella et Leona. Et toi, en dehors de Blaise, as-tu eu des nouvelles de *quelqu'un d'autre* ?

— Non. »

Il secoua la tête. « Cela ne me surprend pas. Nous n'avions guère de chances d'en avoir, avec l'armée du roi Uthor, au complet, à nos trousses.

— Tu es encore en vie.

— De justesse. Et toi, tu as eu des nouvelles de quelqu'un ?

— Uniquement de Freda, il y a quelques heures. Mais le temps passe si lentement ici... cela doit représenter des semaines, dans le Chaos.

— Dommage. »

J'acquiesçai. Mauvaise nouvelle, en effet. Je n'avais plus qu'à espérer que quelques membres de notre fratrie fussent vivants et bien cachés. Après tout, nous descendions d'une grande famille. Si Blaise et Aber s'étaient échappés, d'autres auraient pu également en être capables. Il ne nous restait plus qu'à essayer de les contacter, dès que nous aurions trouvé un endroit sûr où rassembler nos forces.

Aber fit le tour de la pièce des yeux. « Bon, où sommes-nous ? Pas à Juniper, n'est-ce pas ?

— Non, Juniper n'existe plus. Nous sommes dans une petite auberge, sur une Ombre engendrée par le nouveau Schéma. Si elle possède un nom, je ne le connais pas.

— Sommes-nous en sécurité ici ?

— Autant qu'ailleurs, du moins pour le moment. Toutefois, je ne me risquerais pas à utiliser la magie du Logrus, juste au cas où.

— Entendu. » Il se leva. « J'ai besoin de me débarbouiller. Je te raconterai la suite après un long bain chaud... je présume qu'on *peut* en prendre, ici ?

— Ne te prive pas ! » fis-je, en indiquant du pouce la minuscule cuvette sur la table de toilette appuyée contre le mur du fond. « Vas-y. »

Il haussa les sourcils. « Tu plaisantes, n'est-ce pas ? Je veux un vrai bain, avec des huiles parfumées. Et ensuite... un massage, suivi d'un bon repas... une soupe de champignons, crémeuse et légère, une salade et des côtes d'agneau braisées, et pour finir... »

J'éclatai de rire sans pouvoir m'arrêter.

« Qu'y a-t-il ? demanda Aber.

— Ai-je l'air de plaisanter ? Tu n'auras rien de tout cela. Avec un peu de chance, l'aubergiste te donnera un bol du ragoût qu'il est en train de faire mijoter dans son âtre. Ensuite, tu devras peut-être te contenter de pain, de fromage et de vin.

— Je commanderai un steak, s'il n'y a rien de mieux. Ou je peux m'en procurer un par moi-même.

— Comme je te l'ai déjà dit, je ne crois pas qu'utiliser le Logrus ici soit une bonne idée. Imagine qu'Uthor trouve le moyen de te piéger, si tu le faisais ?

— La magie ne fonctionne pas ainsi.

— Alors, fais-moi plaisir. » Je haussai les épaules. « Je ne me suis jamais vanté d'être un expert, juste un paranoïaque.

— Pas de bain. Pas de domestiques. Pas de nourriture. » Il secoua la tête d'un air abattu. « Cela ne peut pas marcher, Oberon. Il n'y a rien, ici. N'importe quel seigneur du Chaos pourrait facilement entrer, nous éliminer et détruire le Schéma.

— Il faudrait d'abord qu'il nous trouve. Puis qu'il me tue. Et qu'il découvre le Schéma. Ce n'est pas aussi facile que tu le dis. Il a été bien caché, comme la dernière fois...

— Alors, *où* est-il ?

— À l'abri. Et, à partir d'aujourd'hui, il le restera. Je ne révélerai rien à personne.

— Pas même à moi ? »

Je gloussai. « *Surtout* pas à toi. Tu as fait partie des effectifs du roi Uthor, si je ne m'abuse !

— Contre mon gré ! Il avait menacé de me tuer, souviens-toi. Et de toute manière, regarde où ça m'a mené... j'ai été pourchassé dans l'Au-delà et dans une douzaine d'autres Ombres du Chaos.

— Quand bien même. »

Il haussa les épaules. « D'accord. Ce n'est pas comme s'il était vital que je le sache... ni même que j'en aie envie ! » Il se redressa et se dirigea vers la table de toilette. « Je vais donc profiter de ton soi-disant bain ! Le moins que tu puisses faire, c'est de me trouver des vêtements convenables, pendant que je fais ma toilette !

— Tu veux une serviette ?

— J'utiliserai la mienne. » Il tendit le bras et en fit apparaître une de nulle part — il s'était de nouveau servi du Logrus pour se procurer ce dont il avait besoin.

« J'avais dit : pas de Logrus !

— Oh... désolé. Je suppose que c'est instinctif. Je n'ai pas réfléchi.

— Ne recommence pas, c'est tout ! » soupirai-je.

Pour la première fois, je me demandai si le Schéma me permettrait de faire la même chose : obtenir des objets, par magie. Il me faudrait tenter l'expérience un peu plus tard. Je pourrais sans doute amener Aber à m'expliquer le fonctionnement du Logrus...

« Retrouve-moi en bas, lui dis-je, alors qu'il retirait sa chemise et commençait à s'asperger le visage d'eau froide. Je veux être informé de tout ce que j'ai raté. Je suis sûr que Blaise sera tout aussi impatiente d'entendre ça, même si elle refuse de le reconnaître. »

J'emportai l'épée de notre père que Jamas rangea en lieu sûr. Blaise et moi passâmes une agréable demi-heure, assis tranquillement au bar, à boire un vin rouge frais et fruité. Nous partageâmes un silence reposant ; nous avions tous deux beaucoup de choses en tête.

Jamas venait de nous prévenir que son fils aîné

était parti quérir le vieux docteur Hand, quand Aber descendit l'escalier pour se joindre à nous. Mes yeux s'écarquillèrent de surprise. Il portait une tunique d'un bleu chatoyant, un pantalon bleu foncé et des bottes de cheval noires à bouts renforcés par d'épaisses plaques d'argent. Ses cheveux bruns, mouillés et lissés vers l'arrière, brillaient. Débarrassé de cette poussière qui maculait son visage et ses mains, il semblait encore plus émacié qu'auparavant.

« Nettement mieux », lâchai-je. Puis, avec un soupir : « Mais tu as encore utilisé le Logrus, n'est-ce pas ?

— Euh... désolé. » Il m'adressa un sourire penaud et faussement contrit. « Je n'ai vraiment pas pu m'en empêcher. Je déteste me sentir sale. En outre, personne ne peut retrouver notre trace quand nous nous servons du Logrus. Interroge Blaise, si tu ne me crois pas.

— Blaise ? » Je me tournai vers notre sœur.

« Comment le saurais-je ? » Elle haussa les épaules. « Je me fiche de savoir comment le Logrus fonctionne. Je suis simplement heureuse qu'il soit efficace !

— Vu le nombre de nos ennemis, je continuerai à pécher par excès de prudence. Ils paraissent en savoir plus que nous tous ici — y compris vous et Père — sur la magie et le fonctionnement du Logrus.

— C'est vrai... » Il soupira. « Je vais me montrer plus prudent. De toute façon, nous n'allons pas nous éterniser ici, n'est-ce pas ?

— Nous resterons le temps que Père se rétablisse. »

Aber s'assit sur un tabouret proche du mien, loin de celui de Blaise. Je perçus des effluves de lavande — il s'était également parfumé. Je hochai la tête, incrédule.

« Qu'est-ce que tu bois ? demanda-t-il, en se penchant au-dessus de ma chope.

— De la bière brune.

— J'en prendrais bien une pinte, moi aussi, dit-il à Jamas.

— Oui. » Jamas lança un regard oblique à Aber, tout en tirant une pinte d'un fût. « Il ne me semble pas vous avoir vu monter tout à l'heure, monsieur.

— Les gens me remarquent à peine, répondit Aber avec un petit sourire. Je suis plutôt discret.

— Pas encore assez, marmonna Blaise entre ses dents.

— Mieux vaut être discret que débiter des âneries », rétorqua Aber, en la foudroyant du regard. Blaise trouva un intérêt soudain pour l'examen de ses ongles.

« Ça suffit ! leur lançai-je. Nous n'avons pas de temps à perdre en enfantillages. Si nous sommes les seuls survivants de notre famille, nous allons faire en sorte de nous entendre. Compris ?

— Bien sûr, tu as raison, cher Oberon », dit Blaise. Avec un clin d'œil manquant de discrétion, elle m'enlaça par les épaules. « Je suis désolée, Aber. Tu ne méritais sûrement pas ça. Je tâcherai d'être plus gentille.

— Tu n'es pas ma sœur », déclara Aber d'un ton

sinistre. Il but d'un trait la moitié de sa chope. « La vraie Blaise ne se serait pas excusée. Ce n'est pas dans sa nature.

— Tu ne connais rien à sa nature, répondit Blaise. Je veux dire... à ma nature.

— La nature de qui ?

— Tu n'es qu'un idiot !

— Voilà enfin la Blaise que nous connaissons et adorons », dit-il en se fendant d'un sourire.

Je poussai un soupir. Ils se comportaient comme des enfants, à tel point que j'aurais aimé les fesser et les envoyer au lit sans manger. Mais, si j'avais essayé, Blaise m'aurait certainement cassé le bras. Mieux valait changer de sujet tout simplement.

« Dis-moi ce que j'ai raté aux Cours, Aber. Que t'est-il arrivé ?

— C'est une longue histoire.

— J'ai tout mon temps.

— Moi aussi », renchérit Blaise d'un ton presque penaud. Elle s'accouda au comptoir, le menton posé au creux de ses mains. « Raconte-nous comment tu as rampé avec héroïsme dans les sous-sols.

— Blaise..., l'avertis-je.

— Ne t'occupe pas d'elle, m'interrompit Aber. Personne d'autre ne s'en soucie. »

Il gloussa et termina sa chope de bière, puis fit signe à Jamas de la lui remplir de nouveau. Sa chope pleine à la main, il s'éclaircit la gorge avant de s'installer plus confortablement et de se lancer dans son récit.

9

« Après vous avoir quittés, Père et toi, près du Schéma, commença-t-il, je suis retourné dans notre maison de l'Au-delà. Il s'était écoulé un peu plus d'une semaine depuis notre départ. La maison était étrangement silencieuse ; elle dégageait une impression de vide et résonnait d'échos, comme dans ces demeures où il n'y a pas de survivants. Même les torches s'étaient éteintes.

« "Ohé !" criai-je à plusieurs reprises. Pas de réponse. Où étaient passés les serviteurs ?

« J'utilisai un charme rapide et envoyai quelques boules lumineuses vers le plafond. Leur lumière dévoila une douzaine de cadavres... étendus tout là-haut. Tous avaient eu la tête tranchée. Leur uniforme m'informa qu'ils appartenaient à la garde de notre maison.

« Après cette découverte macabre, je me déplaçai avec prudence et examinai les dégâts matériels. Tous les meubles avaient été mis en pièces, toutes les portes, arrachées de leurs gonds — même celles qui étaient protégées par la magie. Cela avait dû requérir un pouvoir fabuleux. Les hommes du roi

Uthor — du moins, je supposai qu'il s'agissait d'eux — n'avaient pas perdu leur temps.

« Je dénombrai trente-neuf corps décapités, au rez-de-chaussée. Les deuxième et troisième étages avaient également été saccagés. Dans mes appartements, on avait déversé mes pots de peinture, de pigments et d'encre au grand complet sur le sol, puis on avait fracassé les récipients vides contre les murs. Leur contenu s'étalait en une gigantesque surface poisseuse. Évidemment, je ne pouvais pas tout remettre en place ; le pire pour moi était la perte de mes coffres de rangement... et avec eux, celle de mes biens les plus précieux, y compris les centaines d'atouts que j'avais exécutés au fil des ans. Ces derniers représentaient des endroits où j'étais allé, des amis, des camarades de classe et, surtout, des parents. J'imaginais facilement l'utilisation que les hommes du roi Uthor en feraient pour rassembler notre famille.

« L'atelier de Père avait été vidé. Tout, de la plus volumineuse de ses inventions jusqu'au plus petit morceau de papier, avait été emporté. Cela ne m'inquiéta pas outre mesure — Père s'était désintéressé de la plupart de ces objets depuis des lustres. Après tout, c'était à Juniper qu'il avait passé ses dix dernières années de travail et de recherche.

« Je finis par fouiller méthodiquement le bâtiment, de la cave au grenier. Il ne me fallut pas longtemps pour constater qu'il ne restait plus aucun objet de valeur nulle part. Je dénombrai quatre-vingt-quatorze cadavres, rien que des gardes. Aucun de nos serviteurs parmi les morts — tous avaient dû s'enfuir... ou avaient été faits prisonniers... ou, vu la difficulté à trouver du personnel convenable de nos jours, avaient peut-être été, euh... disons, enrôlés de force ailleurs !

« Ayant déniché un lit à peu près intact au quatrième étage, je m'y effondrai et tentai de me reposer. Je ne savais pas quoi faire d'autre. Le délabrement de la maison me convainquit que les *lai she'on* l'avaient fouillée avec méthode et n'avaient aucune raison d'y revenir. J'y serais en sécurité pendant quelque temps.

« La fatigue me submergea. Je m'endormis.

« Je dus me réveiller bien des heures plus tard. Mais, au lieu de me sentir frais et dispos, un étrange malaise m'envahit. Je n'avais jamais rien éprouvé de la sorte. Un bourdonnement bizarre emplit mes oreilles. Une certaine appréhension me mit les nerfs à vif. L'air lui-même paraissait étrangement chargé, comme si la foudre allait frapper. Je n'eus plus qu'une envie, me glisser dans un trou et le refermer derrière moi... sans être toutefois capable de dire *pourquoi.*

« Quelque chose se préparait. Quelque chose d'épouvantable. Je le sentais dans mes os.

« Il me fallut un courage que je ne croyais plus posséder pour rejoindre le rez-de-chaussée. Avec prudence, je me faufilai jusqu'aux portes d'entrée — l'une d'elles gisait sur le sol, l'autre pendait de guingois sur ses gonds — et jetai un coup d'œil à l'extérieur.

« Le ciel avait pris un aspect insolite. Les incessantes zébrures d'éclairs bleus illuminaient de l'intérieur des nuages bouillonnants. Des boules de feu pleuvaient sur toute la cour, diffusant une fumée opaque. Des teintes singulières bleu et or palpitaient dans les airs. Puis le sol se plissa et se rida comme la surface d'un lac sous les rafales du vent. Les rochers demeuraient immobiles.

« Levant les yeux pour regarder par-dessus le mur d'enceinte, je découvris un rideau de lumière d'un jaune moiré qui se déplaçait lentement vers moi et qui devait mesurer plus de cinquante mètres de haut — peut-être même davantage. Je sortis pour l'observer de plus près. Par les portes ouvertes de notre domaine, je pus constater que le sol bouillonnait et se fissurait, au fur et à mesure de son passage.

« J'étais témoin, pour la première fois, d'une tempête des Ombres. J'en avais évidemment entendu parler — elles avaient déjà affecté le Chaos bien des années auparavant (je suppose que cela s'était produit lorsque notre père avait créé le premier Schéma et toutes les Ombres) —, mais je ne m'étais jamais imaginé que j'en verrais une d'aussi près.

« Pris de panique, je reculai, pivotai et me réfugiai dans la maison. Les murs et le sol tremblaient ; les cadavres glissaient le long du plafond. Des couleurs changeantes déferlaient, comme de l'encre mélangée à de l'eau ; ma tête subissait une telle pression que j'y voyais à peine.

« Je pénétrai plus avant dans notre demeure, à la recherche d'un endroit où me cacher. De petites boules de lumière apparaissaient un peu partout, roulant sur le sol, le long des murs, sur le plafond, et formant des flaques dans les angles. Où pouvais-je aller ? Sous terre, peut-être ?

« Je courus vers les cuisines et l'escalier le plus proche des caves, quand les murs se mirent à se boursoufler et à fondre. Un bruit grinçant et déchirant atteignit tout à coup des niveaux assourdissants. Ma tentative était vouée à l'échec — la tempête m'avait rattrapé.

« Les murs commencèrent à s'écailler avant de s'élever dans les airs. Je ressentis alors d'étranges fourmillements dans mes mains et dans mes pieds. Levant un bras, je m'aperçus que ma peau était devenue transparente — je voyais au travers. Sans réaction rapide de ma part, je ne survivrais pas à cette tempête.

« Je sortis le premier atout, représentant un lieu, que je trouvai — il montrait Triffiq Square, aux Cours du Chaos — et je sautai directement jusqu'à cet endroit. Juste à temps. En arrivant, je m'effondrai et restai sur le sol pendant quelques minutes. Mes bras et mes jambes refusaient de m'obéir. Je devais bredouiller des paroles incohérentes — dans mon souvenir, des étrangers m'aidèrent à me relever, en me posant des questions que je ne comprenais pas —, mais tout le reste était embrouillé et fragmentaire.

« Quelqu'un, m'ayant reconnu, dut rapporter mon arrivée aux espions d'Uthor. À peine avais-je retrouvé mes esprits que les *lai she'on* se lançaient à ma poursuite. Je passai la majeure partie de la journée à tenter de les semer. Les tempêtes m'y aidèrent, bien sûr — entre les tremblements de terre, les éclairs et les bourrasques destructrices, identiques à celle qui s'était abattue sur notre maison de l'Au-delà, même leurs meutes sumériennes ne pouvaient progresser avec efficacité.

« Je me cachai pendant deux jours et observai les alentours, tout en essayant de ne pas attirer l'attention. Le ciel, assombri par la tempête, continuait d'offrir des jeux de lumière spectaculaires. De temps à autre, le sol tremblait — beaucoup plus qu'il n'aurait dû, toutefois —, mais les tempêtes qui s'abattaient sur les Cours n'étaient pas aussi violentes que celles de l'Au-délà.

« Régulièrement, je tentai de contacter les autres membres de la famille pendant les jours suivants. Je parvins à joindre Conner et Freda : Conner se trouvait dans l'Au-delà, installé bien à l'abri, avec Titus, dans le donjon de leur oncle Clengrau, lequel avait été épargné par les tempêtes du Schéma ; Freda, elle, avait trouvé refuge aux Cours, chez une de ses tantes. Aucun d'eux ne pouvait me tirer jusqu'à lui, aussi étais-je face à un dilemme. Les Ombres avaient disparu, notre demeure ancestrale avait été détruite et les *lai she'on* étaient à nos trousses ; peu de choix s'offraient donc à moi.

« Finalement, en désespoir de cause, je retournai dans l'Au-delà. Notre maison était bel et bien dévastée ; ce qui n'avait pas été détruit par les *lai she'on* l'avait été par les tempêtes. Les murs avaient disparu, le toit avait été arraché ; il ne restait pas grand-chose, en dehors d'une masse difforme de roche fondue, de bois et de verre. Il ne subsistait qu'un mur du bâtiment principal, mesurant, en son point le plus haut, juste un peu moins de deux mètres.

« Je fouillai un certain temps parmi les débris ; je ne trouvai rien qui me serait d'une quelconque utilité. Tout avait fondu et s'était amalgamé. Il n'y avait rien à récupérer.

« Je m'abritai dans l'un des petits postes de garde qui avaient fait partie du mur d'enceinte du domaine. Par miracle, il était intact — bien que je ne puisse pas dire la même chose des trois cadavres qui gisaient à l'intérieur. Les *lai she'on* leur avaient coupé la tête et laissé leurs corps pourrir au plafond. Je les tirai au-dehors, les libérai et ils dérivèrent dans le ciel. La puanteur diminua en conséquence.

« Je restai là pendant une semaine, me cachant et attendant d'être découvert. Grâce au Logrus, je me procurai, dans des Ombres proches, nourriture et boisson — ainsi que des livres et tout ce dont j'avais besoin pour mon confort personnel. Je conversais avec Freda plusieurs fois par jour. La seule fois où je contactai Titus, il me dit qu'il ne pensait pas que Conner et lui pussent survivre encore longtemps... les gens qui vivaient chez leur oncle leur jetaient des regards curieux, se taisaient dès qu'ils entraient dans une pièce ou refusaient de leur parler et de prendre leur repas en leur compagnie. Il me confirma qu'ils rendaient Père responsable de l'apparition des tempêtes. Il ne savait pas ce qu'il devait faire, ni où il devait aller.

« Je leur proposai bien évidemment de se joindre à moi, mais Titus ne voulut pas en entendre parler. Il me lança d'un air méprisant qu'il préférait mourir plutôt que vivre comme un animal.

« J'observais quotidiennement l'arrivée de nouvelles tempêtes, chacune d'elles moins violente que les précédentes. Heureusement, aucune ne s'abattit à proximité de ma cachette ; j'attendis que le calme revînt, dans un confort relatif et en toute sécurité.

« Deux semaines s'écoulèrent. Les imposantes tempêtes de l'Ombre avaient toutes cessé ; toutefois, quelques petites bourrasques persistaient. Quand je voulus de nouveau contacter Conner, je n'obtins pas de réponse. Freda me dit qu'elle redoutait ce qui pourrait lui arriver si elle quittait la maison de sa tante. Une foule en colère avait tenté de l'en faire sortir la veille, m'apprit-elle.

« Ce fut la dernière fois que je lui parlai. À partir du lendemain, je ne réussis plus à la joindre. Je supposai qu'elle avait été tuée ou arrêtée elle aussi, comme Conner. Je serais probablement le suivant, imaginai-je.

« Il se passa une semaine de plus. La solitude finit par me démoraliser. Je ne pouvais pas me cacher dans des ruines pendant le restant de mon existence. Il me fallait sortir et voir ce qui allait arriver.

« Changer d'apparence n'avait jamais été mon point fort, mais je transformai mon visage du mieux que je pus. Déguisé en vieillard, je retournai aux Cours pour y glaner des informations.

« Quand j'arrivai sur les lieux, une atmosphère étrange régnait dans les rues — une sorte d'anxiété, d'appréhension et, par-dessus tout, de peur y flottait. Les gens, par petits groupes, sur les places ou sur la chaussée, bavardaient en jetant des regards inquiets autour d'eux. Je m'attendais presque à voir des gardes et des soldats se précipiter sur eux pour les disperser, mais ce ne fut pas le cas.

« Lors de mon errance, je ne pus m'empêcher de remarquer les dégâts. La plupart des bâtiments s'étaient effondrés sous la violence des tremblements de terre et des tornades. Des pierres géantes — celles que l'on trouvait généralement dans les endroits les plus reculés du Chaos — se glissaient parmi les éboulis, comme du bétail en train de paître. Des femmes pleuraient ; des hommes recherchaient leurs proches, au milieu des décombres.

« Je déambulai lentement dans les Cours, faisant halte à chaque fois que j'entendais des conversations intéressantes. Tout le monde semblait énoncer les mêmes pensées :

« *Dworkin a trahi le Chaos.*

« *Combien d'autres tempêtes Dworkin va-t-il encore envoyer pour nous détruire ?*

« *Il faut empêcher Dworkin de continuer.*

« Au fur et à mesure que j'approchais du palais, je notai un changement sensible dans les formulations. Au lieu de demander : *Comment le roi va-t-il empêcher Dworkin d'agir ?* on disait : *Le roi n'est plus capable de nous protéger. Quelqu'un d'autre doit le faire !*

« En d'autres temps, ces paroles auraient été considérées comme autant de trahisons. Entendre dans la rue de tels propos dans la bouche de citoyens respectables... incroyable !

« Quand je parvins au palais, je trouvai les portes fermées et barricadées. Des gardes aux visages sinistres surveillaient toutes les entrées, épée à la main. J'essayai de ne pas les fixer avec insistance, mais ils étaient si occupés à observer la foule qu'ils ne m'auraient pas remarqué.

« De chaque côté des grilles, j'aperçus alors deux têtes fichées sur des piques... Mattus et Titus. Une pancarte était attachée à chacune d'elles — PROGÉNITURE DE TRAÎTRE. Un étau glacé m'enserra le cœur. Le roi Uthor avait dû les faire exécuter pour calmer les foules. Mais il avait échoué. Tout le monde voulait la peau de notre père. Rien d'autre ne les satisferait.

« Je compris également que si j'étais pris, je subirais sans doute le même sort.

« Cependant, aucun autre effroyable trophée n'ornait les grilles. Peut-être que dans l'un des donjons, Freda et tous les autres étaient encore vivants. Je ne pouvais que l'espérer.

« Sans but précis et sans objectif, à part celui de rester en vie aussi longtemps que possible, j'entrai dans une petite auberge et m'installai dans un coin. Tout en sirotant une bière, j'écoutai avec intérêt toutes les rumeurs qui couraient sur les défaillances du roi Uthor. Personne ne mentionna les membres de notre famille, excepté Père — que les gens maudissaient en priorité.

« Puis les spéculations sur ce que le roi ferait — ou ne ferait pas — pour protéger le Chaos se mirent à fuser. Plusieurs personnes dirent ouvertement que le roi Uthor devrait abdiquer en faveur d'un de ses fils.

« “Il est trop vieux”, lança un homme.

« “Il s'intéresse davantage à ses palais qu'à son peuple”, renchérit un autre d'un air entendu.

« Tout le monde partageait le même sentiment. Puis les conversations s'orientèrent sur Père, et sur la manière dont il devait être tué dès qu'il serait capturé. On suggéra de le hacher menu, en commençant par les orteils ; cette solution semblait la plus inventive.

« Je finis ma chope, quittai cet endroit et repris mes périgrinations. Les rassemblements se faisaient plus importants ; l'humeur, plus sombre. Une nouvelle tempête se préparait : le ciel s'était obscurci et une étrange sensation, identique à celle qui avait envahi l'Au-delà, flottait dans l'air. Une tension palpable envahissait chaque individu.

« Les *lai she'on* finirent par se montrer. Elles se dirigèrent vers les groupes où les gens étaient les plus nombreux, en criant : “Dégagez les rues ! Par ordre du roi... dégagez les rues immédiatement ! Rentrez chez vous, sinon vous serez arrêtés !”

« Personne n'osa protester, mais beaucoup lancèrent des regards noirs, et je remarquai que certains tapotaient leur épée et leur couteau. Si quelqu'un avait osé défier cet ordre, les autres auraient suivi, sans aucun doute, et se seraient rebellés.

« La foule se dispersa. En une vingtaine de minutes, les rues se vidèrent presque entièrement — il ne resta bientôt plus que quelques citadins se déplaçant pour leurs affaires.

« Je leur tournai le dos et allai me réfugier dans les ruines d'une bâtisse jadis prestigieuse. Trouvant un recoin où deux murs tenaient encore debout, sous un pan du deuxième étage, je m'y abritai juste au moment où la tempête se déchaînait.

« Elle ne fut pas aussi violente que celles que j'avais subies dans l'Au-delà. Les murs et les sols tremblèrent ; des couleurs jaillirent en flaques à mes pieds, et les lumières jouèrent de vilains tours à mes yeux — elles arrivaient par vagues brillantes et clignotantes qui me laissaient désorienté et déconcerté.

« Lorsque les pierres se détachèrent des murs qui se lézardaient, je me faufilai sous une table et m'y protégeai pendant l'heure qui suivit.

« La tempête passa rapidement. Quand j'eus recouvré assez de force pour ramper hors des éboulis, des crieurs publics parcouraient déjà les rues en hurlant les dernières nouvelles et proclamations : quinze mille morts... la chasse contre Dworkin se poursuit... un autre fils de Dworkin fait prisonnier... Je me demandai de qui il pouvait s'agir.

« À Triffiq Square, une foule en colère brûlait l'effigie de notre père. Je n'avais jamais vu autant de gens assoiffés de sang. *Le nôtre.*

« Je passai encore une semaine aux Cours, bien

caché sous mon déguisement. J'écoutais les nouvelles, tout en me tenant à l'écart. Des gens essayèrent à plusieurs reprises de me contacter par l'intermédiaire d'un atout ; je les ignorai. Avec tous les jeux qui avaient dû tomber entre les mains du roi Uthor, je ne pouvais me fier à quiconque.

« Je menai des enquêtes discrètes sur de vieux amis, afin de tester leur loyauté. Tous s'étaient retournés contre nous. La nuit, je faisais des tentatives pour entrer en contact avec des membres de notre famille... toi, Blaise, Freda, Conner. J'essayai même avec Père, maintes fois. D'après les rumeurs selon lesquelles il mettait une armée sur pied pour attaquer le Chaos, je savais qu'il était toujours libre. Cependant, il ne me répondit jamais.

« Les efforts fournis pour garder mon déguisement me pesèrent de plus en plus. Un jour, alors que j'arpentais une rue à proximité du palais — je m'efforçais de m'y rendre quotidiennement pour vérifier que de nouveaux membres de notre famille n'avaient pas été exécutés —, je perdis le contrôle de mon visage modifié. Dès que l'ancien réapparut, des gens durent me reconnaître. Aussitôt, des *lai she'on* se précipitèrent vers moi en courant, et leurs meutes sumériennes se mirent à hurler en reniflant mon odeur ; je n'avais aucun endroit où me cacher.

« Je m'enfuis dans les Ombres les plus reculées du Chaos. J'utilisai tous les subterfuges qui me vinrent à l'esprit pour brouiller ma piste. Je traversai l'Au-delà, puis franchis les Portes de Stygia pour entrer dans Ellysiom. Chevauchant une pierre sauvage dans les Terres Folles, j'arrivai dans la Fournaise de Lyric. La chaleur eut presque raison de moi ; pourtant, on me poursuivait toujours.

« Si les meutes ne les avaient pas accompagnées, j'aurais certainement réussi à m'échapper. Mais les chiens flairaient ma trace sans répit. Quelles que fussent la distance et la rapidité de mes déplacements, j'entendais en permanence leurs voix hurlantes juste derrière moi.

« Je marchai dans les déserts de Golgul, revenant plusieurs fois sur mes pas dans les Catacombes mineures, mais rien n'y fit. En contournant les Abysses, je ne gagnai que quelques heures, guère plus. Elles finirent par m'encercler à la Forge de Draak-Bal.

« Là, j'utilisai tous les atouts en ma possession. Je finis par te joindre, Oberon. Heureusement pour moi.

« Voilà toute l'histoire, conclut Aber. Je reconnais qu'elle n'est pas très impressionnante ; pourtant, grâce à toi, et cela a son importance, j'ai échappé à Uthor. Mais certainement pas grâce à Blaise ! » à qui il jeta un regard noir.

« L'endroit où je me trouvais n'était pas sûr non plus, se défendit-elle. Si Oberon n'avait pas été là... »

Je m'éclaircis la gorge et fis signe à Jamas de nous resservir. Il remplit nos chopes en silence. L'air perplexe, il avait écouté le récit d'Aber mais, en bon tenancier, il sut tenir sa langue. J'inclinai la tête en signe d'approbation tacite. Peut-être pourrais-je les persuader, lui et son fils, d'emménager dans mon futur royaume d'Ombre, quand je commencerais à recruter des colons.

Je me tournai alors vers Blaise. « Quelqu'un a-t-il essayé de te contacter par l'intermédiaire d'un atout, quand tu résidais chez ta tante et ton oncle ?

— Oui, presque tous les jours. » Elle haussa les épaules. « Je n'ai pas répondu. Je n'avais envie de parler à personne. Cela n'a pas servi à grand-chose... les *lai she'on* sont quand même venues m'arrêter. Pourquoi ? Est-ce important ? »

Je pris le temps de réfléchir. « Je le pense. Uthor a dû utiliser les atouts pour tenter de localiser notre famille. Si tu avais répondu, il t'aurait probablement retrouvée plus rapidement. C'est de cette façon qu'il a pu capturer tous les autres. »

Un martèlement de sabots nous parvint de l'extérieur. Je lançai un coup d'œil à Jamas, occupé à frotter son comptoir avec un chiffon, et attentif à notre conversation.

« Votre fils ? demandai-je.

— Oui, répondit-il avec un sourire. Je parie qu'il ramène le docteur Hand. Il va bien s'occuper de votre père. »

Quelque part à l'étage, un bruit sourd retentit. Aber et moi échangeâmes un regard étonné, puis nous nous exclamâmes en chœur : « Père ! »

Je sautai de mon tabouret et courus vers l'escalier, mon frère sur les talons.

10

Dégainant mon épée, je pénétrai dans la chambre, prêt à me battre. Je trouvai notre père près du lit, regardant autour de lui avec des yeux exorbités. Il avait renversé la table de toilette — ce qui expliquait le bruit. La bassine bleue s'était brisée sur le plancher, éparpillant des éclats de porcelaine et répandant de l'eau sale sur le sol.

Aber s'arrêta derrière moi.

« Père ? Comment te sens-tu ? » m'enquis-je.

Baissant ma lame, je fis un pas prudent en avant. Il ne s'était pas servi du Logrus pour faire apparaître une arme, ce que je considérai comme un bon signe.

« Où est-il ? demanda-t-il d'une voix rude.

— Qui ?

— Thellops, mon garçon ! Nous étions en pleine conversation...

— Il n'est pas ici, répondis-je vivement. Tu as été malade. Tu es resté inconscient pendant des heures.

— Des heures ? Non ! » Il s'assit lourdement sur

le bord du lit, en secouant la tête. « Que m'a-t-il fait ? Et quand est-ce arrivé ?

— Je n'en sais rien. » Je marquai une hésitation. Il semblait aller mieux — cependant, je notai un subtil changement, mais j'étais incapable de dire exactement à quel niveau. « Quand je t'ai trouvé, il y a quelques heures, tu gisais, inconscient, près du Schéma. Je t'ai amené ici.

— Quel est cet endroit ?

— Une simple auberge dans une Ombre.

— Le temps s'écoule différemment ici... mais il n'est peut-être pas trop tard. » Il se remit debout et regarda autour de lui d'un air égaré. « Tu vas devoir revenir avec moi. Aber, aussi... » Il plissa le front, les yeux dans le vague. « Et Locke. Où est-il ? J'ai besoin de lui.

— Locke est mort », répondis-je avec douceur. Il devait être vraiment perdu, s'il avait oublié que son fils aîné avait trouvé la mort à Juniper.

« Est-ce Thellops qui l'a tué ? » Il s'interrompit, puis : « Non, non...

— C'est arrivé il y a longtemps », m'empressai-je de répondre. Mieux valait l'aiguiller sur un sujet récent. « Qu'en est-il de Thellops... qu'a-t-il fait ? Est-ce important ?

— Ah, oui... Thellops ! » Il tourna son regard vers moi ; j'y lus une vive colère. « Nous devrions être assez de trois.

— Pour faire quoi ? » demanda Aber.

Notre père baissa alors les yeux. « Qu'avez-vous fait à mes bottes ? Les lacets ont disparu. Où est mon ceinturon ? Thellops est un démon rusé. Nous devons être préparés cette fois.

— C'est moi qui t'ai retiré ton ceinturon. Il est en bas. » Je le pris par le bras et le reconduisis vers le lit. « Assieds-toi un instant. Dis-moi comment tu te sens. Tu as reçu plusieurs coups sur la tête. Est-ce que tu te souviens de quoi que ce soit à propos du Schéma ?

— Le Schéma est parfait. Après tout, c'est moi qui l'ai dessiné.

— Oui, mais après l'avoir fait ?... »

Il battit des paupières ; ses yeux se perdirent dans le vague. « Je suis fatigué. J'ai faim. » Il examina la chambre, comme s'il la voyait pour la première fois. « Où suis-je ?

— Dans une auberge », lui répondis-je d'un ton rassurant. Il se répétait — et ses pensées n'étaient pas claires. Je me tournai alors vers la porte. Qu'est-ce qui retenait le vieux docteur Hand ? Lui aurait peut-être pu nous aider.

Notre père fronça les sourcils. « Je... je l'ai déjà demandé, pas vrai ?

— Oui, intervint Aber, en croisant les bras. Essaie de te concentrer, Père. Qu'en est-il de Thellops ?

— Thellops ? » Il me dévisagea. « L'ai-je tué, Locke ?

— Je suis Oberon, pas Locke. Je ne sais pas si tu l'as tué. Étiez-vous en train de vous battre ?

— Oui...

— Alors, nous n'allons pas tarder à le savoir. »

Dworkin se leva d'un bond. « Il s'est enfui ! » Se

libérant de ma poigne, il se mit à faire les cent pas, comme un animal en cage.

« Sais-tu qui je suis ? » l'interrogeai-je.

Il me regarda. « Assez joué, mon garçon. Nous n'avons pas de temps à consacrer à ce genre d'idioties. Nous devons retrouver Thellops avant... » Il fronça les sourcils. « Il est peut-être déjà trop tard. Nous verrons bien, nous verrons bien. »

Je jetai un coup d'œil par-dessus mon épaule. Je ne pouvais voir la cage d'escalier, mais j'entendis qu'on montait les marches d'un pas lourd.

« Le Schéma ! » s'écria-t-il soudain. Ses yeux s'écarquillèrent. « Tu as essayé de me tuer...

— Non, Père. » Je lui racontai rapidement ce qui s'était produit. Je n'étais pas sûr qu'il comprenait, mais il écoutait et secouait la tête de temps à autre. Je passai notre combat sous silence — inutile d'insister sur ce point.

« Désolé, mon garçon. J'avais l'esprit embrouillé.

— Mais tu vas mieux, à présent, le rassurai-je.

— Oui. »

Ce fut le moment que choisit un petit homme aux cheveux blancs, tout de noir vêtu, du chapeau rond et plat jusqu'aux chaussures étroites et pointues, pour entrer dans la chambre d'une démarche traînante. Il portait une petite sacoche noire d'une main et s'appuyait sur une canne, de l'autre.

« Quelqu'un m'a demandé ? » Avec un gentil sourire, il nous fit tour à tour un léger signe de tête.

« Oui. Vous devez être le docteur Hand, lui répondis-je.

— En personne. Êtes-vous le patient ? » Ses yeux bleu pâle me dévisageaient.

« Non. Il s'agit de notre père. » Je pivotai pour le lui présenter. « Le seigneur Dworkin.

— Seigneur ? » Le médecin leva les sourcils. « La noblesse fait rarement appel à moi.

— Sortez, ordonna notre père brusquement, en lui indiquant la porte. Je n'ai vraiment pas besoin de vous ! Même pas du tout, en réalité. »

Le docteur Hand gloussa et posa sa sacoche sur le lit. « Allons, allons, Votre Majesté, laissez-moi en juger. Des crises, n'est-ce pas ?

— Oberon..., commença Dworkin pour me mettre en garde.

— Il semble aller beaucoup mieux, intervins-je en m'excusant presque auprès du médecin.

— Je vais bien, gronda Dworkin.

— Sottises. » Le docteur Hand se pencha et étudia ses yeux. « Vous n'allez certainement pas bien. Vous avez une commotion cérébrale, monsieur. Je le vois parfaitement dans vos yeux. Vous avez été sévèrement battu... par deux fois, dirais-je, au vu de ces ecchymoses. Hier. Et ce matin. Mais vous souffrez de cette commotion depuis hier. Maintenant, êtes-vous disposé à me laisser vous soigner ou dois-je demander à ces garçons de s'asseoir sur vos bras, pendant que je fais mon travail ? »

Dworkin nous lança à tous trois des regards noirs. Je tentai d'avoir l'air décidé et menaçant. Une commotion... cela expliquait bon nombre de choses.

« Oh, bon, très bien », lâcha enfin notre père,

d'un ton sec. Il se percha à l'extrémité du lit. « Qu'on en finisse ! »

Je regardai le médecin avec une admiration non feinte. C'était la première fois que je voyais quelqu'un intimider Père. Aber semblait tout aussi impressionné.

« Hum », fit le médecin. Il releva chacune de ses paupières et l'examina minutieusement. Puis il palpa son crâne pour y chercher des bosses éventuelles. Enfin, il se recula.

« Des crises ? s'interrogea-t-il. Je n'en décèle aucun signe. Quoi qu'il en soit, vous devez être un sacré adversaire. Je dénombre des douzaines de cicatrices, laissées par les duels auxquels vous avez pris part au fil des ans. Mais qui est responsable de cette commotion, hein ? Il n'y a pas eu de lutte. Quelque chose vous a frappé par-derrière... une pioche, peut-être ?

— Je... je ne me souviens pas.

— Cela ne me surprend pas. » Le médecin nous regarda Aber et moi. « Et vous, mes garçons ? Vous n'avez pas une idée ?

— Nous n'étions pas présents », répondis-je.

Avant que je ne pusse l'arrêter, il s'était emparé de ma main droite et l'avait retournée. Il subsistait deux coupures de mon récent combat contre mon père, une sur le dos de la main, une autre sur mon avant-bras.

Avec un claquement de langue dubitatif, le médecin avança : « Vous vous êtes battu, mon petit gars. Soit contre votre père, soit pour le défendre... Toute la question est là, hein ?

— Vous avez une bonne vue », fis-je, en retirant ma main. Me sentir examiné par le regard pénétrant de ce vieillard ne m'enchantait guère. « Mais c'est mon père qui a besoin de vous, pas moi.

— Oh, je soigne tous ceux qui en ont besoin. » Il gloussa. « Vous êtes le prochain, fiston. »

Je poussai un soupir. J'aurais dû m'y attendre — je m'étais, le premier, précipité à la recherche d'une Ombre où je trouverais un médecin capable de soigner mon père !

« Eh oui », ricana le docteur Hand. Il fouilla dans sa sacoche et en retira du fil et une aiguille. « Votre état nécessite quelques points de suture, fiston. Votre père, lui, a besoin de quelques jours de repos. Et peut-être d'un bon repas chaud et d'un petit remontant. Il n'y a rien à faire de plus, aujourd'hui.

— Je vous l'avais bien dit », grommela ce dernier.

Le docteur Hand enfila soigneusement le fil dans son aiguille et me regarda d'un air impatient. Serrant les dents, je tendis le bras et le laissai recoudre mes blessures.

Après son départ, Aber éclata de rire, sans pouvoir s'arrêter. Je lui décochai un regard furibond. Il finit par retrouver son sérieux.

« Tu aurais dû voir ta tête ! me dit-il.

— Ça n'a rien de drôle. Je déteste les points de suture. Ces satanés trucs provoquent toujours des tiraillements.

— Désolé. Mais... je ne t'avais jamais vu avec un air aussi agacé ! Tu as plus souffert que Père !

— Pfff ! rétorquai-je.

— Laisse ce pauvre Oberon tranquille », intervint Blaise, arrivée en toute discrétion. Appuyée contre le chambranle de la porte, elle arborait une expression radieuse. Quelques verres avaient accompli des miracles... lui redonnant toute sa confiance en elle. « Il pensait bien agir.

— Ça suffit, dit notre père, descendant du lit et scrutant les alentours. Où est mon épée ?

— Tu as entendu le médecin ? Tu dois garder le lit pendant une semaine, lui rappelai-je.

— Je serais incapable de trouver le repos avant que nous ayons récupéré Freda. Thellops la retient prisonnière... et, toi et moi, nous allons la chercher ! »

11

« Ton épée est en bas. » Je savais très peu de choses sur Thellops, mais je le détestais déjà. Que pouvait-il bien faire à ma sœur ?

Je me tournai vers mon frère. « Aber, pourrais-tu aller chercher son épée, s'il te plaît ? » Si l'on tenait compte de la rapidité avec laquelle le temps s'écoulait aux Cours du Chaos, nous devions nous presser. Les heures pourraient fort bien représenter des jours ou des semaines de torture pour Freda. « J'ai demandé à Jamas de la mettre en lieu sûr, derrière le comptoir. »

Il roula des yeux, mais quitta néanmoins la chambre en courant et descendit les escaliers à la même allure. Bien qu'il aimât se plaindre, je savais que je pouvais compter sur lui, surtout lorsque la vie de notre sœur était en jeu.

Je me retournai pour faire face à notre père et l'interrogeai : « Tu as un plan ?

— Oui. Pénétrer là-bas en vitesse. Récupérer Freda. Et nous enfuir avant que quiconque ne nous en empêche. »

J'émis un grognement. Eh bien... la simplicité de

son plan lui conférait une certaine élégance. Malheureusement, je ne croyais pas qu'il nous serait possible d'entrer aussi facilement.

Je fis part de mon sentiment.

« Sottises, mon garçon, dit-il, en souriant. Tu es un bon épéiste. Thellops ne pourra pas nous arrêter, toi et moi.

— Il l'a déjà fait, en ce qui te concerne », remarquai-je.

Il haussa les épaules. « Il m'a eu par surprise. J'ai fait l'erreur d'essayer de lui parler comme à un ami, à un pair. Nous ne sommes ni l'un ni l'autre.

— Souviens-t'en. »

Il arbora un large sourire. « J'ai encore un tour dans mon sac. Quelque chose qu'il a oublié depuis longtemps...

— Je l'ai ! » s'écria Aber, en se précipitant avec l'épée de notre père. Il la lui tendit et ce dernier, après avoir attaché son ceinturon autour de sa taille, sortit la lame de son fourreau pour la remettre correctement en place.

« Veux-tu nous accompagner ? » demandai-je à Aber. Peut-être souhaitait-il se porter au secours de Freda.

« Non ! » objecta notre père, d'une voix ferme.

Aber déglutit. « Euh... non, pas cette fois. Je suis un piètre combattant, je ne ferais que vous gêner. En outre, en restant ici, je pourrais vous servir d'issue de secours. Appelez-moi, quand vous aurez besoin de revenir, et je vous tirerai tous jusqu'à moi.

— Parfait. » Je savais que je pouvais compter sur lui. « Alors, c'est bien sûr, tu vas rester jusqu'à ce qu'on te contacte ? »

Il prit un air revêche. « S'il le faut. Pourtant, n'importe quelle autre Ombre serait mieux que ce trou. Il n'y a même pas de salle de bains convenable et... »

J'éclatai de rire. « Peu m'importe que tu restes ici ou pas. Fais simplement en sorte que nous puissions te joindre rapidement, quel que soit l'endroit où tu te trouves, d'accord ? »

Son visage s'éclaira. « Compte sur moi ! »

Blaise apparut alors sur le pas de la porte. Elle avait pris le temps de se débarbouiller le visage, de se coiffer et de changer de vêtements. Elle portait une tunique lie de vin, une culotte et des bottes de cheval en cuir — et tenait une arme à la main : une affreuse petite épée à la lame en dents de scie et à l'extrémité diablement acérée.

Je levai les sourcils. « Une épée ? Dans quel but ? » Ce n'était décidément pas l'arme qu'on s'attendait à voir entre les mains d'une jolie femme.

« Quelqu'un doit surveiller vos arrières, expliqua-t-elle d'une voix pleine de bon sens. Si Père et toi allez chercher Freda, vous aurez besoin d'aide. Il ne semble pas y avoir d'autres *hommes*, ici... » Elle lança à Aber un regard plein de sous-entendus. « ... je dois donc m'y atteler. »

Aber rétorqua : « Libre à toi de vouloir jouer aux hommes. En outre, tu as une plus grosse pointe que moi. » Sa remarque parut l'amuser ; il laissa échapper un petit ricanement.

« Sais-tu te servir de cette chose ? demandai-je à Blaise.

— Provoque-moi en duel, tu verras bien. »

J'éclatai de rire. « Aber a raison, tu sais. »

Ses yeux se réduisirent à deux fentes. « Que veux-tu dire ?

— Tu n'es pas notre sœur. La vraie Blaise appartient au clan de celles-qui-craignent-de-se-casser-un-ongle.

— Il n'y a aucune raison pour qu'une jolie femme n'ait pas le droit de se défendre. »

Je me contentai de secouer la tête. Notre famille regorgeait vraiment de personnages intéressants. Chaque fois que je croyais avoir cerné quelqu'un de ma fratrie, de nouveaux aspects de sa personnalité surgissaient. Blaise, en reine de beauté guerrière... ce n'était décidément pas l'image que je me faisais d'elle.

Affichant alors un air sérieux, elle rejoignit notre père près du lit. Celui-ci, qui nous ignorait superbement, avait sorti d'une poche intérieure un petit sac, dont il vidait le contenu sur la couverture — des bagues, des morceaux de verre et de pierre, quelques osselets, de doigts manifestement, et une grosse bille d'agate. Il fouilla dans ce fatras et en retira quelque chose qui ressemblait à un petit bout de charbon.

« Tu vas bricoler des atouts ? » supposai-je. C'était sans doute le seul moyen pour pénétrer dans le repaire de Thellops.

En silence, Dworkin se dirigea rapidement vers le mur situé près de la porte. Lisse et fraîchement blanchi, celui-ci offrait une surface propre, idéale pour dessiner.

Il esquissa un rectangle de la taille d'une porte. Puis, de quelques traits simples, il représenta grossièrement un atelier : une longue table de bois encombrée de bouteilles, de flacons et de tubes remplis de liquides bouillonnants, d'immenses bibliothèques et un amoncellement de livres et de papiers. Cela me rappela son cabinet de travail à Juniper. Il ne manquait que quelques chats momifiés et un assortiment de machines étranges et complexes pour qu'il fût identique.

Aber pencha la tête et étudia le mur d'un air critique. « Cela ne va pas marcher, affirma-t-il. Il n'y a pas de représentation du Logrus en filigrane.

— Voilà bien une réflexion d'ignare, basée sur des suppositions idiotes », marmonna notre père, agacé. Il ajouta un crâne cornu sur l'une des bibliothèques et une boule de lumière vive dans un coin ; satisfait, il se fit un petit sourire.

« Que veux-tu dire ? demanda Aber.

— Tu es un imbécile, mon garçon. Le Logrus est sans importance.

— Alors, tu utilises le Schéma ?

— Bien sûr. Mais cela importe peu. Aucun des deux n'a besoin d'être intégré au dessin.

— Mais l'idée est la même. Tu as besoin de magie pour étayer l'image..., commença-t-il.

— Essaie de le dire au Logrus, l'interrompit

notre père. Ou au Schéma. Tous deux existent sans étayage d'aucune sorte. Ils *sont*, tout simplement. »

Retournant près du lit, il commença à rassembler ses cailloux, ses os, ses morceaux de verre et les remit dans sa pochette. Il laissa tomber le morceau de charbon sur le dessus.

« C'est complètement fou ! » Aber secoua la tête.

Notre père s'adressa à Blaise et à moi : « Tenez-vous prêts. »

Je tirai mon épée et allai me poster à ses côtés. Tandis que nous nous mettions tous trois face au dessin, je me demandai si Aber n'avait pas raison. L'esquisse de Père était à ranger parmi les pires atouts que j'eusse vus. De vagues lignes noires, tracées de mémoire... comment cela pourrait-il fonctionner ?

Cependant, tandis que je fixais l'image, je sentis une *puissance* presque tangible en émaner. Père fit un pas en avant et se concentra. Lorsqu'il prit vie, le dessin se colora brusquement de brun, de gris et d'orangé rougeoyant. Nous ne fixions plus des lignes sobres en noir et blanc, mais distinguions, à travers un seuil tremblotant, l'atelier de Thellops.

Sans l'ombre d'une hésitation, notre père s'avança dans la pièce, dont il fit un tour rapide.

« Vide », annonça-t-il. Sa voix nous parvenait assourdie.

« Impossible ! marmonna Aber, les yeux rivés sur lui.

— Pas du tout. » Je jetai un coup d'œil vers mon frère. « Tu devrais t'intéresser à ce que fait Père. »

Quelque temps plus tôt, ce dernier m'avait dit, avec désinvolture, qu'Aber n'avait aucune idée de la façon dont les atouts fonctionnaient. Je ne l'avais pas rapporté, car je savais ce commentaire blessant pour l'intéressé. Mais, visiblement, mon frère devait revoir ses méthodes de fabrication des atouts, s'il voulait rester à la hauteur.

« Mais... commença celui-ci abasourdi, ses yeux faisant la navette entre le dessin et moi. Comment...

— Je t'expliquerai plus tard. Pour l'instant, je veux que tu trouves du blanc de chaux et que tu en badigeonnes ce dessin. Utilise le Logrus s'il le faut. Je m'en fiche... mais tâche d'en trouver. Je ne veux pas qu'on puisse nous suivre en empruntant cette image.

— Venez vite ! » La voix de notre père résonna, plate et distante. Il tendit sa main droite à Blaise, qui s'en saisit. Il l'aida à traverser.

« Et si vous avez besoin d'être secourus ? demanda Aber. Je ne pourrai pas vous aider, si je ne peux pas passer !

— Ce sera inutile. En cas d'échec, c'est la mort assurée. »

Il soupira. « Bon, je m'en occupe dès que tu seras parti. Autre chose ?

— Non, je ne vois rien d'autre. »

Notre père m'appela : « Dépêche-toi, mon garçon ! » La porte de l'atelier se rida brusquement, comme la surface d'un lac effleurée par une brise matinale.

Je soulevai mon épée. Avec un peu de chance, le plan de Dworkin allait fonctionner.

Entrer en vitesse. Sauver Freda. Repartir en courant.

Simple... du moins, en théorie.

Baissant la tête, je traversai l'image esquissée sur le mur. Derrière moi, Aber disparut. Je basculai à plusieurs reprises. Des odeurs et des couleurs bizarres atteignirent mes sens en vagues palpitantes — des rouges sentant le fromage, des jaunes empestant le sconse mouillé, des bruns et des gris dégageant la puanteur d'une carcasse de cheval en putréfaction. Malgré mes haut-le-cœur, j'essayai de ne pas vomir.

Des voix me parvinrent, mais étrangement brouillées. Soudain, le visage de mon père se pressa contre le mien. Je regardai dans ses yeux bruns et restai bouche bée. Ses pupilles reflétaient des éclats rouges et jaunes, comme si des feux brûlaient, là, derrière sa peau réduite à un papier de lampion.

Il me dit quelque chose, mais je ne compris pas ses paroles. Il aurait tout aussi bien pu s'exprimer en une langue barbare. Étant donné qu'il ne semblait pas attendre de réponse, je me contentai de hocher la tête et m'obligeai à me tenir bien droit. Je n'avais pas le droit de retarder le sauvetage de Freda.

Paraissant satisfait de mon assentiment, il pivota sur lui-même et se dirigea vers la porte.

Je pris une profonde inspiration et fis le tour de la pièce des yeux. Une boule, planant dans un coin, au ras du plafond, diffusait une faible lumière. Cet atelier, qui ressemblait fort à celui de notre père à Juniper, devait être un lieu privé, réservé aux études et aux recherches sur la magie. Si nous avions disposé de plus de temps, j'aurais aimé le fouiller avec soin. Nous y aurions sans doute découvert des notes ou des artifices très utiles.

La pièce chavira brutalement vers la gauche. Je titubai jusqu'à une table à laquelle je me raccrochai. Tout se mit à tanguer dangereusement ; la pesanteur se dérégla à plusieurs reprises.

Blaise agrippa mon épaule. Je la dévisageai, essayant en vain de déglutir.

Sans comprendre ses mots, je lus sur ses lèvres : « Est-ce que ça va ?

— J'ai le vertige... » marmonnai-je.

Mes oreilles se débouchèrent brusquement avec un petit bruit sec et, quand elle reprit la parole, je l'entendis alors parfaitement.

« Veux-tu que je te donne une claque ?

— Ha, ha ! » répondis-je. Peut-être retrouvais-je petit à petit mon pied « chaotique », comme l'appelait Aber. « Essaie donc.

— Si tu crois que ça peut t'aider... »

Je lâchai la table. « À une condition !... que j'aie le droit de te casser le bras !

— Il va bien, informa-t-elle notre père.

— Tu es sûre ? fit ce dernier d'un air hésitant. Il a l'air souffrant.

— Ça va », grommelai-je. Je n'avais nullement l'intention d'être tenu à l'écart du sauvetage de Freda.

« Ne t'inquiète pas, me dit Blaise, en me tapotant la joue. Si tu ne tiens pas le coup, je te porterai. » Puis elle se tourna vers notre père. « Peux-tu localiser Freda ? Moi, je sens sa présence, mais elle reste floue. Est-elle proche d'ici ?

— Oui. Par là, je pense », répondit Dworkin. Il poussa la porte et se précipita dans un couloir.

Blaise me fit signe de le suivre, choisissant de fermer la marche.

À intervalles réguliers, des boules de lumière diffuse planaient au-dessus de nos têtes. Leur lumière, qui formait des flaques au plafond, renvoyait de faibles reflets sur le sol de pierre et les murs lambrissés de bois.

Père se dirigeait droit devant lui ; moi, je restais en retrait, à quelques pas. Il paraissait savoir où il allait. Nous passâmes devant des portes décorées de visages, toutes identiques. Sculptées dans des blocs d'ébène, elles offraient la même physionomie en leur centre : un front surmonté de cornes, des yeux profondément enfoncés, un nez et des pommettes larges, un menton creusé d'un sillon vertical. Toutes les paupières étaient closes, comme si leurs propriétaires dormaient.

Si ces portes avaient la même fonction que celles de notre maison de l'Au-delà, leurs visages risquaient de se réveiller à tout moment, de nous surprendre et de donner l'alarme. Je m'assurai de n'en effleurer aucune.

J'allais proposer de retourner dans l'atelier de Thellops pour y chercher les clefs de ces portes, quand le sol se déroba sous mes pieds. Je chancelai et dus m'appuyer contre le mur, presque à chaque enjambée, pour garder l'équilibre.

Blaise me rattrapa et me prit le bras pour me remettre d'aplomb. « Veux-tu faire demi-tour ? » chuchota-t-elle. Son ton n'avait plus rien d'ironique.

« Ça ira. »

Elle hésita. « Si nous devons nous battre, reste derrière moi. Je te protégerai de mon mieux.

— Merci, mais je me défendrai moi-même !

— À quoi pourrais-tu bien nous servir si tu meurs ? »

Je secouai la tête d'un air obstiné. « Alors, soyons prudents. Je refuse de me cacher derrière toi, Blaise. Ne me demande pas de faire ça. »

Elle fronça les sourcils, sans toutefois insister. Comme je n'avais pas l'intention de lui céder, son attitude me convint tout à fait. En outre, je sentais que je n'allais pas tarder à retrouver mon état normal... mon pied chaotique était définitivement en train de revenir.

Dworkin poursuivit son chemin ; il enchaînait les couloirs les uns après les autres. Ceux-ci semblaient s'enrouler sur eux-mêmes, comme des serpents se mordant la queue. N'avions-nous pas décrit un cercle complet ? N'étions-nous pas revenus à notre point de départ ? J'étais incapable de le dire. Nous continuions de passer devant des portes identiques — elles devaient se compter par douzaines ! J'eus même plusieurs fois l'impression de descendre des plans légèrement inclinés, bien que les portes, elles, fussent horizontales. Encore un tour du Chaos !...

Notre père s'arrêta soudain devant l'une d'elles, semblable à toutes celles que nous venions de dépasser. Rien ne la distinguait des autres.

« Tenez-vous prêts, annonça-t-il. C'est là.

— Je suis prêt. » J'avalai ma salive et resserrai ma prise sur la poignée de mon épée. Il n'y avait rien d'autre à faire que de foncer tête baissée... advienne que pourra !

« Attends, Père, lança Blaise. Tu es sûr de toi ?

— Je connais la voix de Freda, dit-il, les yeux dans le vague. Ses appels viennent de l'intérieur. J'en suis certain.

— Je n'entends rien », intervins-je.

Père eut un geste dédaigneux. « Tu es sourd au Logrus, mon garçon. L'esprit de Freda crie de douleur. Tu n'es pas en harmonie avec lui, aussi ne peux-tu pas le percevoir. Blaise et moi en sommes capables. »

Je jetai un coup d'œil à Blaise qui acquiesça. « C'est vrai, je l'entends aussi. » Puis s'adressant à notre père : « Je suis consciente de la souffrance de Freda. Mais je ne suis pas sûre qu'elle soit dans cette pièce.

— Moi, si.

— Si tu te trompes... »

Il hocha la tête. « Je sais. Mais le seul moyen de s'en assurer... c'est celui-ci ! »

Avant que Blaise et moi pussions réagir, il frappa très fort sur le visage sculpté dans le panneau, en plein milieu du front.

Le visage se convulsa. Les paupières se soulevèrent et il nous lança un regard furieux de ses yeux rouge sang.

« Comment osez-vous me toucher ? » gronda-t-il.

Ma gorge se noua. Si ce gardien se comportait comme ceux de notre demeure de l'Au-delà, il nous faudrait, pour l'ouvrir, user d'une magie dont la puissance serait celle d'un bélier, puisque notre père l'avait excédé au plus haut point.

« Je suis ton maître », dit Dworkin.

Le visage cilla. « Vous n'êtes pas le seigneur Thellops !

— Non, admit Père.

— Qui êtes-vous et que voulez-vous ? demanda le gardien, d'un ton hautain. Parlez sans délai, sinon j'appelle les gardes et vous fais exécuter pour cet outrage !

— Tu sais qui je suis.

— Vous... » Le visage le regardait d'un air absent. « C'est bien vous ? Le créateur ?

— Ton nom ! ordonna Père. Obéis !

— Je m'appelle Oberon », répondit le visage.

J'en restai bouche bée. « Tu as bien dit *Oberon* ? » Peut-être avais-je mal entendu. Le Chaos pouvait encore être en train de me jouer un tour.

« Oui, fit-il, en me regardant. J'ai dit Oberon. Pourquoi ?

— Euh... je n'étais pas certain d'avoir compris. » Je lançai un regard perplexe à mon père. « C'est aussi mon nom. Drôle de coïncidence.

— Tu es Oberon ? reprit Dworkin, en m'ignorant. C'est bien ce que je pensais. Tu te souviens de *moi* ?

— Je crois... je crois vous reconnaître », dit-il en le dévisageant.

Je fixai mon père sans y croire. Comment s'y prenait-il ? En l'hypnotisant ?

Notre père hocha la tête avec calme. « Je suis le seigneur Dworkin. Je t'ai fabriqué pour Thellops, il y a des années. Je t'ai sculpté de mes propres mains. J'ai peint la lumière dans tes yeux et dans ton cœur. Te souviens-tu de moi, maintenant ?

— Oui... seigneur... *Dworkin*... oui. C'est bien vous. Je vais vous obéir... maître. »

Ainsi, Père avait décoré les portes de Thellops ! Être un inventeur avait parfois ses avantages. Voilà pourquoi il s'était montré aussi certain de pouvoir arriver jusqu'à Freda.

Pourtant, une ou deux questions me brûlaient les lèvres. M'avait-il appelé Oberon à cause d'une porte, ou l'inverse ? Dès que nous aurions secouru Freda, j'avais la ferme intention de le découvrir.

Notre père sourit avec gentillesse, comme un père fier de son fils. « Je suis revenu, comme promis. Ouvre-moi, à présent. »

Le visage cligna des yeux plusieurs fois. « Sur ordre du seigneur Thellops, personne n'a le droit d'entrer.

— Moi, je le peux, dit Dworkin avec fermeté. Je suis ton créateur. Tes premiers ordres émanaient de moi. Essaie de t'en souvenir.

— Vous... vous pouvez me franchir à tout

moment, nuit et jour, sans conteste. Je dois vous obéir en toutes circonstances. »

Père se pencha en avant. « Et ?

— Maintenant et pour toujours... vous êtes mon seul véritable maître.

— Bien. À présent, laisse-nous passer.

— Oui... maître. »

La serrure cliqueta à plusieurs reprises. Et la porte s'ouvrit.

Dworkin se redressa, l'épée à la main. Je le regardai avec un respect tout nouveau. Il devait avoir fabriqué ces portes pour Thellops des années auparavant... et s'être assuré qu'elles s'ouvriraient toujours pour lui. Quel sacré démon ! Avait-il jamais envisagé de devenir cambrioleur ?

« Plus vite ! ordonna-t-il. Plus vite, et en silence ! »

La porte s'ouvrit complètement sur des ténèbres. De l'intérieur nous parvint un étrange grognement, comme celui d'un cochon qui fouille dans son auge pour y chercher de la nourriture. S'agissait-il d'un monstre ? D'un gardien quelconque ? Je brandis mon épée, prêt à me défendre, mais personne ne se précipita hors de l'obscurité en nous chargeant. Qu'attendait donc l'occupant de cette pièce ?

Sans hésiter, notre père avança à grandes enjambées. Il disparut.

Le grognement se fit plus sonore.

« Allons-y ! » intimai-je à Blaise, avant d'entrer à mon tour.

12

Je me retrouvai dans une atmosphère humide et chaude, incapable de distinguer quoi que ce fût. Je perçus quelque part devant moi un léger bruit de pas, ainsi que des ébrouements. Mon cœur battait la chamade. Tous mes sens étaient en alerte. Être aveugle et sans défense ne me plaisait guère.

« Père ! appelai-je. Tu vois quelque chose ?

— Lumière ! » ordonna-t-il.

Une lueur d'un blanc étincelant jaillit alentour. Nous n'étions plus dans une salle désormais — pourtant, nous n'étions pas non plus à l'extérieur. Une étrange grisaille, semblable à de la brume, nous enveloppait. Je distinguai Père et Blaise, mais rien d'autre. Cela me rappela le brouillard dans lequel j'avais chuté, après que notre père eut créé le nouveau Schéma. Y avait-il un rapport quelconque entre eux ?

Les reniflements s'intensifièrent. Jetant un coup d'œil par-dessus mon épaule, j'aperçus la porte que nous venions de franchir ; elle découpait un orifice dans la grisaille. Puis, tandis que je la fixais, elle se referma lentement.

Je me précipitai pour la maintenir ouverte — sinon, comment allions-nous repartir après avoir secouru Freda ? —, mais j'arrivai trop tard. Au moment où le loquet se mit en place, l'intérieur de la porte s'estompa, laissant place à une surface d'un gris terne.

Bravo ! Nous étions piégés.

Mais l'étions-nous vraiment ?

Fermant les yeux, je cherchai la porte à tâtons. Je me rendais bien compte que, dans les Cours du Chaos, je ne pouvais me fier à mes sens. Peut-être cette brume grise n'était-elle qu'une illusion destinée à nous embrouiller.

Mes doigts ne rencontrèrent que du vide. Je traversai directement l'endroit où s'était trouvé le panneau. Nous étions *bel et bien* piégés.

« Oberon ! cria mon père.

— Moi, ou la porte ? l'interrogeai-je.

— Fais attention, mon garçon. » Sa voix avait une sonorité insolite. « Arrête de faire le pitre et viens près de moi. »

Je le rejoignis. Il se dirigea rapidement vers la droite ; Blaise l'imita. Je courus pour rester à leur hauteur.

Les reniflements devenaient de plus en plus distincts.

« Où sommes-nous ? m'enquis-je.

— À l'intérieur.

— À l'intérieur de quoi ?

— De Freda. »

Je m'arrêtai net. « *Comment ?*

— Il se sert d'elle. Je le sens parfaitement, maintenant. Il fouille les Ombres pour nous retrouver.

— De quelle façon ? demandai-je. Comme Lord Zon ? »

Grâce à la magie, Zon avait vidé le sang du corps de mes frères et l'avait utilisé pour nous espionner. Il avait ainsi assassiné mes frères et sœurs, les uns après les autres.

« Comparé à Thellops, Zon est un amateur. »

Nous continuâmes d'avancer pendant des kilomètres, à ce qu'il me sembla, bien que dans cette grisaille il m'eût été difficile de l'affirmer. Père s'immobilisa enfin. Puis il obliqua lentement vers la gauche et revint sur ses pas pour se diriger vers la droite. Il avança encore de quelques mètres, fit une pause et repartit en arrière.

Attentif aux reniflements, j'essayai en même temps de comprendre ce qu'il faisait. Je me rendis compte que nous avions atteint une sorte de place centrale, au beau milieu de tout ce gris, où les bruits de respiration s'entendaient plus clairement. Chaque fois que nous nous éloignions de cet endroit, ils s'estompaient.

Hochant la tête pour lui-même, Dworkin se tourna vers moi. « Passe-moi un atout. Vite !

— Lequel ? Celui de Freda ?

— Oui. »

Je sortis mon paquet, trouvai celui qui représentait ma sœur et le lui tendis. Il le tint en l'air et se concentra sur l'image.

La carte s'obscurcit brusquement. Je n'avais

encore jamais été témoin d'un tel phénomène. Alors que je me penchais pour mieux l'observer, elle s'embrasa. Je dus faire un bond en arrière et tapoter ma barbe et mes sourcils roussis.

Père laissa tomber l'atout en poussant un cri. Le temps que celui-ci atteignît le sol — s'il en existait un sous cette grisaille —, il ne restait plus que des cendres.

« Maudit soit-il ! dit Père en soufflant sur ses doigts brûlés. J'aurais dû m'en douter !

— Alors... tu ne peux pas la contacter d'ici ?

— Non. Le Logrus m'en empêche.

— Donne-moi ton morceau de charbon », lançai-je brusquement. Je venais d'avoir une idée — pourquoi ne pas utiliser le Schéma ? Personne, dans le Chaos, n'avait encore de parade contre lui... peut-être qu'un atout basé sur le Schéma pourrait fonctionner.

Père chercha sa sacoche et me la tendit ; il y laissa des empreintes sanglantes. Je fouillai à l'intérieur et en extirpai le morceau de charbon. J'invoquai alors une image mentale du Schéma. Celui-ci parut flotter dans les airs — plus lumineux que jamais, il m'éclaira d'une vive lueur bleue.

Malheureusement, je n'avais aucun support pour dessiner. Je scrutai les environs avec fébrilité. Que pourrais-je utiliser ?

« Blaise... » Mon regard se posa sur elle. « Cela t'ennuierait de dénuder ton dos ? J'aurais besoin de ta peau pendant une minute.

— Tu ne vas pas te servir de *moi* comme

tableau... » protesta-t-elle, avec une expression horrifiée.

« En fait, si. À moins que tu n'aies une meilleure idée.

— Ça va marcher ? demanda-t-elle à Père.

— Je ne saurais l'affirmer, admit-il. En théorie, oui. Mais si Thellops a découvert un moyen de contrer le Schéma, tu pourrais t'enflammer comme vient de le faire l'atout de Freda.

— Il vaudrait mieux que ça marche. » Elle soupira, se retourna et souleva sa chemise, dévoilant une peau douce et laiteuse. « Fais vite. Et si tu me tues, sache que je ne te le pardonnerai jamais, Oberon. »

Je gardai l'image du Schéma à l'esprit, tout en traçant un grand rectangle, puis je croquai Freda. Je n'avais rien d'un artiste — j'étais bien plus mauvais que Père —, mais je ne m'en tirai pas trop mal. Je reconnus le visage de Freda : ses cheveux, son menton retroussé, sans oublier les fossettes de ses joues.

Cet atout me frappa par sa puissance. Il étincelait. Des lignes de pure énergie bleue en irradiaient.

« Ça brûle ! » murmura Blaise.

Paniqué, je sentis ma gorge se serrer. Elle ne vira toutefois pas au noir, pas plus qu'elle ne s'embrasa.

« Récupère Freda, me pressa Père. Dépêche-toi... »

Je me penchai en avant, concentré sur mon dessin. Il s'anima petit à petit, puis prit la forme d'une fenêtre dans le dos de Blaise. Là, entourée d'une grisaille encore plus importante, j'aperçus Freda, recroquevillée sur elle-même, la tête dans les mains, qui sanglotait doucement. Ses pleurs ressemblaient aux reniflements qui résonnaient toujours autour de nous.

« Freda ! » criai-je. Était-elle blessée ? M'entendait-elle ? « Freda ! Par ici ! »

Je me penchai davantage vers le dos de Blaise. Mon poignet et mon coude passèrent au travers. De loin, je remarquai que mon père avait saisi les bras de ma sœur et l'obligeait à se tenir bien droite et à garder l'équilibre.

« Freda ! »

Elle finit par lever les yeux. « Oberon ? C'est bien toi ?

— Prends ma main. Vite ! »

Elle me tendit la sienne. Au moment où nos doigts se touchèrent, une étincelle jaillit. Blaise poussa de nouveau un petit cri plaintif et commença à fléchir. Malgré mes brûlures, j'attrapai le poignet de Freda et tirai de toutes mes forces.

Elle sortit, en douceur, du dos de Blaise et me tomba dans les bras. Je basculai en arrière ; ses coudes et ses genoux s'enfoncèrent dans la partie la plus sensible de mon anatomie. Je n'en eus cure — nous avions réussi ! Elle était libre !

Des lumières fusèrent subitement autour de nous. Je fermai les yeux. Un piège de plus ? Ou...

Mon estomac se noua d'angoisse. Blaise ! Venait-elle de s'embraser, à l'instar de l'atout ?

Je soulevai les paupières et clignai des yeux vivement, ébloui par les taches colorées qui dansaient devant moi. Peu à peu, ma vision retrouva sa normalité.

Le brouillard s'était dissipé. Nous nous tenions dans une pièce dépourvue de mobilier — murs nus, plancher de bois brut, poutres loin au-dessus de nos têtes.

Et Blaise... était toujours là, bien vivante. Sa tunique lui recouvrait désormais le dos. La magie avait pris fin. Nous étions tous sains et saufs.

Père aida Blaise à se relever ; je m'occupai de Freda. Elle me serra dans ses bras avec force ; des larmes roulaient sur ses joues. Puis elle enlaça Père et Blaise, souriant à travers ses larmes.

« Je savais que vous viendriez ! » dit-elle. Elle s'accrochait à mon bras, sans pouvoir empêcher ses membres de trembler.

« Évidemment que nous allions venir ! Comment aurions-nous pu faire autrement ? lui répondis-je.

— Je n'ai jamais perdu espoir. »

Je souris et écartai une mèche de cheveux rebelle de son visage. « Allons-y. Aber nous attend dans une auberge. »

Quand je sortis l'atout d'Aber de ma poche, Père recouvrit la carte de sa main.

« Non. Thellops la détruirait. Gardons-la pour nous en servir dans l'Ombre.

— Alors comment allons-nous sortir d'ici ? m'enquis-je. Dois-je dessiner un nouvel atout à partir du Schéma ? Ou vas-tu le faire ?

— Trop tard ! Trop tard ! » s'écria-t-il en regardant vers la porte d'un air horrifié. « Écoutez ! *Thellops arrive !* »

13

Un frisson incontrôlable me parcourut. Quelque part, à l'extérieur, j'entendis un bruit sourd et pesant... boum... boum... boum... Sa puissance faisait vibrer le sol jusque sous la semelle de mes bottes. Quelque chose approchait. Quelque chose d'énorme.

Ma gorge se serra. Je regardai mon père. « Qu'allons-nous faire ? » l'interrogeai-je.

Il eut presque un sourire d'excuse. « Mourir.

— Tu t'en es sorti vivant la dernière fois. »

Boum... boum... boum...

« Nous nous sommes affrontés sur le Bord, là où des Ombres du Chaos croisent le Schéma.

— En territoire neutre. »

Il acquiesça de la tête. « Des événements épouvantables se déroulent dans le Chaos. Il a fini par choisir. Quand je lui ai dit que je voulais qu'il me rende Freda, il... il a essayé de me détruire. Je me suis échappé de justesse. Ici, chez lui, avec le Logrus à portée de main... » Il déglutit. « Ses pouvoirs seront décuplés.

— Des rats acculés sont encore plus dangereux. Il serait plus sage pour lui de nous laisser partir. »

Boum... boum... boum...

« Oberon-la-porte ! » appela Dworkin.

Le visage apparut au milieu du panneau. « Oui, maître !

— N'ouvre pas à Thellops ! »

Il plissa le front, mais répondit : « J'obéirai, même si cela doit me coûter la vie... »

Boum... boum... boum !

Le bruit cessa brusquement. Thellops avait atteint la porte. Celle-ci gémit et trembla sous les terribles coups qui se mirent à pleuvoir sur elle. Le bois commença à se fendre.

Blaise avait laissé tomber son épée. Je m'en saisis et me ruai vers l'huis.

« Non ! s'écria mon père. Ne fais pas ça ! »

Ils devaient tous trois s'attendre à me voir l'enfoncer pour affronter Thellops en un dernier sursaut d'héroïsme. Mais ce n'était pas ce que j'avais en tête. Je savais qu'avec un adversaire comme Thellops je perdrais le combat. Fatigué, encore désorienté et déséquilibré, comment aurais-je pu défier un maître sorcier du Chaos ?

J'évoquai mentalement une représentation du Schéma et m'en enveloppai. J'en enroulai également l'épée de Blaise. L'atmosphère se chargea d'une énergie presque palpable.

Dès que son bois commença à voler en éclats, la porte se mit à crier. Je fis appel à toute ma force pour plonger la lame de Blaise dans la bouche ouverte du visage en bois. Le Schéma bourdonnait de puissance. Le panneau hurla. Près d'un mètre d'acier trempé l'avait pénétré — et traversé de part en part.

Je ressentis une violente secousse, au moment où ma lame, enrobée du halo schématique, heurta quelque chose de l'autre côté. Thellops ? Je l'espérais. L'acier s'enfonça encore de trente centimètres. Impossible, même pour un seigneur du Chaos, de survivre avec trente centimètres d'acier dans le cœur.

Lâchant la poignée, je reculai. Je laissai le Schéma disparaître petit à petit.

La porte était morte ; son visage, figé en un cri de douleur et d'horreur. De l'autre côté régnait un silence redoutable. Le temps paraissait s'être immobilisé. Quand je me retournai pour regarder Père, Freda et Blaise, je découvris que tous trois affichaient des expressions horrifiées.

Je pivotai de nouveau sur moi-même, attrapai l'épée et tirai. En se libérant, l'acier chanta presque. La poignée vibra dans ma main et je remarquai que, d'une certaine manière, elle avait été transformée — s'agissait-il de l'œuvre du Schéma, de la porte ou de Thellops ?... Mystère !

Au moment où je levai mon arme, le bruit sourd d'un corps qui tombait se fit entendre de l'autre côté. Un jet de sang noir s'écoula sous la porte. D'un bond en arrière, je sauvais mes bottes de sa souillure.

J'essuyai la lame sur un pan de ma chemise, puis rendis son épée à Blaise. Père me fixait d'un air incrédule.

« Comment..., murmura-t-il.

— Je ne suis pas aussi faible que tu le crois, Père. » Je m'en tins là.

Je sortis alors mon jeu d'atouts, sélectionnai celui d'Aber, l'élevai et me concentrai. Celui-ci répondit presque aussitôt. Entouré d'une montagne de bulles, il était assis dans une vaste baignoire ronde, en compagnie des trois plus belles jeunes femmes que j'eusse jamais vues. Il n'avait visiblement pas attendu pour quitter l'auberge dans laquelle nous l'avions laissé.

« Cela n'a pas pris longtemps ! » s'écria-t-il d'un ton joyeux. Il sortit de la baignoire et enfila un peignoir. « Je suppose que vous avez réussi puisque Freda est avec vous ! »

Je grimaçai un sourire. « Ramène-nous. Et prépare-toi à partager des festivités inoubliables ! »

Une heure plus tard, après un long bain chaud en solitaire (Aber semblait avoir, malheureusement, mis la main sur toutes les femmes disponibles), je me rasai, me coiffai et enfilai les étranges vêtements fournis par mon frère : une chemise blanche à col montant, un large pantalon noir dont la ceinture était, apparemment, en peau de serpent et des chaussures échancrées en cuir noir — d'un confort surprenant. Après toute une vie passée dans des bottes militaires, mes pieds me paraissaient d'une légèreté surprenante.

Convenablement paré, je déposai alors mes armes sur la table de chevet et descendis rejoindre les autres membres de ma famille. Je les retrouvai assis autour d'une grande table ronde, dans l'immense salle à manger de l'auberge. La pièce, qui devait contenir au moins deux cents tables de tailles différentes, était dotée, en plein milieu, d'une vaste piste de danse. La moitié des convives s'y trouvait et se balançait sur une curieuse musique sérielle exécutée par un orchestre composé d'instruments ressemblant à des flûtes, des guitares, des violes et des tambours.

« Tu es très élégant, me dit Aber en souriant. Mais tu as oublié ta cravate. »

Je fixai le morceau de tissu noir au nœud compliqué qui ceignait son col et fronçai les sourcils. « C'est à ça que servait la bande de tissu ? Je l'ignorais. Je l'ai utilisée pour nettoyer mes chaussures. »

Après avoir mis ses mains sous la table pendant un court instant, Freda en brandit une autre — elle avait subrepticement utilisé le Logrus, supposai-je. « Voilà », annonça-t-elle, en se penchant vers moi pour me l'enrouler autour du cou. Elle me la noua sous le menton. « C'est nettement mieux.

— Merci. » Me sentant à l'étroit, je ne pus m'empêcher d'y glisser un doigt pour la desserrer.

Freda me donna une tape sur la main. « Pas de ça.

— Bien, maman. »

Elle secoua la tête. « Si tu ne venais pas de me secourir...

— J'imagine que cela va me donner droit aux plus touchantes attentions, gloussai-je.

— Pour le restant de tes jours !

— Tiens, bois un peu de vin ! » proposa Aber. Il

s'empara d'une bouteille verte au long col et me remplit un verre. « Il est un peu trop doux, mais pas mauvais. Production locale. » Il s'adossa de nouveau et jeta un coup d'œil à l'étiquette. « C'est écrit là... Produit de Selonika. Cuvée Royale du Prince Marib. »

Notre père s'éclaircit la gorge et leva son verre. « À Oberon ! L'homme du jour ! »

Je l'imitai, en rectifiant toutefois : « À nous tous ! Chacun, ici, a contribué au sauvetage de Freda. Père nous a conduits sains et saufs jusqu'à elle... Blaise a fourni une épée adéquate ! » Je lui fis un clin d'œil. « Et Aber, bien sûr, nous en a fait revenir. Nous ne sommes pas qu'une famille, nous formons aussi une fameuse escouade de têtes brûlées !

— Bravo, bravo ! » acquiescèrent-ils. Nous trinquâmes.

Puis on nous apporta de grands plats remplis de steaks, de pommes de terre rôties et d'étranges légumes bulbeux rouge et vert, et du vin à profusion... La soirée suivit son cours, les musiciens jouèrent de plus en plus fort, les danseurs s'éparpillèrent entre les tables : partout, hommes et femmes dansaient, buvaient et faisaient la fête. Le dîner se mua en un agréable brouhaha plein de chaleur. Je ne me souvenais pas d'avoir passé un moment aussi plaisant depuis des mois, et même des années.

Tard dans la nuit — beaucoup plus tard —, je quittai la salle à manger en quête des lieux d'aisances. J'en découvris à l'extérieur et me soulageai.

Puis, longeant une allée recouverte de petits cailloux blancs, j'écoutai les cigales craqueter et les grillons striduler. Une brise fraîche et agréable soufflait avec régularité, tenant les insectes agaçants à l'écart. Très haut dans le ciel, la lune grossissait et se colorait d'or, parant de traits argentés les contours des arbres et des buissons alentour. Un peu grisé par l'alcool, je me sentais vraiment bien. Une soirée parfaite.

Je sursautai soudain, sur mes gardes ; derrière moi, des pas crissaient sur le gravier. Tant d'événements fâcheux s'étaient déroulés au cours des derniers mois que je m'attendais à être attaqué à tout moment.

Sans hésiter, je fis un bond sur le côté puis, après avoir roulé sur moi-même, me relevai un couteau dans chaque main. Je n'aurais pas dû laisser mon épée dans la chambre.

Une boule de lumière plana au-dessus du chemin, l'éclairant comme en plein midi, par une journée sans nuages. De la magie ! Je clignai des yeux et les protégeai d'un bras. Il ne s'agissait certainement pas d'un simple maraudeur. Une créature d'apparence humaine, vêtue d'une longue robe rouge et munie d'un grand bâton, se tenait debout devant moi. Une paire de petites cornes s'enroulaient vers l'arrière de son crâne légèrement pointu. Cet individu devait avoir entre quarante-cinq et cinquante ans, ou mille ans — bien que, si l'on considérait la longévité des habitants du Chaos, je pusse me tromper d'un siècle.

« Vous ne m'aurez pas sans combattre ! lançai-je avec rage.

— Ah !... Alors, vous devez être Oberon. » Il m'adressa un signe de tête courtois et s'appuya sur son bâton. Je regardai autour de moi ; de toute évidence, il était seul. « Votre don de survie est devenu légendaire, dans certains cercles.

— Qui êtes-vous ? » Je le dévisageai avec méfiance, mais il ne fit aucun geste pour sortir une arme quelconque. « Je ne crois pas vous avoir déjà rencontré.

— Je m'appelle Suhuy. » Il m'annonça son nom comme s'il signifiait quelque chose, mais ce n'était pas le cas — du moins, pas pour moi.

« Lord Suhuy ? supposai-je. Du Chaos ?

— Si vous voulez. » Il haussa les épaules. « De tels titres n'ont aucun sens. Seuls importent les actes d'un homme. Ils parleront en sa faveur bien après qu'il sera devenu poussière.

— C'est vrai. » Je baissai mes couteaux. Visiblement, Suhuy ne me craignait pas. « Je suppose que vous êtes là pour me tuer, avançai-je.

— D'où vous est venue une telle idée ? » Il continua à s'appuyer lourdement sur son bâton, comme s'il lui était vraiment nécessaire pour se déplacer. « Un vieil homme comme moi ne se promène pas pour attaquer les gens. Ce serait... inconvenant.

— Alors que voulez-vous ?

— Simplement regarder le visage de l'homme qui a tué Thellops. Je vous imaginais plus grand.

— Pourquoi me rechercheriez-vous, si ce n'est pour vous venger ?

— Je n'ai nul besoin de vengeance. » Il sourit de nouveau. « Thellops n'était ni apprécié ni compris, dans le Chaos. Nombreux sont ceux que sa mort soulage. »

Je croisai les bras. « Bon, très bien. Vous m'avez vu, alors retournez aux Cours du Chaos et fichez-moi la paix.

— Vous allez droit au but ! » Il claqua la langue en signe de désapprobation et secoua la tête. « La jeunesse fait fi des raffinements de la conversation...

— Un trop grand nombre d'individus originaires du Chaos a tenté de me tuer au cours de cette dernière année. Ma patience est à bout.

— Est-ce mon apparence qui vous gêne ? » Il fit un pas en avant. Son corps parut fondre et se reformer. Un instant plus tard, un jeune homme à la peau olivâtre et aux yeux innocents, vêtu d'une tunique blanche, se tenait devant moi. « Si cela peut vous mettre à l'aise, il m'est possible d'en changer. »

Je secouai la tête. « Rentrez chez vous, Suhuy. »

Il avança encore d'un pas, devenant une magnifique jeune femme aux longs cheveux noirs, à la poitrine généreuse et au délicat visage angélique, gainée d'une majestueuse robe verte. Malgré moi, je laissai échapper un petit cri effaré. Je la connaissais : il s'agissait de Helda, mon cher amour, morte en Ilerium. Des créatures de l'enfer l'avaient tuée, avant d'essayer de m'éliminer.

« Vous voyez ? dit Suhuy avec la voix douce et sensuelle de Helda. Ceux qui sont nés dans le

Chaos n'ont pas besoin de vous apparaître sous une forme menaçante...

— Assez joué ! » Je lui lançai un couteau à la tête.

Helda-Suhuy rattrapa la lame entre le pouce et l'index, à quelques centimètres à peine de son œil gauche. La créature ondoya et redevint le vieil homme doté de cornes qui s'appuyait lourdement sur son bâton. Le couteau avait disparu.

« Très bien, déclara-t-il. Je vais parler clairement puisque tel est votre souhait. »

Je me raidis. Voilà — l'attaque que j'attendais arrivait enfin.

Mais Suhuy se contenta de me dire : « Il existe un jeu très élaboré que l'on pratique dans le Chaos et dans l'Ombre. Vous devez le connaître, maintenant. Nous ne sommes que les pions de puissances qui nous dépassent. En tuant maître Thellops, vous avez brouillé l'échiquier... et m'avez élevé à un rang supérieur.

— Sans intention aucune.

— Néanmoins, je suis votre débiteur. » Il inclina légèrement la tête. « Vous n'avez pas que des ennemis dans le Chaos, Oberon. Souvenez-vous-en à l'avenir.

— Que me voulez-vous *exactement* ? » S'il avait une idée en tête, je souhaitais la connaître. Cette conversation me mettait mal à l'aise.

« Actuellement... je ne veux rien. En fait, j'ai un cadeau pour *vous*. Regardez ! »

Il pointa son bâton. L'air, entre nous, se chargea d'éclairs qui formèrent une sphère ; celle-ci gonfla, comme une vache sur le point de mettre bas. Puis, dans un bruit de tonnerre, elle éclata en dégageant un souffle chaud et libéra un homme squelettique à demi nu qui apparut en trébuchant. Il tenta de se remettre debout sur le chemin caillouteux, mais retomba. Je fixai longuement ses cheveux emmêlés et son pantalon sale et déchiré. Il puait autant qu'un égout à ciel ouvert.

« Quelle sorte de tour est-ce là ? » m'écriai-je ; l'odeur nauséabonde me donnait des haut-le-cœur.

Suhuy se couvrit la bouche d'un mouchoir aux élégantes broderies. « Vous me remercierez une autre fois », dit-il. Il leva alors son bâton et la boule lumineuse qui éclairait sa tête disparut. Lui également.

« Oberon ? » murmura une voix étouffée.

Je me précipitai jusqu'à l'homme affalé et m'agenouillai près de lui.

« Je suis là, fis-je avec douceur. Qui êtes-vous ?

— C'est moi, répondit-il faiblement. Conner... »

14

« Conner ! » Je le retournai mais, dans l'obscurité, ne distinguai pas ses traits complètement. Et quelle puanteur il dégageait !

« Aide-moi..., murmura-t-il. De l'eau. »

J'hésitai. Je savais que je ne pouvais pas le transporter à l'intérieur dans cet état. Trop de gens poseraient des questions. Où pourrais-je lui faire faire une toilette rapide ? Dans une autre Ombre ?

Non — bien mieux. Cette auberge disposait de quelques fontaines, au beau milieu d'un jardin fleuri. De ma suite, un peu plus tôt, j'avais remarqué une série de bassins qui se déversaient les uns dans les autres. Si je pouvais l'y décrasser, il ne sentirait plus aussi mauvais quand je le ramènerais à ma chambre.

Je passai un de ses bras par-dessus mon épaule, mais il était trop faible pour tenir debout et se déplacer, même avec de l'aide. Je le soulevai donc et l'emportai. Il ne devait pas peser plus de quarante-cinq kilos — il ne lui restait plus que la peau et les os. Le roi Uthor, Thellops ou Lord Zon avaient dû l'affamer pendant des mois.

Je marchai d'un bon pas le long du chemin gravillonné, passant avec mon fardeau devant des hommes et des femmes qui, assis sur des bancs installés à l'écart parmi les rosiers, s'embrassaient gentiment ou se caressaient avec moins de discrétion ; je leur accordai peu d'attention. Eux-mêmes étaient trop occupés à leurs petites affaires pour nous remarquer.

J'atteignis le premier bassin ; de pâles silhouettes de poissons dérivaient, tels des fantômes, sous la surface de l'eau et se faufilaient entre les sombres feuilles des nénuphars. Au centre, une nymphe de marbre, debout sur un piédestal, vidait inlassablement son amphore.

J'aidai Conner à s'asseoir sur le muret qui bordait la fontaine ; il se pencha pour y boire avec avidité pendant un long moment. Puis il se redressa, haletant. Au bout d'une minute, il se désaltéra de nouveau. J'attendis patiemment. Il lui fallait un peu de temps pour recouvrer ses forces.

Il finit par se relever, le buste bien droit, et me regarda.

« Où sommes-nous ? demanda-t-il d'une voix rauque.

— Sur une Ombre dont j'ignore le nom. Père, Blaise, Freda et Aber sont dans cette auberge — le bâtiment là-bas, derrière, lui indiquai-je du doigt. Je t'y conduirai dès que tu seras un peu plus présentable. »

Il se passa la langue sur les lèvres. « Tu n'aurais pas quelque chose à manger, par hasard ? Peut-être un morceau de pain ou de fromage...

— J'ai bien peur que non. Je préférerais ne pas te laisser seul, ici, pendant que je me rends aux cuisines. Mais si tu veux, je peux y aller en courant... »

Il n'attendit pas la fin de ma phrase pour tendre la main et retirer des airs une sorte de gigot d'agneau. Il avait évidemment utilisé le Logrus. La viande fumait encore ; elle provenait, de toute évidence, de la table d'un dîneur quelconque. À l'odeur, on devinait qu'elle avait été arrosée de gelée à la menthe.

Il mordit dedans avec empressement, mâchant à peine et avalant de grosses bouchées. Je ne le blâmais pas d'avoir été si impatient ; à sa place, j'aurais fait la même chose.

Je m'assis à ses côtés et le regardai manger. Quand il eut terminé, il but de nouveau, plus lentement cette fois, puis se lava les mains et le visage.

« Ça va mieux ? » m'enquis-je. Il semblait retrouver ses forces. Ainsi que ses bonnes manières.

« Oui, merci. Qui d'autre est ici, m'as-tu dit ? »

Je le lui répétai.

« C'est tout ? » Il me fixa d'un air incrédule.

J'acquiesçai de la tête. « Plus toi, à présent.

— Et les autres ? Et Titus ?

— Te sens-tu assez fort pour marcher ? » lui demandai-je, en changeant de sujet. Je répugnais à lui annoncer la mauvaise nouvelle concernant Titus. Lui et son jumeau avaient été très proches.

« Euh... presque. » Il soupira et secoua la tête. Après s'être reposé quelques instants supplémentaires, il parvint à se lever et entra dans le bassin. Quand l'eau atteignit sa taille, il retira ses haillons, s'immergea complètement et commença à se frotter le corps. Il en ressortit cinq minutes plus tard ; il sentait un peu moins mauvais. Il utilisa alors le Logrus pour se procurer des vêtements propres et les enfila, indifférent aux rares promeneurs qui déambulaient en nous décochant des regards curieux et passaient au large pour nous éviter.

« Que t'est-il arrivé quand Père, Aber et moi avons quitté l'Au-delà ? » l'interrogeai-je.

Il remonta son pantalon avec lenteur. « Les hommes d'Uthor... il y a si longtemps. » Il frissonna. « Titus et moi nous sommes réfugiés chez notre oncle, mais cela ne les a pas empêchés de nous arrêter. C'est la dernière fois que j'ai vu mon frère. Le roi Uthor m'a fait torturer un certain temps dans les cachots du palais, mais je ne savais rien sur toi, ni sur le Schéma. Rien de concret, en tout cas. J'ai fini par craquer et avouer tout ce qu'ils voulaient. Je me souviens d'avoir dit que j'avais provoqué les tempêtes et comploté avec Père pour détrôner le roi. Cela a paru les satisfaire. J'ai signé des tas de papiers et admis ma culpabilité ; après cela, ils m'ont jeté dans une cellule et oublié. Je me suis nourri principalement de rats et de souris.

— C'est horrible ! murmurai-je. Et le Logrus ? Tu ne pouvais pas l'utiliser pour appeler quelqu'un ?

— Des sortilèges l'empêchaient d'agir dans les cachots.

— Ah. » Cela se comprenait, sinon les prisonniers auraient certainement essayé de s'en servir pour s'échapper. « Et après... ? le pressai-je.

— Un vieil homme est venu me voir.

— Suhuy ?

— Je ne connais pas son nom. » Il se tortilla pour mettre sa chemise et tenta de la boutonner de ses doigts tremblants. Je m'avançai pour l'aider. « Il m'a dit qu'il me conduisait jusqu'à toi. Il a pointé son bâton sur moi. Et je me suis aussitôt retrouvé à tes pieds, face contre terre.

— Intéressant », fis-je d'un ton songeur. Même si j'appréciais énormément le fait que mon frère fût de retour sain et sauf, il me fallait en découvrir davantage sur ce mystérieux Suhuy et ses motivations. Pourquoi voulait-il me rencontrer et faire bonne impression ? En quoi le sauvetage de Conner pouvait-il lui être bénéfique ?... Peut-être était-il au courant du combat que nous allions mener contre Uthor et s'attendait-il à la défaite de ce dernier. Mes pensées se tournèrent de nouveau vers le Schéma et ses pouvoirs supérieurs à ceux du Logrus. Serais-je tombé sur la vérité par accident ? Je devais en parler à mon père. À nous deux, nous pourrions sans doute réussir à comprendre.

« Sais-tu si Uthor détient encore d'autres membres de la famille ? le questionnai-je.

— Mattus, je crois.

— D'après Aber, Mattus et Titus ont tous deux été exécutés.

— Non ! Tu en es sûr ?

— Il a vu leurs têtes fichées sur les grilles du palais. »

Conner s'assit près du bassin et entreprit, avec quelque difficulté, d'enfiler ses bottes. Il faillit, par deux fois, tomber à la renverse. En d'autres circonstances, cela aurait pu être comique. En d'autres circonstances, j'aurais ri.

Il reprit : « Quelqu'un m'a dit que le roi Uthor avait fait arrêter Freda... mais ça ne peut pas être vrai. Tu m'as affirmé qu'elle était ici.

— Nous l'avons sauvée des griffes de Thellops. Il se servait d'elle pour nous espionner. »

Conner se leva. Il sortit un ceinturon du Logrus et le boucla autour de sa taille. Puis il se tourna vers l'auberge et inspira profondément.

« Prêt, annonça-t-il.

— Pour quoi ?

— Pour aller dîner ! » Il m'adressa un pâle sourire.

Les autres étaient toujours assis autour de notre table ronde. En entrant avec Conner, je m'aperçus que la mèche des lampes avait été baissée ; sur la piste, les danseurs étaient plus nombreux et l'orchestre jouait un air rapide et dissonant.

Ils mirent un moment avant de se rendre compte que je n'étais pas revenu seul. Et quelques secondes de plus pour comprendre que l'étranger mal peigné qui m'accompagnait n'était autre que ce Conner-disparu-depuis-longtemps.

« Je l'ai découvert dehors qui nous cherchait, expliquai-je. Il s'est échappé des cachots d'Uthor... avec l'aide d'un ami. »

Après bon nombre de claques dans le dos, d'embrassades, et quelques larmes versées par Freda, nous approchâmes une chaise et commandâmes un supplément de nourriture. Pendant que Conner dévorait quelques steaks bien épais, je pris Père à part et lui rapportai ce qui s'était réellement passé.

« Suhuy..., murmura-t-il. Je le connais. C'était l'apprenti de Thellops. Le futur Gardien du Logrus, dans mille ans ou plus... enfin, après la mort de Thellops... Il a dû considérer sa soudaine promotion comme une faveur et se mettre à ta recherche pour te remercier. Il ne voudrait être en dette vis-à-vis d'aucun d'entre nous.

— Il a parlé d'un jeu...

— Ah ? »

Je lui répétai les paroles de Suhuy à propos du bouleversement de l'échiquier. Père gloussa, puis haussa les épaules.

« Il existe une philosophie, basée sur les premiers écrits de notre peuple, qui prétend que tout le Chaos est un jeu pour des êtres plus puissants. Ceux qui le pratiquent se font appeler Parents. Peut-être en est-il un... un innocent assez croyant, pour un croyant. Les Parents cherchent à acquérir toujours davantage de pouvoir et, en fonction de leur importance croissante dans le jeu — et de son issue —, ils se rapprochent de ceux qui font rouler le dé cosmique. Si Suhuy est un Parent, tu lui as rendu, en éliminant Thellops, un immense service. Pour lui, s'élever à un rang nouveau et avoir une position de force doivent être des enjeux majeurs.

— Sans doute », murmurai-je. Pourtant, j'avais toujours l'impression, même si elle était vague, que quelque chose clochait.

« Notre famille se trouve bien réduite, remarquai-je. Conner sera peut-être le dernier à se joindre à nous.

— Il en reste encore un, au moins... » Il se mit à rire, mais ne s'étendit pas sur le sujet, même après le regard interrogateur que je lui lançai.

Je n'insistai pas. Je lui arracherais la vérité quand je disposerais de plus de temps.

Quant à Conner... il s'empiffrait toujours. S'il ne se montrait pas assez prudent, il risquait d'être malade. Pourtant, avec Freda et Blaise qui le couvaient comme des mères poules, je savais qu'il était en de bonnes mains.

« Nous ne pouvons pas rester ici, déclarai-je brusquement. Si Suhuy a pu nous trouver, Uthor le peut aussi.

— C'est la faute du Logrus. Il doit nous traquer pour leur compte. Chaque fois que nous l'utilisons, nous leur indiquons notre position et le moindre de nos gestes.

— Aber m'a dit que le Logrus ne fonctionne pas comme ça ! »

Il gloussa. « Ne t'ai-je pas déjà dit qu'Aber était un idiot ?

— Trop souvent, répondis-je.

— Il ne faut pas se fier aux rumeurs pour comprendre comment le Logrus et son pouvoir fonctionnent véritablement, grogna-t-il. Il est lié au roi du Chaos et à son gardien. Mes recherches me l'ont prouvé. Si le roi et Thellops ignorent la raison pour laquelle un individu l'utilise — nous y compris —, c'est uniquement parce que des millions de personnes l'utilisent également au même moment. Oui, le Chaos et ses Ombres sont étendus à ce point. Mais si l'un d'eux reporte son attention sur un seul homme ou sur sa famille... alors, oui, il peut savoir ce que nous faisons et où nous nous trouvons.

— Vous devez donc cesser d'utiliser le Logrus. Il est pratique, j'en conviens... mais on doit sûrement pouvoir faire la même chose avec le Schéma. En outre, les atouts élaborés à partir de ce dernier semblent être immunisés contre le Logrus et son influence.

— Je suis d'accord avec toi. » Il dut lire la surprise sur mon visage, car il s'empressa de poursuivre. « J'ai fait une erreur à Juniper. J'ai sous-estimé nos ennemis. Je n'imaginais pas l'implication d'Uthor et de Thellops. De tous les habitants du Chaos, ils étaient les deux seuls à pouvoir nous espionner par le truchement du Logrus. Je ne recommencerai pas la même erreur. Une fois que nous partirons d'ici, nous en aurons fini avec le Logrus. À jamais. Ceux qui ne sont pas d'accord seront écartés pour le bien de tous. »

J'acquiesçai : « Très bien. » Je partageai son sentiment. Nous devions prendre toutes les précautions nécessaires contre le Chaos.

« Où irons-nous ? s'interrogea Père. Il nous faut une nouvelle demeure... un monde que nous pourrons modeler à nos propres goûts. J'ai une vague idée d'une Ombre adéquate, située près du Schéma...

— Je t'y ai emmené après t'avoir sorti du Schéma. C'est une terre prometteuse, bien conçue, mais vide... il n'y a absolument personne. Nous devrons y amener tous les gens et tout le matériel dont nous aurons besoin.

— Eh bien, c'est ce que nous allons faire. Nous nous y installons de ce pas. » Il m'étreignit l'épaule. « Et cette fois, Oberon, nous ne recommencerons pas les mêmes erreurs ! »

15

Malgré tous nos efforts, nous ne parvînmes pas à quitter l'auberge le lendemain — ni même la semaine suivante. La veille, Conner n'avait sans doute pu tenir debout que par sa seule volonté. Quand il se réveilla, au petit matin, ses mois d'emprisonnement l'avaient rattrapé. Trop faible pour faire quoi que ce fût, il resta donc alité, Blaise et Freda jouant les infirmières à son chevet. Elles le gavèrent, à son plus grand bonheur, de potages légers et de délicieuses pâtisseries provenant des cuisines plus que correctes de l'auberge. Il paraissait vraiment apprécier leurs attentions.

Comme le Logrus avait déjà indiqué à Suhuy — et (le supposai-je) à tous ceux du camp du roi Uthor — l'endroit où nous nous trouvions, je me dis que ma famille pouvait continuer à l'utiliser sans restriction. Chacun mettrait à profit ses propres talents...

Je confiai à Blaise et à Aber le soin de rassembler de l'or. Ils passèrent un après-midi à retirer des tonnes de métal précieux du Logrus. Briques d'or, pépites d'or, plats en or et argenterie — ils dénichèrent tout ce que je leur avais commandé et l'entreposèrent dans notre suite. Quand les planchers se mirent à grincer sous le poids du butin, je louai plusieurs chariots et le fis transporter jusqu'à la banque de Selonika. Là, notre dépôt causa un fameux remue-ménage.

Le directeur envoya des messagers jusqu'au palais, à intervalles réguliers. Ceux-ci annonçaient les totaux mis à jour de nos biens — des employés les pesaient et les consignaient avec soin —, puis repartaient avec un papier indiquant « crédit illimité ». Le prince Marib, en personne, contresigna la lettre de créance.

Cette dernière arriva accompagnée d'une invitation au palais. J'y envoyai mon frère. Tandis que lui et le prince dînaient et se liaient rapidement d'amitié, j'emmenai Blaise faire des emplettes. Nous achetâmes des chevaux, des mules, des chèvres, des moutons, des vaches, des cochons, des poules, et beaucoup d'autres animaux domestiques, par dizaines. Nous fîmes également l'acquisition de grandes tentes solides, de lanternes et d'huile, de piques et de pioches, de semences et de céréales, et de vivres en quantité suffisante pour tenir au moins six mois. Lits et armoires... tables... argenterie... nous aurions besoin de toutes sortes de choses à l'avenir, puisque personne ne serait plus en mesure d'utiliser le Logrus pour se procurer des ustensiles de dernière minute. Blaise engagea des femmes de chambre, des majordomes, des cuisiniers et divers autres serviteurs.

Il nous fallait un hangar pour entreposer nos

achats, aussi en acquis-je un — j'engageai également un comptable et une douzaine de travailleurs robustes pour s'occuper de la manutention. L'argent filait comme l'eau vive. Les livraisons se mirent à affluer presque aussitôt en un fleuve régulier.

Avec ma permission, Aber révéla au prince Marib une partie de la vérité concernant notre famille. Il l'informa que nous avions, en outre, l'intention d'exporter des provisions de son Ombre jusqu'à la nôtre, tant que les fondements de notre propre économie ne seraient pas établis. S'imaginant déjà l'énorme profit qu'il pourrait en tirer, le prince Marib semblait, d'après Aber, enchanté par cette idée ; il nous fit rapidement parvenir des listes des meilleurs architectes, tailleurs de pierres, garçons d'écurie et divers artisans de la ville susceptibles de nous aider. Aber, Blaise et moi passâmes le reste de la journée à les rencontrer, à louer leurs services à des coûts bien plus élevés que la normale et, généralement, à arrondir les angles. Ils nous fournirent tous les travailleurs dont nous avions besoin pour attaquer sur-le-champ la construction d'un château et d'une ville. Il fallait commencer par creuser les fondations, mais le chantier pouvait démarrer avant même que les plans ne fussent achevés.

Pendant ce temps, notre père resta dans sa chambre à dessiner des atouts basés sur le Schéma. Il en fit un premier jeu, qui m'était destiné, avec tous les membres survivants de notre famille — je remarquai avec un certain amusement qu'il avait représenté Aber en bouffon coiffé d'un chapeau vert pointu, avec des chaussures aux bouts recourbés et équipés de clochettes. Un prêté pour un rendu ! Aber avait lui-même dessiné notre père dans cet accoutrement sur ses propres atouts. À ma demande, il dessina également une carte de ma chambre à l'auberge. Ainsi, je pourrais y retourner à volonté. Comme j'avais déjà payé les suites de toute la famille pour les cinquante années à venir, cette pièce me serait réservée en permanence et je pourrais m'en servir chaque fois que j'en aurais besoin.

Dès qu'il eut terminé ses atouts — certainement pas ses meilleures œuvres, mais utilisables, malgré un travail bâclé —, nous marchâmes à travers l'Ombre jusqu'au monde désert que j'avais choisi pour y édifier notre nouvelle demeure. Il souhaitait le voir par lui-même.

Les dernières heures du jour nous permirent de déambuler tranquillement dans les collines et les basses montagnes (« idéales pour un château », commenta-t-il), puis dans des forêts de chênes séculaires (« contenant suffisamment de bois pour construire une demi-douzaine de villes ») et, enfin, jusqu'à la plage de sable blanc (« un port naturel parfait »). La température était douce, le soleil brillait et le gibier abondait, aussi bien oiseaux que poissons, sans oublier lapins et cerfs. La seule chose qui manquait, c'était une carrière, mais nous étions tous deux certains qu'un tel site se trouverait facilement plus à l'ouest.

J'utilisai mon nouvel atout pour nous ramener

à l'auberge et y prendre un dîner tardif. Ma tendance au pessimisme m'avait fait imaginer le bâtiment en flammes, ses occupants massacrés par les créatures de l'enfer du roi Uthor qui auraient envahi la ville ; cependant, tout semblait calme et paisible.

Presque trop.

Le surlendemain du retour de Conner, Aber et moi prîmes le petit déjeuner au palais, en compagnie du prince Marib. L'invitation de Sa Majesté m'avait été transmise par Aber — j'étais persuadé qu'au départ elle valait aussi pour notre père, mais quand Aber me l'avait délivrée, seul mon nom y figurait. Je l'acceptai toutefois avec joie. N'ayant pas l'occasion d'être reçu tous les jours dans un palais, j'avais bien l'intention d'y glaner des idées pour notre future construction.

À huit heures du matin, la voiture couverte envoyée par le prince arriva ; Aber et moi y prîmes place. Le cocher fouetta l'équipage formé de deux hongres blancs parfaitement identiques, et nous traversâmes au galop les rues de la ville.

« Y a-t-il quelque chose que je devrais savoir sur le prince, avant de le rencontrer ? demandai-je à Aber d'une voix douce.

— Il te ressemble beaucoup.

— Petit, chauve et entre deux âges ? fis-je en levant les sourcils. J'ai vu des statues de lui... »

Aber éclata de rire. « Idiot... pas physiquement. Mais il me fait penser à toi. Vous avez tous deux une fâcheuse tendance à la magnanimité. Vous pensez toujours aux autres, plutôt qu'à vous-mêmes... le summum du bien, dirait-on, je suppose ! » Il haussa les épaules. « Dans son cas, sa principauté tout entière est sa principale préoccupation. S'ils savent y faire, commercer avec nous les enrichira, et il en est conscient. Il ne veut pas gâcher cette occasion.

— Signe qu'il est un bon souverain. » Je regardai par la fenêtre les bâtiments devant lesquels nous passions. Des commerçants ouvraient leurs boutiques, déployant des stores aux couleurs vives et roulant des barriques de fruits, de légumes et autres produits. Des enfants jouaient en riant et couraient en tous sens. Quelques vieilles femmes, à genoux, frottaient les trottoirs. Tous semblaient joyeux et bien nourris.

« Ici, chacun semble aimer chez lui autant le souverain que l'individu. Toi aussi, tu possèdes ce don, me dit Aber.

— Je pense que tu me surestimes. Mon souhait primordial est notre survie à tous.

— Et notre prospérité.

— Eh bien, oui. »

Il sourit. « Si nous avons à choisir un roi, je voterai pour toi. »

Je levai les sourcils. « Père est le premier de la lignée. C'est lui le roi.

— Oui, oui. » Il hocha la tête. « C'est une créature du Logrus, comme nous tous. Le Schéma, cependant, n'appartient qu'à toi. En outre, il n'a pas l'étoffe d'un chef... et ça ne l'intéresse pas non plus. Il préférera bricoler dans son atelier, inventer des choses et s'amuser avec ses jouets magiques. Il est incapable d'organiser un nouveau monde dans son intégralité. C'est toi qui fais tout le travail. Tu mérites donc le titre.

— Peut-être... » Je fronçai les sourcils. J'avais toujours pensé que notre père serait le chef. Pourtant, ce qu'avait dit Aber était fondé. Au fil des ans, Père, ayant pris bon nombre de mauvaises décisions, n'inspirait plus vraiment la loyauté.

« Par ailleurs, tu as l'expérience militaire nécessaire pour nous protéger, poursuivit Aber. En ce moment, c'est ce qui compte le plus. Je n'ai pas envie de me faire tuer pendant mon sommeil. Père...

— Nous en parlerons plus tard », lui promis-je en l'interrompant. Notre équipage franchissait les colonnes de marbre de l'entrée du palais. « Pour l'instant, contentons-nous de faire bonne impression sur le prince. »

Élégamment coiffé d'une couronne ornée de plumes étincelantes et drapé d'une robe pourpre foncé rehaussée d'or, ce dernier nous accueillit dans un jardin situé au cœur de son palais. Des singes apprivoisés criaient et babillaicnt dans les arbres enchevêtrés qui nous environnaient. Son serviteur nous conduisit jusqu'à des sièges garnis de coussins, disposés autour d'une petite table en verre.

Je m'inclinai avec grâce ; Aber m'imita.

« Mettez-vous à l'aise, je vous en prie », dit le prince avec un sourire cordial, en nous faisant signe de nous asseoir. « Même si nous reconnaissons le bien-fondé des cérémonies ancestrales de Selonika, nous ne les respectons pas à la lettre. Votre frère m'a dit que vous veniez d'un monde très lointain du Chaos. Conformez-vous, je vous prie, aux coutumes de votre peuple. Je suis impatient d'en apprendre davantage.

— Vous êtes bien aimable. »

Je m'assis à sa droite ; Aber, à sa gauche. Sur un geste du souverain, de splendides jeunes femmes poussèrent jusqu'à nous des chariots couverts d'appétissantes pâtisseries et d'alléchantes sucreries. Elles nous servirent dans des assiettes en verre, puis s'éclipsèrent.

Marib commença aussitôt à se sustenter avec délicatesse. Nous suivîmes son exemple.

« J'ai cru comprendre que vous êtes des pionniers, dit-il. Je ferai tout ce qui est en mon pouvoir pour vous aider. Toutefois, sans doute est-ce dû aux défauts de mon éducation, je ne comprends pas très bien la magie dont m'a parlé Aber... mes ministres non plus, d'ailleurs. Pouvez-vous m'en dire un peu plus sur cet endroit que vous appelez Ombre et où vous comptez vous installer ?

— Bien sûr », répondis-je. J'expliquai brièvement les mondes — les Ombres — et leur coexistence. Je jugeai inutile de faire référence au Schéma devant lui. Puis je lui parlai de la faculté de notre famille à se déplacer entre ces mondes et lui révélai comment, à la suite d'un conflit avec l'un d'eux, nommé Chaos, nous avions décidé de vivre dans le nôtre.

« Et qui régnera là-bas ? s'enquit le prince Marib.

— Oberon », dit Aber.

Je lui lançai un regard de mise en garde. « Cela n'a pas encore été décidé », corrigeai-je.

Marib s'enfonça plus profondément dans ses coussins. « Oh, je pense que si, mon ami. Si la moitié de ce que m'a confié Aber est vrai, je vois en vous l'étoffe d'un grand et noble souverain. »

J'affichai un air modeste. Mais je ne pus m'empêcher de me sentir flatté. Je m'interrogeai : peut être *devrais*-je être roi...

Le prince Marib réitéra son offre de nous aider du mieux qu'il pourrait et nous le quittâmes peu après la fin du petit déjeuner, en échangeant des vœux d'amitié entre nos peuples.

Sur le chemin du retour, j'avouai à Aber : « Tu avais raison, il me plaît. »

Le troisième jour après son arrivée, Conner était sur pied ; du rose colorait ses joues et il avait repris un peu de poids. Désormais, il paraissait plus mince que décharné. À tour de rôle, Freda et Blaise continuaient à le gaver de nourriture.

« À ce rythme, je pèserai deux cents kilos à la fin du mois ! » se plaignit-il à moi.

J'éclatai de rire. « Il te faut attirer leur attention sur autre chose. En ce moment, leur instinct maternel est focalisé sur ton rétablissement.

— Parle-moi plutôt de cette Ombre nouvelle, me pressa-t-il. Pourquoi ne pas m'y emmener ?

J'aimerais la voir. Je suppose que Père et toi y retournez aujourd'hui même.

— Oui, il y a des chances. Mais songe qu'elle pourrait t'affecter. Blaise ne l'a pas bien supportée.

— J'en prends le risque. Si ça ne va pas, je reviendrai ici. Père m'a donné un atout de ma chambre. »

Je hochai la tête. « Très bien. Alors, allons-y aujourd'hui même. Je sais que Freda en a très envie, elle aussi. »

Je me rendis rapidement aux cuisines et demandai qu'on nous préparât un pique-nique. Le directeur de l'auberge refusa de nous laisser partir avec un simple panier. Il insista pour nous faire accompagner par des serveurs et des cuisiniers — sans oublier l'équipement : un gril portatif, des caisses de glace pour les vins, ainsi que des tables, des chaises et des nappes, en quantité. Notre petit repas improvisé devint bientôt une vaste entreprise compliquée.

Je soupirai. Du moins, je n'avais pas à organiser tout cela. Des sandwichs de viande froide et de la bière, procurés par le Logrus, auraient simplifié les choses.

16

Il était près de midi quand notre interminable cortège prit enfin la route. Seize solides chariots — ainsi que des chevaux pour Aber et moi — quittèrent la ville. Notre famille réduite s'était transformée en une troupe de quatre-vingt-six personnes. Vingt d'entre elles étaient des géomètres envoyés par les architectes pour prendre des mesures et esquisser les premiers plans. Puis venaient des domestiques — divers et variés, chargés de monter les tentes pour un campement avancé —, des cuisiniers, des serveurs, un sommelier et des dizaines d'autres personnes dont la fonction restait un mystère pour moi.

Seul notre père, prétextant qu'il avait des choses à faire de son côté, avait décidé de ne pas nous accompagner. Mystérieux et secret jusqu'au bout ! Eh bien, nous n'avions pas besoin de lui tout de suite et, comme il avait eu la courtoisie de me confier un atout le représentant, je pouvais le joindre à tout moment.

Il nous fallut une heure pour atteindre notre futur foyer. Les chariots nous ralentissaient considérablement. Mais, dès que les collines et les montagnes, désormais familières, furent en vue, j'éprouvai une pointe d'excitation et éperonnai mon cheval. Aber fit de même pour rester à ma hauteur ; ensemble, nous escaladâmes un sommet et contemplâmes la plage virginale qui s'étirait à nos pieds.

« C'est là ! m'exclamai-je.

— Magnifique. » Il se tortilla sur sa selle en tous sens pour admirer le paysage. « Je veux une chambre orientée vers le sud. Et beaucoup de fenêtres. »

Je gloussai. « Alors, ça te plaît ?

— Oh, oui ! C'est parfait. Pourvu que ça dure ! »

Je le dévisageai. « Comment te sens-tu ? Fatigué ? Souffrant ?

— Hein ? Non, très bien, évidemment.

— Pas d'effets désagréables ?

— Nooon... devrais-je en ressentir ? »

Je souris, soulagé. « Je redoutais un peu qu'à l'instar de Blaise, la plupart des gens tombent malades, ici. »

Il indiqua le pied de la montagne : les chariots venaient juste d'y faire halte. « Elle a l'air d'aller bien... du moins, d'après ce que je vois. »

Me protégeant les yeux d'une main, je regardai Blaise, puis passai à Conner et à Freda. Aucun d'entre eux ne s'allongeait brutalement, ni ne s'endormait debout — c'était bon signe.

Aber se redressa sur ses étriers, agita un bras et cria : « Ohé ! »

Freda lui rendit son salut. Notre fratrie descendit des chariots et s'engagea dans notre direction. Les domestiques entreprirent de décharger le matériel et de préparer les tables pour le déjeuner.

Dix minutes plus tard, nos sœurs et notre frère nous rejoignirent. Blaise était pâle et avait l'air quelque peu souffrante, toutefois, pas autant que lors de notre première visite. Conner et Freda haletaient, mais se sentaient bien.

« Tu as l'air en forme, me dit Freda. Presque resplendissant. Ce monde te convient. »

Je ris. « Cet endroit... coule dans mes veines. Je me sens fort, ici, plus vivant, et plus puissant que je ne l'ai jamais été.

— Ça vient du Schéma, de sa proximité... » Elle tourna lentement sur elle-même pour observer les environs. « C'est... différent, ici. Différent du Chaos. Pas tout à fait non plus comme Juniper. Il se dégage une impression de puissance... une énergie que je *perçois*.

— C'est mieux, déclarai-je.

— Différent, répéta-t-elle.

— Profitons-en, tant que ça dure », soupira Aber.

Je lui jetai un coup d'œil. « Que veux-tu dire ?

— Crois-tu vraiment que le roi Uthor nous laissera construire quoi que ce soit ? Il va nous déclarer la guerre sur-le-champ.

— Tu oublies que ceci est *mon* monde, pas le sien. Il découle du Schéma qui est à l'intérieur de *moi*. Ici, je me sens l'égal d'un dieu. Qu'il vienne... je le tuerai et j'accrocherai sa tête sur les grilles de mon château !

— Un château ? Des grilles ? » Aber virevolta

lentement sur lui-même pour contempler le désert. « Il ne va pas attendre que nous commencions à bâtir. Je suis convaincu qu'il est déjà en train de rassembler ses forces.

— Cela n'a aucune importance. » Je laissai mon imagination déborder. Des tours... des murs... des remparts... Une ville entière s'élèverait sur ce versant de la montagne ! « Nous amènerons autant de travailleurs qu'il faudra. Nous pouvons reconstruire Juniper en un an.

— Pas Juniper, déclara Freda d'un ton sec. C'était l'œuvre de Père. Bâtis *ta* ville, Oberon. Mets-y *ton* empreinte. »

Ma propre ville... oui. Je la visualisai mentalement. Des minarets, de fiers étendards volant au vent. De hauts murs de pierre, luisant d'un éclat blanc sous le soleil levant, entourant une cité magnifique aux toits de tuiles rouges et aux rues pavées. Là, près de l'océan... là où le soleil se reflétait sur les vagues comme de l'ambre...

« Ambre... » murmurai-je. Ce mot convenait parfaitement à ce monde. Il s'accordait également avec le nom de Juniper[1]... une perpétuation de l'héritage paternel dont il pourrait être fier.

« *Ambre ?* Tu n'as rien trouvé de mieux ? me demanda Aber. Ça manque d'originalité. Que penses-tu d'Aberton ? Voilà un nom qui a de la personnalité !

— Non, lâcha Freda d'un ton catégorique.

— Alors, simplement Aber. C'est plus court.

1. Ambre, en anglais *Amber*, rime avec *Juniper* (*N.d.T.*)

— D'une syllabe seulement », intervins-je.

Freda trancha : « Il n'en est pas question !

— Ou peut-être Oberonia, insista-t-il, en me souriant. Qu'en dis-tu, mon frère ? »

Je ne pus m'empêcher de rire. « En fait, j'aime assez Oberonia !

— Non », répéta Freda avec fermeté ; elle se tourna vers moi, en croisant les bras d'un air buté. « Ne l'encourage pas, Oberon. Il est capable des pires bêtises, si on le laisse faire.

— Et que dirais-tu de Fredania ? » suggéra Aber qui sourit d'un air entendu.

Ses yeux étincelèrent. Elle s'écria : « Non ! Ce monde s'appellera *Ambre.* Un point c'est tout.

— Ambre me plaît assez, dit Conner.

— À moi aussi, renchérit Blaise.

— Alors, c'est décidé, conclus-je. Ce sera Ambre. Ce nom lui va bien, et il me plaît.

— Aucun sens de la plaisanterie... marmonna Aber.

— C'est donc décidé. » Freda soupira et regarda au loin. « Le plus difficile reste à faire.

— Nous savons tous qu'une attaque surviendra, déclarai-je. La seule question est... quand ?

— Construire ici n'est peut-être pas une idée aussi bonne que ça, lâcha Aber. Père a disposé d'un siècle pour élaborer Juniper, et il n'a pas réussi à la conserver.

— Il faut bâtir Ambre de façon qu'elle résiste à des forces supérieures aux siennes, annonça Freda. Nous savons à quoi nous nous exposons. Cette fois, nous serons prêts. »

Aber secoua la tête. « Plus facile à dire qu'à faire !

— Ériger des remparts plus élevés et des murs plus solides semble la seule solution, intervins-je. J'ai vu de quoi était capable le Chaos primitif. Si Uthor le libère ici, rien ne pourra sauver cette Ombre.

— Nous n'allons pas nous terrer comme des animaux, rétorqua Freda.

— Je n'ai jamais dit ça. » Je me contins, les yeux tournés vers le lointain. « Il nous faut une maison. Un endroit où nous pourrons échafauder des plans et rassembler nos forces. Si la guerre est inévitable, je ne vais pas me contenter de l'attendre. Nous attaquerons les premiers. »

Aber en resta bouche bée. « Attaquer les Cours du Chaos ? Tu es devenu fou ? »

Je le regardai posément. « Je n'ai jamais été aussi sérieux. Si je dois me battre, ce sera selon mes propres règles. Si Uthor poste des espions en Ambre, nous en enverrons dans le Chaos. S'il lève une armée pour l'envoyer ici, nous le devancerons. Je ne suis pas comme notre père... je me battrai, et je vaincrai. Peu importe ce que cela implique. »

Freda me lança un regard étrange. « Je vois notre père en toi. Mais il y a autre chose, quelque chose en plus.

— J'ai également une mère », lui rappelai-je, songeant à la licorne que j'avais aperçue à trois reprises. J'étais tenté de croire ce que m'avait affirmé mon père : qu'elle m'avait donné la vie.

« Si mes soupçons sont fondés, elle est plutôt remarquable.

— Ta mère... oui... ce doit être ça, chuchota-t-elle. Pour la première fois... je crois vraiment que tu vas réussir. »

Je gloussai. « Ne nous laissons pas aller au sentimentalisme. Nous avons une tâche à accomplir. Une tâche difficile et colossale.

— Ce genre de discours ne me plaît guère ! m'avertit Aber d'un ton moqueur. Vois plus loin, surpasse-toi. » Je fis un geste ample pour englober la montagne qui se dressait devant nous. « Considère ce monde comme une feuille blanche. Nous disposons d'architectes... de tailleurs de pierres... de charpentiers, tous à notre service. Nous pouvons acheter de la nourriture en quantité. Nous nous procurerons l'aide dont nous avons besoin à Selonika ou dans des Ombres avoisinantes. Ambre nous fournira le reste : des carrières de granit et de marbre, du bois de charpente en abondance, suffisamment de terre cultivable, du poisson dans la mer et du gibier dans les forêts, à foison...

— Ouh, là, là ! s'exclama Aber. Et nous n'avons même pas déjeuné !

— Ambre peut-elle réellement être construite aussi vite ? demanda Freda.

— Oui. Nous procéderons à la manière des anciens... en faisant jouer la cupidité ! » Je grimaçai un sourire. « Et, pour ceux que l'or n'intéresserait pas, nous disposons de terres en quantité. Nous avons besoin de fermiers et de vignerons. Nous pouvons offrir à tous ceux qui ont une certaine valeur pour nous des titres mineurs...

— Tu établirais une noblesse au sein du peuple de l'Ombre ? demanda Blaise, l'air atterré.

— Pourquoi pas ? lui répondis-je en souriant. J'ai vécu dans les Ombres toute ma vie. Ilerium recelait plus de gens honorables et intègres que tout le Chaos réuni.

— Mais aucun d'entre eux ne pourra contrôler l'Ombre ou le Chaos, commenta Conner. Ils n'ont aucun pouvoir véritable.

— Oh, après quelques générations de croisements avec nos semblables, je pense qu'ils disposeront des mêmes pouvoirs que nous. J'ai bien l'intention de prendre femme. Tous les rois ont besoin d'une reine.

— Alors tu *seras* roi ? m'interrogea Aber, d'une voix où perçait l'espoir. Ce ne sera pas Père ?

— Oberon doit être roi, affirma Freda. Le Schéma l'a désigné.

— Formidable ! » Aber eut un large sourire. « Cette idée était la mienne, tu sais. Comme récompense, j'aimerais recevoir au moins quelques titres supplémentaires.

— En tant que frère du roi, tu seras prince, lui fit remarquer Freda. C'est bien suffisant.

— Et pourquoi pas archiduc d'Aberton ? demandai-je. Et... euh... Seigneur-de-tous-les-Marécages ?

— Encore mieux ! » Il éclata de rire. « Y a-t-il des marécages ? »

Freda se renfrogna. « Vous vous montrez tous deux bien trop futiles.

— Nous devons également déterminer où se situe Aberton », ajoutai-je, ignorant sa remarque.

Aber tourna sur lui-même et regarda vers le sud. « Ne serait-ce pas par là ? Je veux avoir la possibilité de la regarder par mes fenêtres du palais.

— C'est possible. » Je me protégeai les yeux d'une main. « Je parie qu'elle se trouve juste derrière cette forêt.

— Vous êtes fous, tous les deux ! » Freda leva les bras et s'éloigna à grands pas.

Aber et moi éclatâmes de rire.

17

« Non, non, et non ! » hurlai-je, en frappant du poing sur la table installée sous une tente où étaient éparpillés des dizaines de plans et de projets. « Je me fiche de savoir que les mules sont malades, qu'il manque la moitié des ouvriers ou qu'il tombe des crapauds enflammés ! Les travaux doivent commencer aujourd'hui ! »

Devant mon explosion de colère, les deux chefs de chantier eurent un mouvement de recul. « Oui, roi Oberon ! » glapit l'un d'eux. Ils s'inclinèrent et sortirent.

Trois semaines s'étaient écoulées depuis notre pique-nique sur le mont Ambre ; ainsi désignions-nous désormais la montagne où serait construit le château. Des retards, encore des retards, toujours des retards... ce qui avait empêché les débuts de la construction. Tel un mécanisme grippé, la machine qu'était l'ensemble de nos bâtisseurs avait besoin d'être dérouillée pour se mettre en route... ma colère lui fournit le solvant nécessaire.

Je me levai et me mis rageusement à faire les

cent pas. Aber, les pieds sur la table, se contenta de glousser.

« Ce n'est pas drôle ! » grondai-je. J'en avais plus qu'assez de tout, et de tout le monde.

« Ai-je dit que ça l'était ? Plus vite j'aurai un toit au-dessus de ma tête, plus vite je serai heureux. Je déteste la pluie, je déteste le soleil et je déteste vivre sous une tente. Si tu n'avais pas besoin de moi pour les plans, je serais déjà reparti à Selonika où je mènerais grand train. » Il soupira.

« Oh, mais je t'en prie, va donc ! » Je le congédiai d'un geste. « De toute façon, il n'y a pas grand-chose à faire aujourd'hui. Demain, après avoir dormi et cuvé, rejoins-moi et nous verrons ce qu'il restera à faire.

— Pas la peine de me le dire deux fois ! » Il bondit sur ses pieds et quitta la tente en courant.

Avec un soupir, je m'affalai sur mon siège et recommençai à étudier les plans de l'architecte. Quelque chose, dans l'aile gauche, me perturbait, mais je ne parvenais pas à déterminer quoi.

« Oberon ? lança Freda, en entrant soudainement. J'aimerais te parler.

— Bien sûr. Assieds-toi. » Je lui indiquai la place qu'Aber venait de libérer. « Un peu de vin ?

— Merci. »

Je lui remplis un verre de vin rouge.

« Qu'est-ce qui ne va pas ?

— Le problème, c'est le manque de surveillance, commença-t-elle. Conner et toi faites en sorte que les travaux avancent et soient exécutés correctement, mais vous ne pouvez être partout à la fois.

Dès que vous quittez le terrain, les ouvriers se relâchent. Je l'ai constaté maintes et maintes fois, aussi bien à la scierie que dans la carrière et ici, où ils creusent les fondations... ces hommes n'en font qu'à leur tête.

— Je sais. » Je poussai un profond soupir. « Nous avons pris du retard sur tout. Pourtant... tous les hommes disponibles se relaient par équipes, de jour comme de nuit. Que pourrions-nous faire de plus ?

— Il nous faut de l'aide supplémentaire.

— Très bien. Embauche davantage de main-d'œuvre. Autant qu'il faudra, que ce soit à Selonika ou dans une autre Ombre.

— Non... je parlais de l'aide de notre famille. »

Sa remarque me dérouta. « Je sais qu'Aber ne travaille pas autant qu'il devrait, mais...

— Non, non, tu ne comprends pas. Je ne veux pas qu'*Aber* en fasse plus. Il a accompli un travail formidable jusqu'à présent. J'ai besoin d'un plus grand nombre de membres de notre famille. Je voudrais inviter plusieurs de mes oncles et tantes à se joindre à nous. Et je sollicite l'autorisation de rechercher le reste de notre fratrie manquant à l'appel.

— Est-ce que tes parents viendront ? Ils doivent être informés des inconvénients qu'ils devront supporter au quotidien, du moins dans les premiers temps. Nous n'avons que des tentes à leur offrir... et beaucoup de travail, pénible de surcroît.

— Cela reste préférable à leur vie actuelle aux Cours. »

Je marquai une pause, puis : « Tu leur en as déjà parlé, n'est-ce pas ? »

Elle releva la tête. « Oui. Uthor les persécute parce qu'ils ont osé me venir en aide. Il leur rend la vie très... *désagréable*. Ils sont à la recherche d'un refuge. Je sais qu'ils travailleront dur...

— Bon, bon ! » Je levai les mains et lui souris. « Évidemment qu'ils peuvent venir. Si tu réponds d'eux, je leur offrirai volontiers ma protection.

— Merci, Oberon ! » Son visage s'éclaira. « Je savais que l'on pouvait compter sur toi !

— Comment pourrais-je refuser de les aider ? Tout individu qui essaie de se libérer de la tyrannie d'Uthor sera le bienvenu en Ambre. » Je m'éclaircis la gorge. « Tu as aussi parlé de recherches sur les membres manquants de notre famille ?

— Oui. Nombreux sont ceux dont nous n'avons aucune nouvelle... et Pella me manque. Je n'arrive pas à croire qu'Uthor les ait tous tués ou capturés. Si Aber et Blaise ont été suffisamment malins pour ne pas se faire prendre, pourquoi d'autres ne l'auraient-ils pas pu ?

— C'est possible, effectivement », dis-je avec lenteur. Je comprenais ce qu'elle voulait dire. Nous avions beaucoup d'autres frères et sœurs tout aussi intelligents et inventifs. Peut-être même plus.

« Et... » Elle marqua une hésitation.

« Qu'y a-t-il ?

— La dernière fois que nous étions à Selonika, j'ai parcouru tous mes atouts. Je les ai essayés les uns après les autres pour rechercher les vivants et les morts.

— Et alors ? »

Elle se pencha vivement en avant. « J'ai cru sentir quelque chose émaner de ceux d'Isadora, de Fenn et de Davin. Un semblant de contact, très vite neutralisé.

— Davin ! » m'exclamai-je. Il avait été tué, comme notre frère Locke, en défendant Juniper contre les créatures de l'enfer. « Impossible ! Il est mort !

— Je n'en suis pas certaine. Souviens-toi, nous n'avons pas vu son cadavre.

— C'est vrai. » Je pris une profonde inspiration et portai mon regard au loin. Sur le champ de bataille, Davin avait fini par gagner mon respect. S'il avait été capturé, au lieu d'être tué...

« Très bien, je te l'accorde. Davin est peut-être en vie. Et Isadora ? Et Fenn ?

— Je veux que Père me dessine un nouveau jeu d'atouts complet... avec une carte pour chacun de ses enfants, vivant ou mort.

— Mort ? Pourquoi ?

— Il existe dans le Chaos... des moyens de faire revenir les morts, dit-elle d'un ton grave. Uthor a peut-être tenté l'expérience sur Davin. Nous ne pouvons être sûrs de rien. Il suffisait que son corps soit encore frais pour le ramener à la vie. Après, il pouvait revenir sous la forme d'un zombie... d'un cadavre animé exécutant des tâches simples pour son maître. »

Ses paroles m'inquiétèrent. Je me levai et arpentai le sol. Freda m'avait donné matière à réflexion.

Parmi notre fratrie, trois autres personnes

vivaient peut-être encore... la présence, ici, de Fenn et de Davin ferait une belle différence pour la future bataille. Mais il nous fallait d'abord les faire revenir. Les retrouver devait être notre priorité.

« Un jeu d'atouts complet me semble une requête raisonnable. Vas-y ! Demande-le à Père.

— Je l'ai déjà fait, mais il a refusé.

— Comment ? Mais pourquoi ?

— Il refuse de croire que je les ai perçus. Il a dit qu'il n'avait pas le temps de céder à tous mes caprices. Des caprices !

— Depuis qu'il a tracé le nouveau Schéma, il n'est pas dans son état normal, déclarai-je, me remémorant certains de ses éclats.

— Mais c'est important... tellement, même, que cette démarche ne peut être différée.

— Je suis bien de ton avis. Je lui en parlerai demain matin. » Je lui tapotai la main ; elle me sourit d'un air soulagé. « Pendant que nous nous parlions, Aber est retourné à Selonika. Pourquoi n'y vas-tu pas, toi aussi, tu pourrais réessayer tes anciens atouts. Peut-être que cette fois...

— Très bien. » Freda se leva. « Tu m'accompagnes ? »

J'hésitai. La journée était loin d'être terminée. Il restait beaucoup à faire.

« S'il te plaît ! J'aimerais que tu sois à mes côtés, quand je tenterai de contacter Davin, Fenn et Isadora. Si tu les sens toi aussi, Père ne pourra plus nier l'évidence.

— D'accord. Je viens... je ne m'attarderai pas, toutefois. »

Elle acquiesça de la tête et sortit son jeu d'atouts. Celui de sa chambre à l'auberge, peint par notre père, était le premier de la pile. Se concentrant sur la carte, elle nous la fit traverser dès que l'image s'anima.

Elle avait dû planifier de me ramener avec elle. En prévision de notre venue, une table et deux chaises avaient été préparées dans un coin. Freda s'y installa et me fit signe de m'asseoir en face d'elle.

Elle me tendit alors son paquet d'atouts, à l'envers. Sans qu'elle eût besoin de me le demander, je battis les cartes et les lui rendis. Par le passé, je l'avais déjà vue y lire l'avenir. Qu'avait-elle donc en tête ?

Elle posa le jeu sur la table et retourna la carte du dessus. Elle représentait notre frère Locke, mort en héros en défendant Juniper. Pendant une seconde ou deux, Freda effleura du bout des doigts sa surface lisse comme de l'ivoire, puis elle la remit à la fin du paquet.

« Pourquoi n'essaies-tu pas avec lui ?

— Parce qu'il est mort. Nous avons brûlé son cadavre.

— Fais-moi plaisir. On m'a tellement menti, ces derniers temps, que j'ai du mal à croire quiconque ou quoi que ce soit. Il a pu être remplacé par un sosie à Juniper, sait-on jamais ! Et, en ce moment même, il pourrait être enfermé dans une tour et attendre qu'on vienne le délivrer. »

Elle reprit l'atout de Locke, l'éleva devant elle et se concentra sur son image pendant une minute ; elle finit par hausser les épaules.

« Rien. »

Elle le reposa à l'envers sur la table devant elle et tira la carte suivante. Celle-ci montrait une magnifique jeune femme aux jambes interminables et aux cheveux blond vénitien — Syara. J'avais à peine échangé quelques mots avec elle, à Juniper.

« Rien », répéta-t-elle.

Elle s'empara d'un autre atout. Fenn.

Elle le brandit, hésita et s'exclama : « Là... presque ! »

Je quittai ma chaise précipitamment pour me placer derrière elle et me penchai pour regarder. Tandis que nous nous concentrions tous deux sur la carte, j'eus la vague impression qu'elle s'animait. Était-ce lui ? Je n'aurais pu le jurer.

Nous finîmes par abandonner. Nous n'avions pas pu parler avec lui, mais *quelque chose* de conscient était associé à son atout.

« Tu vois ? s'écria Freda. Je ne me trompais pas ! Tu l'as senti, toi aussi. »

Je ne pus qu'acquiescer. « Alors, qu'est-ce qui nous empêche de le joindre ?

— Il peut s'agir de n'importe quoi. La distance. Le Logrus. Il peut être inconscient ou empêcher sciemment le contact. Père doit absolument me dessiner un nouveau jeu, basé sur le Schéma !

— Je ne manquerai pas de le lui dire dès que je le verrai. Bon, et les autres ? »

Elle ramassa la carte suivante. *Pella.* Sa sœur germaine.

« Rien... » souffla-t-elle.

Nous passâmes en revue son jeu complet, sans plus de succès.

18

Malgré l'échec de notre tentative de contact avec Fenn, je repartis pour Ambre, débordant d'optimisme. J'avais soudain retrouvé l'espoir de revoir d'autres membres de ma fratrie.

Je me mis au travail avec un enthousiasme nouveau et passai le restant de l'après-midi à réexaminer les fondations du château avec l'architecte, un certain Yalsef Igar — vieil homme d'apparence frêle qui m'avait été chaudement recommandé par le prince Marib. Je découvris avec satisfaction que ses plans étaient la représentation presque parfaite de ceux que j'avais moi-même imaginés.

Les cris et les menaces, proférés un peu plus tôt, avaient accompli des miracles et motivé les chefs de chantier... Ceux-ci dirigeaient désormais avec fermeté leurs équipes de cent cinquante hommes et les faisaient travailler dur : pelleter des gravats et remplir des brouettes, rouler des rochers au pied de la montagne et tailler arbres, buissons et broussailles. Une fois que les branches avaient été coupées, les mules tiraient les troncs vers la nouvelle scierie située à cinq cents mètres, en amont, sur la rivière.

« Faites venir des hommes en plus grand nombre, dis-je à Igar. Vous avez un an pour achever les travaux. Si vous réduisez ce temps de moitié, je vous paierai le triple.

— Le triple ? s'étrangla-t-il.

— En or.

— Je ferai de mon mieux, Votre Majesté !

— Bien. »

Après avoir regardé les hommes s'affairer pendant une dizaine de minutes, je retournai sous ma tente. De nouveaux plans, concernant la disposition des étages, avaient été étalés sur la table pour être soumis à mon approbation. Au moment où je me penchai pour les étudier, j'eus l'impression qu'on essayait de me contacter.

Je levai les yeux, ouvris mon esprit et aperçus mon père qui attendait avec impatience.

« Tiens ! » Il me lança un atout que je rattrapai instinctivement. « Dépêche-toi !

— Père..., commençai-je.

— Viens me retrouver. »

Il rompit le contact avant que je pusse ajouter autre chose. Attitude typique de sa part. Il ne laissait jamais personne placer un mot quand cela ne servait pas ses intérêts.

Il venait d'achever le nouvel atout qu'il m'avait jeté — celui-ci représentait le Schéma d'un bleu brillant, sur fond de roche, d'arbres et de buissons. La peinture collait encore légèrement aux doigts. Elle n'avait pas eu le temps de sécher.

Un frisson glacé me parcourut. Il m'avait recommandé de me presser. Le roi Uthor aurait-il réussi à atteindre le Schéma d'une façon ou d'une autre ?

Je tirai mon épée de son fourreau d'un geste vif, puis me concentrai sur l'image. Elle s'anima rapidement. Je m'y introduisis d'un bond.

Je m'immobilisai au bord du Schéma. Le calme régnait autour de moi. Les couleurs semblaient plus éclatantes ; chaque contour, chaque trait était aussi acéré qu'une lame de couteau, des feuilles des arbres jusqu'au moindre brin d'herbe.

Je n'étais pas seul. Un étranger de grande taille, au visage émacié et à la peau aussi pâle que des os blanchis par le soleil, se tenait à l'autre extrémité du Schéma et l'étudiait avec attention. S'il avait remarqué ma présence, il n'en laissa rien paraître.

Il était entièrement vêtu de noir, de son large chapeau plat à sa chemise, jusqu'à son pantalon rentré dans des bottes qui lui arrivaient aux genoux. D'après mon examen rapide, il ne portait pas d'arme.

Quand il s'avança pour faire le tour du Schéma, sa démarche me sembla bizarre ; je me rendis compte avec stupeur qu'il disposait d'une articulation supplémentaire dans chacun de ses membres. Cette dernière, en se recourbant vers l'arrière, provoquait un curieux sautillement à la fin de chacune de ses enjambées. De toute évidence, ce n'était pas un humain. Mais il n'avait rien en commun non plus avec les créatures de l'enfer du roi Uthor, ni avec aucune de celles que j'avais rencontrées dans le Chaos.

« Hé ! criai-je, en faisant un pas dans sa direction. Hé, vous là-bas ! »

Il me regarda et inclina poliment la tête, comme le ferait un invité d'honneur devant son hôte. Puis il se replongea dans son minutieux examen du Schéma.

Son attitude n'ayant rien d'ouvertement menaçant, je baissai ma lame. Pourquoi mon père m'avait-il envoyé ici ? Pour le chasser... ou pour l'aider ?

J'eus un moment d'hésitation et scrutai de nouveau les alentours ; il n'y avait personne d'autre. Je disposais de quelques minutes avant qu'il me rejoignît, aussi sortis-je mes atouts. Dans le doute... se renseigner. Une règle à suivre avant d'interpréter les ordres.

Élevant la carte qui représentait mon père, je la fixai en me concentrant. Rien. Pas le moindre soupçon de mouvement. Serait-il mort ? Inconscient ? Quelque part où je ne pouvais l'atteindre ? Aucun moyen de le savoir. Il ne m'avait pas semblé courir un danger immédiat... il était simplement pressé.

J'allais devoir me débrouiller seul. Rien de tel qu'une série rapide de questions-réponses pour éclaircir les choses.

Je contournai le Schéma avec prudence et m'approchai de l'étranger en noir qui remarqua à peine ma présence. La courte distance qui nous séparait me permit de constater à quel point il était grand... il me dépassait d'au moins trente centimètres. En outre, il était complètement chauve. Sa peau, lisse et blanche comme du parchemin, se tendait sur ses muscles. Aucune trace de graisse sur son corps... ce qui lui conférait une apparence presque squelettique.

Tout en lui me parut *faux*, en quelque sorte. Sans raison, il suscita aussitôt en moi une profonde antipathie.

« Vous être Oberon ? demanda-t-il.

— Oui. Qui êtes-vous ?

— Vous attacher importance au nom ! Vous appeler moi Ish. » Il sourit en découvrant de longues dents blanches et pointues. Cela aurait pu passer pour une expression amicale, peut-être même rassurante, mais j'en fus perturbé.

« Ish, fis-je la gorge serrée, que faites-vous ici ?

— Celui qui être apparu avoir appelé moi.

— Le Schéma ?

— Moi, pas être né dans Chaos, si vous avoir peur. » Il me contourna calmement et, à grands pas élastiques, poursuivit son chemin le long du Schéma.

Pas né dans le Chaos ? Qu'est-ce que cela signifiait ? Pourrait-il être une créature du Schéma, tout comme moi ?

« Vous ne devriez pas vous trouver ici, lui dis-je, en m'élançant derrière lui. Mon père... Dworkin... m'envoie. Je crois qu'il veut que vous partiez.

— Nouveau. Bien en place. » Il pivota et inclina le buste. « Excuses. Œuvre Dworkin compte. Celui-ci beaucoup mieux. »

Il s'interrompit, avec l'air d'attendre quelque chose. Que signifiait tout son charabia ? Essayait-il de me dire qu'il préférait ce nouveau Schéma à l'ancien ? Avait-il vu les deux ?

« Vous avez vu l'autre Schéma ?... Le premier que mon père a dessiné ?

— Beaucoup. » Sa tête s'inclina à deux reprises. « Cadeau. Fils-de-Dworkin ? »

Il me tendit quelque chose de petit. Sans réfléchir, j'avançai ma main ; il laissa tomber un minuscule objet froid et dur dans ma paume.

Il s'agissait d'une bague d'homme, en or, avec une sorte de petit rubis serti sur le dessus qui captait la lumière et brillait faiblement.

« Euh... merci », répondis-je. J'élevai l'anneau et l'examinai.

« Spikard, dit-il avec fermeté. Vieux.

— De l'or ?

— *Vieux*, répéta-t-il. Un pouvoir. Pour vous. *Spikard.* »

Il me fit signe de l'enfiler. Après une seconde d'hésitation, je le glissai à l'index de ma main droite.

Au début, il me parut trop lâche, mais il se rétrécit brusquement. Paniqué, j'essayai de le retirer, mais il s'accrocha à mon doigt comme une sangsue.

« Que m'avez-vous fait ? m'écriai-je.

— *Spikard*, répéta-t-il. Bon. »

La bague se réchauffa. Sa chaleur se diffusa dans mon bras... mais, au lieu de me brûler, elle me procura une sensation de bien-être. Comblé, revigoré et en sécurité... la vie était belle... le spikard me protégerait. Je le *savais.*

Avec un frisson, je reculai d'un pas. Ce spikard m'affolait et m'inquiétait. Je ne me sentais pas bien, ni en sécurité. J'avais au doigt un anneau qui tentait de distiller des pensées rassurantes dans ma tête !

« Arrêtez ! » criai-je.

La bague se rétracta brièvement ; mon impression anormale de bien-être disparut. J'étais de nouveau moi-même... du moins, je l'espérais.

Ish pencha la tête, puis m'indiqua le Schéma. « Marcher ?

— Quel est cet objet ?

— Spikard. Bon. »

Comme en réponse, l'anneau se rétrécit de nouveau.

Je le fixai du regard. « Me comprends-tu ? »

Il se resserra une nouvelle fois.

« Es-tu un ami ? »

Quatre contractions successives... un « oui emphatique », supposai-je.

« Devrais-je marcher le long du Schéma ? »

Une autre contraction.

Bien, très bien... une bague intelligente. Cela devenait intéressant.

« J'aimerais que tu quittes mon doigt. *Tout de suite.* »

La bague se rétrécit, puis se détendit. Je la retirai et réprimai une brusque envie de la jeter le plus loin possible. Je la glissai dans la pochette de mon ceinturon où étaient rangés mes atouts. Dès que j'aurais compris son fonctionnement, ce spikard pourrait se révéler précieux et utile. Il me faudrait poser la question à Père et à Freda.

Ish me montra de nouveau le Schéma. « Marcher ?

— Je l'ai déjà parcouru à deux reprises.

— Dworkin marcher, insista-t-il. Oberon marcher. »

Je le dévisageai. « Mon père l'a parcouru ?

— Marcher.

— Pas cette fois. Je ne sais pas qui vous êtes, ni ce que vous faites ici, et je n'ai aucun ordre à recevoir de vous. » Je pointai mon épée sur lui. « Partez. *Immédiatement.* »

Il pencha la tête de côté, visiblement perplexe. Puis son corps s'aplatit et se replia sur lui-même, à la manière d'une feuille de papier. En moins d'une seconde, il s'était volatilisé.

Je laissai échapper le souffle que j'avais retenu. Je n'avais jamais rien vu de pareil... Et j'étais sûr qu'il n'avait utilisé ni le Logrus ni le Schéma.

J'avançai de quelques pas et fis tournoyer mon épée à l'endroit précis où il s'était trouvé, pour vérifier qu'il n'était pas devenu invisible. Il avait bel et bien disparu. Avec un peu de chance, il serait incapable de revenir jusqu'ici. Nous n'allions pas permettre à des étrangers de fouiner autour du Schéma... même sous forme de géants chauves, livides et sans armes.

Je rengainai mon épée et inspirai profondément. Que faire de plus ?

Le Schéma étincelait.

Le ciel brillait du plus pur, du plus profond azur que j'eusse vu.

Je sortis l'atout de mon père et essayai d'établir un nouveau contact ; je n'obtins aucun résultat. Je fis une tentative avec celui de Freda. Elle me répondit aussitôt. Son image m'apparut aussi claire et distincte que si elle s'était trouvée devant moi.

Je lui racontai brièvement ce qui venait de se produire.

« Ne touche plus au spikard. Il est dangereux.

— Pourquoi ?

— Il est lié à la Clèfe...

— À la quoi ?

— À la Clèfe... » Elle marqua une hésitation. « C'est aussi ancien que le Logrus, et très puissant. Je n'ai pas le temps de t'expliquer. Père ne doit demander ni aide ni protection aux Feynims...

— Ouh là là ! Les Feynims ? Qui sont-ils ? »

Elle joignit ses mains. « Ils sont ancestraux. Beaucoup plus vieux que le Chaos. Tu dois l'en empêcher ! Il ne doit pas traiter avec eux... c'est interdit !

— Je vais essayer de le retrouver. As-tu une idée de l'endroit où il pourrait être ?

— Avec eux, peut-être... au-delà des limites du Chaos. » Elle me regarda droit dans les yeux. « Suis le Schéma, Oberon. Il possède des pouvoirs immenses. Sers-t'en pour le retrouver. Dépêche-toi ! »

19

Quand j'atteignis le centre du Schéma, je me sentis vidé, tant physiquement que mentalement. Cette troisième traversée ne m'avait pas paru plus aisée que les précédentes. Mais, sachant qu'elle était réalisable, je m'étais obstiné à continuer, malgré la douleur et les barrières. J'avais fini par aboutir, pantelant et trempé de sueur.

J'arrivai en trébuchant et aperçus mon père aussitôt. « Je veux rejoindre Dworkin, lançai-je d'une voix forte. Amène-moi jusqu'à lui. »

Au moment même où j'avançai d'un pas, tout bascula autour de moi. Je perdis subitement le contact.

Les ténèbres.

Un vent spectral me balaya les cheveux. Des odeurs de poussière et de décomposition m'emplirent les narines.

Le froid.

Frissonnant, je clignai des paupières. Je me trouvais dans une immense pièce creusée dans la pierre. Au sol et sur les murs, des cercles vacillants, par groupes de treize, prodiguaient une lumière blafarde. Une brise humide et fraîche provenait de la gauche, en un gémissement continu.

Au fond brillait une lueur plus vive. Concentrant mon regard sur la zone qu'elle éclairait, je distinguai une sorte de table entourée de chaises à dossiers hauts. Mon père, debout, était en compagnie de treize gigantesques vieillards aux crânes dépourvus de cheveux et aux visages hâves. Tous appartenaient visiblement à la race de Ish.

Je m'approchai, en m'éclaircissant la gorge discrètement pour signaler ma présence.

Instantanément — d'une façon si rapide que leur mouvement ressembla à un tourbillon confus —, les treize hommes qui se tenaient autour de la table se déplacèrent. Épée au poing, ils m'encerclèrent.

Je levai les mains lentement.

« Qui ? » demanda l'un d'eux. Il parlait un langage baroque et chantant que je n'avais encore jamais entendu, mais que je compris pourtant.

« Je m'appelle Oberon. » Cela me parut si terne et si plat que j'y ajoutai aussitôt un titre : « Seigneur du Schéma. Roi d'Ambre.

— Mon fils », expliqua Dworkin.

Ils chuchotèrent entre eux, en me dévisageant sans ciller. Puis ils regagnèrent tranquillement leur place. J'allai me poster aux côtés de mon père.

« Pars », dit l'un d'eux. Était-ce leur chef ?

Mon père secoua la tête. « Je veux d'abord une réponse.

— *Pars.* »

Il tendit la main et le congédia d'un geste. Des étincelles jaillirent tout autour de nous. Notre environnement bascula et sembla se replier sur lui-même ; les vieillards disparurent alors et nous nous retrouvâmes de nouveau dans le Schéma.

Tout ceci se produisit bien trop rapidement. Je regardai attentivement mon père.

« Que s'est-il passé ? l'interrogeai-je. Qui étaient-ils ?

— Les Feynims ? » Il secoua la tête d'un air malheureux. « Des alliés, du moins l'espérais-je, mais ils ont refusé de s'impliquer.

— Que sont-ils ? insistai-je. Ils ne sont pas comme nous... ni comme les créatures de l'enfer.

— C'est vrai. Ils n'appartiennent ni au Chaos ni au Schéma, mais à quelque chose de plus ancien. De beaucoup plus ancien. Je ne suis même pas sûr qu'ils possèdent un nom, au sens où nous l'entendons. »

Je me souvins des paroles de Ish quand il m'avait expliqué que son nom véritable n'avait aucune signification.

« L'un d'eux est venu ici. Il observait le Schéma, lui rapportai-je.

— Ils s'intéressent à nous et à ce que nous faisons. Ils prospèrent grâce aux discordes des autres, je crois. Je t'ai fait venir ici pour m'assurer qu'ils n'avaient pas détruit ni modifié subtilement le Schéma à notre désavantage.

— En sont-ils capables ?

— C'est possible, oui. Je les soupçonne d'avoir modifié légèrement l'ancien Schéma en essayant de le transformer. Ils n'y sont toutefois pas parvenus. »

Je fixai le nouveau Schéma. S'ils étaient assez habiles pour faire ce que Père venait de dire, ils devaient être extrêmement puissants. Remanier le Schéma paraissait impossible.

Je me souvins alors du spikard et le sortit de ma pochette. Il se réchauffa dans ma main ; je résistai à une soudaine envie de l'enfiler à mon doigt. Il *voulait* m'obliger à le porter.

« Pas maintenant, lui dis-je. Calme-toi. »

La contraction cessa.

« Où as-tu eu ça ? demanda Père, en ouvrant de grands yeux.

— Ish m'en a fait cadeau. C'est lui qui est venu ici.

— Donne-le-moi », ordonna Père, en tendant la main.

J'allais m'exécuter, mais suspendis soudain mon geste. L'anneau s'étant réchauffé dans ma paume, je dus de nouveau lutter pour ne pas le passer à mon doigt. Il refusait *manifestement* de se retrouver dans la main de mon père.

« Il n'est pas pour toi. Ils me l'ont donné pour une raison bien précise. »

Tu es satisfait, maintenant ? l'interrogeai-je mentalement, avant de le ranger avec mes atouts.

Mon père soupira en hochant la tête. « Évidemment, je comprends. Prends-en soin, mon garçon. Un spikard est un cadeau précieux. Peut-être même...

— Quoi ?

— Peut-être même inestimable pour lutter contre le Chaos. Je me souviens de quelque chose à ce propos... quelque chose que j'ai lu ou entendu, il y a très longtemps... quelque chose au sujet des Feynims et de leur guerre contre le Chaos...

— Ils se sont battus contre le Chaos ? demandai-je, ébahi.

— Il y a très longtemps. Si longtemps qu'il ne subsiste plus aucun témoignage direct de cette guerre.

— Que s'est-il passé ?

— Je ne suis sûr de rien. Tout ce que je sais, c'est que le Chaos a perdu. Les Feynims ont conduit le roi Ythoc, et son armée, loin de ses terres ; ses hommes et lui n'ont jamais pu y retourner. Je pense qu'ils ont utilisé des spikards pour... pour faire quelque chose pendant la bataille. Une barrière ? » Il secoua la tête. « Je ne m'en souviens plus.

— Peut-être que Freda le saura, elle. » Si mon spikard pouvait m'aider à vaincre le roi Uthor, je ferais tout mon possible pour maîtriser ses pouvoirs.

« Que sais-tu sur les spikards ? repris-je. Que peuvent-ils faire ?

— Oh, je sais peu de choses. Ils ont diverses utilités. Et existent également sous diverses formes. De toute mon existence, je n'ai manipulé que deux spikards ; l'un était une épée, l'autre un collier de femme. Ils sont le centre d'un pouvoir... un pouvoir plus ancien que les natifs du Chaos connaissent et utilisent. J'ai entendu dire qu'ils peuvent assurer une jeunesse éternelle, rendre plus fort et aider à jeter des sorts plus efficaces. Leurs propriétaires peuvent y puiser des forces au moment où ils en ont le plus besoin.

— Alors, c'est un objet bénéfique.

— En général, oui.

— Est-ce qu'il fonctionne comme le Logrus ? Ou le Schéma ?

— Pas vraiment. » Il sortit un de ses atouts. Celui-ci représentait la montagne où le château d'Ambre devait être construit. « Viens, nous devons rentrer. Le château ne va pas se construire tout seul.

— Ne change pas de sujet. Est-il doué d'intelligence ? » Je devais en apprendre davantage. « Peut-il me contrôler ? Il semble vouloir communiquer avec moi...

— Tu l'as passé à ton doigt ?

— Oui. Mais juste une minute.

— Hum... Parfois, mieux vaut rester dans l'ignorance. »

Il éleva son atout, mais je lui attrapai le bras.

« Ce n'est pas une réponse. Cesse de me cacher des choses ! Ceci est *mon* monde, Père. *Mon* univers. *Mon* Schéma. Il fait partie de *moi*, et moi de lui. Tu en es peut-être le créateur, mais tu n'as pas la même relation que moi avec lui. Si je veux le protéger, je dois savoir ce qui se passe. Je veux la vérité... sur tout. Commençons par les spikards.

— La vérité !... » Il glousa. « Si je te la disais, tu ne me croirais pas.

— Essaie !

— Suhuy avait raison. Tout ça... » D'un geste ample, il engloba le Schéma et les Ombres qu'il avait engendrées. « ... n'est qu'un jeu, et nous sommes tous des pions. Parfois les joueurs avancent des pions, mais il nous est impossible de voir ni de comprendre ce qu'ils font. Le fait de posséder un spikard... » Il haussa les épaules. « ... bouleverse les forces en présence. Simple transfert de pouvoir en notre faveur... en *ta* faveur. Et le tour passe à quelqu'un d'autre. »

Je grognai : « Laisse-moi deviner... tu es un Parent, comme Suhuy. »

Rejetant la tête en arrière, il éclata de rire. « Non. Toutefois, je sais reconnaître la vérité quand je la vois, et tu devrais en faire autant. Si je choisis de ne pas jouer, si je choisis de quitter l'échiquier et d'échapper à mon destin, c'est *ma* décision... pour le meilleur ou pour le pire !

— À t'entendre, on est obligé de jouer. »

Il tendit les mains en un geste éloquent. « Un pion peut aspirer à la grandeur, malgré tout. »

Je secouai la tête. Je me sentais vraiment manipulé — par lui, et non par un pouvoir suprême. Il m'avait si souvent menti que j'étais incapable de faire la part des choses entre la vérité et ses envolées fantasques. Ish et ses semblables pourraient même être des cousins à moi, du côté maternel. Peut-être étaient-ils également des licornes. Comment savoir ?

Après avoir réfléchi à la question, je lâchai : « Jouer ne me dérange pas, je veux juste gagner. Et je *gagnerai.* Mais il est utile de connaître les règles, Père. Aide-moi à comprendre.

— Bien parlé.

— Alors, vas-y. » Je croisai les bras d'un air décidé.

Il secoua la tête en souriant. « Personne ne nous dicte les règles. Nous devons les découvrir au fur et à mesure de la partie. »

Une dérobade de plus, bien sûr ! Pourquoi n'en fus-je pas surpris ?

Je décidai de formuler ma question autrement. « Bon... si nous sommes les pions... qui sont les joueurs ? Les Feynims ?

— Si nous sommes des pions, eux sont des cavaliers.

— Et le Chaos ? »

Il gloussa. « L'échiquier, peut-être. Ou rien qu'une simple case...

— Tu sais *parfaitement* que cette réponse ne peut me satisfaire.

— C'est la seule que j'ai à te donner. »

20

Quand nous retournâmes au camp, je me pétrifiai, les yeux écarquillés. Le changement était spectaculaire. Une armée de tailleurs de pierres, de charpentiers et autres corps de métier avait dû arriver en Ambre pendant notre brève absence — des échafaudages avaient été installés le long des murs extérieurs et, grâce à des mâts de charge, les ouvriers avaient déjà commencé à mettre en place d'énormes blocs de pierre. À l'intérieur, une aile du château avait été érigée. Des douzaines de couvreurs posaient des bardeaux d'ardoise rouge.

« Le roi ! Le roi ! » cria quelqu'un.

Le travail s'arrêta net. Des centaines d'ouvriers se retournèrent et tendirent le cou pour m'apercevoir. Ils m'acclamèrent. Je leur fis un petit signe gêné.

Quelques instants plus tard, Aber et Freda se précipitèrent par l'ouverture où se dresseraient les futures portes. Ils descendirent en courant la route sinueuse et boueuse qui menait jusqu'à nous. Freda m'enlaça avec fougue. Elle avait les larmes aux yeux. Tout sourire, Aber me donna de grandes claques dans le dos.

« Enfin ! s'écria-t-il. Où étiez-vous ?

— Tout ça... » J'indiquai le château. « Comment avez-vous fait ?

— Dur labeur. » Il secoua la tête. « Bien plus qu'au cours de toute mon existence. »

Freda me relâcha et recula d'un pas. « Soyez les bienvenus. Où l'as-tu trouvé, Père ? »

Je les dévisageai. « Pas de quoi en faire toute une histoire ! Je ne suis parti qu'une heure !

— Une heure ? » Aber éclata de rire. « Oberon... tu es resté absent *quatre mois* !

— Impossible !

— Les Feynims, murmura notre père. J'ignorais... »

Freda eut un frisson. « Ne me dis pas que tu as passé un marché avec ces *créatures*..., commença-t-elle.

— Non. Ils ont refusé de nous aider, répondis-je.

— Parfait. Il n'est pas question de traiter avec eux.

— Bon... mais que s'est-il passé ici ? demandai-je, les yeux de nouveau fixés sur le château. Tout ceci a été construit si rapidement !

— Crois-le ou non, déclara Aber avec fierté, nous avons trois jours *d'avance* sur le programme. À présent que tu es de retour, les choses devraient se calmer un peu. »

Ces propos me déplurent. « Que veux-tu dire ?

— Il y a eu quelques problèmes, admit-il. Viens

à l'intérieur. Je vais te montrer tout ça et t'expliquer la situation. »

Freda approuva : « Va, Oberon. Je voudrais discuter de certains points avec Père.

— Très bien. » Je regardai Aber. « Conduis-moi. Je veux voir et être mis au courant de tout ce que j'ai raté. »

Dès que nous nous fûmes éloignés, mon frère baissa la voix et prit des airs de conspirateur. « Blaise est partie.

— Quoi ? Où ça ?

— Je ne sais pas. Elle a disparu, une nuit. Elle s'est levée et s'est envolée ! Elle a emporté toutes ses affaires... je ne sais pas si elle est retournée aux Cours ou si elle se cache dans une autre Ombre. »

Je soupirai. « Je ne peux pas le croire.

— Et... » poursuivit-il d'un ton grave « ... Uthor sait où nous nous trouvons. Il y a eu... des problèmes de sabotage sur le chantier. Une nuit, on a empoisonné tous nos chevaux et toutes nos mules. Et des dizaines d'ouvriers ont été tués. Ça n'a rien eu d'une partie de plaisir.

— Où est Conner ?

— Dans la forêt, avec les troupes. Des échauffourées ont eu lieu entre nos forces et celles d'Uthor... des éclaireurs, d'après lui. Uthor nous espionne. » Sa gorge se serra. « Père et Conner ont essayé de garder la situation en mains, mais...

— Qu'est-ce que tu racontes ? demandai-je, perplexe. Père était avec moi.

— Tu es fou ! J'ai pris le petit déjeuner avec lui, il y a vingt minutes à peine !

— Comment ? » Je m'arrêtai net.

« Il s'est rendu dans sa chambre pour travailler et, peu de temps après, je l'ai retrouvé dehors avec toi. N'est-il pas allé te chercher pour revenir en ta compagnie grâce à un atout ?

— Non. Il se trouvait avec les Feynims. C'est moi qui suis allé *le* chercher et *l*'ai ramené. »

Aber déglutit. « Il doit y avoir un imposteur. »

Je dégainai mon épée. « Montre-moi sa chambre. Il s'y trouve peut-être encore.

— Par ici ! »

Pivotant sur lui-même, il se mit à courir au milieu des tas de bois, de pierres et de tuiles rouges. Je le suivis. Nous traversâmes un hall d'entrée dépourvu de porte, où des menuisiers disposaient avec zèle des lattes de plancher sur le sol, puis montâmes les marches d'un escalier encore en construction. Arrivé en haut, mon frère tourna à droite et s'engagea dans un large couloir. Des plâtriers, perchés sur des échelles, enduisaient murs et plafonds. En nous voyant passer à toute allure, ils nous jetèrent des regards curieux.

« C'est ici », m'indiqua Aber, en s'arrêtant devant une porte close.

J'appuyai sur la poignée, mais la porte était verrouillée de l'intérieur. Je fis un pas en arrière pour donner un violent coup de pied dans le panneau, qui s'ouvrit à grand bruit ; je me ruai dans la pièce, mon épée brandie.

D'un coup d'œil rapide, je repérai un lit à baldaquin, une longue table jonchée de parchemins, de plans et autres papiers, et une armoire dans un coin. Aucune trace de l'imposteur. Je me dirigeai vivement vers l'armoire et ouvris ses portes à toute volée ; en dehors de quelques chemises bien pliées, de pantalons et de sous-vêtements, elle était vide.

Où pouvait-il être allé ? Je traversai la pièce jusqu'à la fenêtre, au cas où il aurait sauté par là ; tout en bas, je n'aperçus que des ouvriers transportant du bois de charpente.

« Tu as une idée de l'endroit où il pourrait se trouver ?

— Non. Toutefois, il avait en sa possession un gros paquet d'atouts... je l'ai vu les emporter. »

Je hochai la tête. « Il a dû entendre la sentinelle crier, quand Père et moi sommes arrivés. Il a sûrement récupéré ce dont il avait besoin et s'est servi d'un atout pour s'échapper vers le Chaos.

— Je ne parviens pas à croire qu'il nous ait dupés, Freda et moi ! » marmonna Aber, en secouant la tête. Puis il grogna : « Impossible que le mien soit le vrai et le tien, l'imposteur, hein ?

— Non. Le mien est le vrai Dworkin. Je le sais. »

Nous nous regardâmes d'un air songeur pendant quelques instants. Je me remémorai alors les Feynims, mon spikard et toutes les questions que mon Père avait éludées ou auxquelles il n'avait pas pu répondre. Mon frère pourrait peut-être m'aider.

« As-tu des informations sur les Feynims ?

— Très peu. » Il fronça les sourcils. « Personne n'a entendu parler d'eux depuis des siècles... enfin, pas depuis la débâcle qu'ils ont infligée au roi Ythoc. Ils font presque partie des légendes, aujourd'hui... comme le croquemitaine qui sert à effrayer les enfants. Comment Père est-il entré en contact avec eux ?

— Je ne sais pas. Ils semblaient s'intéresser au Schéma. »

Il acquiesça lentement de la tête. « Ça se comprend. Un nouveau pouvoir primitif a de quoi éveiller leur curiosité.

— Tu parles du Schéma ?

— Oui. Ils s'intéressaient déjà au Logrus... c'est ce qui les a conduits au conflit avec le roi Ythoc. Ils voulaient s'en approcher. Le roi a refusé et envahi leurs terres. Dix ans de lutte ont suivi.

— Père, lui, les a laissé regarder le Schéma.

— Sage décision, sans aucun doute. » Il plissa le front. « Je me demande s'ils ont jamais vu le Logrus...

— Pourquoi montreraient-ils de l'intérêt pour lui ?

— Qui sait ? Ce n'est pas qu'ils en aient besoin... ils possèdent leur Clèfe, bien sûr.

— Leur Clèfe ?

— Tu sais... comme dans cette vieille berceuse. *Qu'est-ce qui ne tourne pas dans la serrure, mais ouvre toutes les portes ? La Clèfe des Feynims, bien sûr...* » Sa voix s'estompa.

« Je ne l'ai jamais entendue.

— Ce sont juste des bêtises destinées aux gamins. » Il haussa les épaules. « Un brin de vérité, enrobé de sucrerie et de musique. »

Nous passâmes l'heure suivante à fouiller le château et les environs, à la recherche du faux Dworkin... en vain. Je n'en fus pas autrement surpris. Celui-ci devait déjà avoir rejoint le Chaos et délivré son rapport au roi Uthor. Tout ce qui avait été dit, fait ou planifié dans le château, au cours des quatre derniers mois, circulait dans le Chaos, à l'heure qu'il était.

La mort dans l'âme et la colère au ventre, je contactai Conner par l'intermédiaire de son atout et le rapatriai immédiatement. Je notai une complète métamorphose chez lui. Ce n'était plus un être famélique, ni affaibli ; pendant cette période, il avait retrouvé toute sa musculature et arborait un visage tanné par le soleil, une courte barbe brune et une chevelure qui lui tombait sur les épaules. Il avait pris les commandes de l'armée et commencé à organiser nos défenses — patrouilles constantes le long des frontières naturelles d'Ambre, installation d'une rangée de bouteroues et création de plusieurs routes permettant de ravitailler les troupes. Un bon début, l'un dans l'autre.

« C'est bon de te voir parmi nous, me dit-il, en sirotant le vin que je lui avais servi. Je ne veux pas être roi.

— Roi ?

— Père... enfin, l'imposteur... n'a pas cessé de me dire que tu ne reviendrais pas. Qu'il fallait que je prenne possession du trône. »

Je gloussai. « Je suis bien content que tu ne l'aies pas fait ! Je n'ai été absent que quelques heures. Les changements qui ont eu lieu ici... m'impressionnent beaucoup. » Je secouai la tête. « Tout le monde s'est attelé à la tâche.

— Sauf Blaise. Elle ne s'est jamais plu, ici. » Il fit la grimace. « Nous sommes bien mieux sans elle.

— Serais-je le seul à l'apprécier ? dis-je, en riant.

— Je crois que oui ! »

Je hochai la tête, me remémorant combien il lui avait été difficile de s'acclimater à cette Ombre. Où qu'elle fût, je lui souhaitais tout le bonheur possible.

Après avoir échangé quelques autres plaisanteries avec moi, Conner enchaîna en nous parlant, à Père et à moi, de notre nouvelle armée. Celle-ci comptait dix mille hommes, la plupart d'entre eux basés le long de la forêt.

« Je ne crois pas que nous ayons à attendre longtemps avant l'attaque d'Uthor, affirma Conner. Mes hommes sont déjà tombés sur une douzaine de ses éclaireurs.

— Les as-tu interrogés ? lui demandai-je.

— Ils ont préféré mourir en combattant.

— Je suis étonné qu'Uthor ait patienté aussi longtemps, déclara Père. Cela ne lui ressemble pas.

— Il doit avoir une bonne raison. » Je me mordis la lèvre pensivement. « Nous attaquera-t-il ouvertement, comme à Juniper ?

— Ce sera bien pire, répondit Père. L'attaque de Juniper était censée être une petite vendetta menée personnellement contre moi par un seigneur du Chaos. Ici, nous aurons affaire à la couronne et devrons affronter les forces du Chaos tout entier.

— Nous allons donc avoir besoin de combattants, avançai-je.

— Et en grand nombre, ajouta Conner. Cent mille soldats n'ont pas suffi à défendre Juniper. Nous en faudra-t-il un million ? Dix millions ?

— Nous en lèverons autant que nécessaire, lançai-je avec détermination. Pour cela, nous avons un avantage sur le Chaos. Nous pouvons recruter dans toutes les Ombres sans distinction, et très rapidement. »

Père acquiesça : « C'est vrai... »

Je me tournai vers Conner. « Peux-tu confier la charge de l'armée à quelqu'un, pendant quelques jours ? J'ai besoin de toi pour aller chercher des hommes dans l'Ombre.

— J'ai plusieurs lieutenants de confiance.

— Bon. Affecte l'un d'eux au château et un autre aux frontières.

— Je pars également, annonça Père. Avec Freda.

— Freda ?

— Elle peut se montrer très persuasive.

— D'accord. Nous aurons besoin de toute l'aide que nous pourrons recruter.

— Et Aber ? » demanda Conner.

Je fronçai les sourcils. « Quelqu'un doit rester ici pour superviser les travaux. De toute façon, il n'aime pas se battre et il n'est pas vraiment doué pour ça. Il serait décontenancé face à une armée. »

Une demi-heure plus tard, je m'éloignai du château en solitaire et marchai vers la forêt, laissant mon imagination vagabonder. Une touche de mauve dans les feuilles... un virage au détour du chemin... et le monde ondoya et changea autour de moi. Des arbres plus grands. Des chênes cédant la place à des sapins. Un sol rocailleux. Et des gens... surtout des gens.

Chaque nouvel élément que j'introduisais dans le paysage me rapprochait de mon but. Je gardai fermement à l'esprit ce que je voulais accomplir... un pays aux terres magnifiques, des cieux clairs et des prêtres-guerriers sans pareils qui me vénéreraient comme un dieu. Si un tel endroit existait dans l'Ombre, je le trouverais.

La piste forestière déboucha sur une route pavée de pierres de jais. J'escaladai une colline. À mes pieds, des champs de blé et de seigle, où travaillaient des milliers d'esclaves venant de nations conquises, s'étendirent à perte de vue. Très haut dans le ciel, un aigle monta en flèche, en poussant des cris rauques.

Je vis soudain deux chars dorés, tirés par des chevaux noirs marchant à pas relevés, se diriger vers moi à vive allure. Chacun d'eux transportait deux hommes debout ; leurs longues moustaches et leurs chevelures blondes flottaient au vent.

Je m'immobilisai au milieu de la route, mains sur les hanches, et attendis patiemment. Un énorme soleil jaune me réchauffait le dos. Une brise apportait des senteurs de thym et de lavande sauvage. Cette Ombre était agréable ; y vivre ne m'aurait pas dérangé.

Après un dérapage, les deux équipages s'arrêtèrent à dix pas de moi. Quatre hommes — trois jeunes et un plus âgé, tous vêtus d'une somptueuse armure dorée — sautèrent à terre et se prosternèrent devant moi.

Il devait s'agir du roi Aslom et de ses trois fils. Je connaissais aussi bien leurs noms que l'histoire de leur monde. Celle-ci m'étant revenue à l'esprit, je m'étais mis à leur recherche, en suivant un chemin à travers les Ombres jusqu'à ce que tout fût parfaitement identique à ma vision.

Voilà comment j'étais arrivé au royaume de Ceyoldar... où des millions de gens vénéraient un dieu-guerrier nommé Oberon qui me ressemblait comme deux gouttes d'eau.

« Relève-toi, Aslom », dis-je, en m'efforçant de m'adresser à lui comme l'aurait fait un dieu. Ma voix grave et puissante resta en suspension dans les airs. « Je suis Oberon. Je suis revenu pour conduire mon peuple élu vers la gloire ! »

Aslom se redressa avec lenteur, osant à peine me regarder en face. Il portait bien ses cinquante-cinq ans. Cependant, malgré toutes ces décennies passées au grand air en campagnes militaires qui avaient ridé et buriné son visage, ses yeux dénotaient un tempérament agréable et une vive intelligence. Son nez cassé et les longues cicatrices blanches qui marquaient sa joue gauche jusqu'à sa mâchoire et zébraient ses mains étaient les témoins des batailles auxquelles il avait pris part au fil des ans. C'était le plus grand roi et le plus grand guerrier que son peuple avait connu.

« Je suis très honoré, Oberon, Seigneur de la Lumière et Modeleur des Rêves ! s'écria le roi Aslom que l'admiration et la crainte faisaient trembler légèrement. Nos vies vous appartiennent ! Ordonnez, je vous en supplie, et nous obéirons ! »

J'examinai alors les trois jeunes gens, toujours agenouillés derrière lui sur la route, les yeux respectueusement baissés. Seul le plus jeune osait me lancer des regards étonnés quand il croyait que je portais mon attention ailleurs. Tous trois avaient hérité des traits taillés à la serpe de leur père, mais n'arboraient pas autant de cicatrices que lui. Avec le temps...

« Tu es venu avec tes fils, repris-je en souriant.

— Tout est identique à la prophétie, seigneur Oberon !

— Tout ? » m'étonnai-je. Le moment de l'épreuve était arrivé. « Où se trouve ton quatrième fils, roi Aslom ?

— À vous de me le dire, seigneur ! »

La vibration aiguë de la corde d'un arc qu'on tendait résonna derrière moi. Je savais que cela se produirait, mais j'en fus malgré tout surpris. Tous les dieux devaient être mis à l'épreuve de temps à autre, afin de prouver leur divinité. Une flèche tirée dans mon dos serait la mienne.

Je réagis promptement. En me retournant plus rapidement qu'un simple mortel ne pourrait jamais le faire, mes bras balayèrent l'espace en un tourbillon fugace. Le temps parut ralentir tandis que je fixais la flèche qui se dirigeait vers moi. Elle sifflait faiblement dans l'air ; son corps noir se terminait par un empennage noir, lui aussi, et sa pointe acérée avait été recouverte d'or fin. Parfaite, pour un dieu !

Je la saisis au vol avant qu'elle pût m'atteindre et enchaînai en opérant une pirouette. Je me retrouvai de nouveau face au roi Aslom. Il me dévisageait, bouche bée, les yeux écarquillés, pouvant à peine croire ce dont il avait été témoin. Un miracle pour eux... une simple astuce pour moi, qui avais coordonné vitesse et mouvement ; aussi facile que de rattraper une balle.

Sur ses traits, la peur fit place à la joie. J'*étais* un dieu et, sur son ordre, son fils avait tenté de me tuer. Quelle serait ma réaction ? Quelle punition conviendrait à ce crime ?

« Joli tir, mais une flèche ne suffirait pas à me tuer », dis-je avec décontraction, laissant percer une note d'amusement dans ma voix. Mieux valait traiter ça comme une plaisanterie et le tirer de ce mauvais pas. Serrant les poings, je brisai le projectile en deux et le jetai avec négligence à ses pieds. « Demande à ton quatrième fils de s'approcher, poursuivis-je. J'aimerais le voir de plus près.

— Iankos ! cria son père. Viens nous rejoindre ! »

Toujours aussi livide, Aslom s'agenouilla de nouveau et inclina la tête. Il n'osait pas me regarder en face — je ne pouvais lui en vouloir d'éprouver de la honte. Tout se passait encore mieux que je ne l'avais espéré.

Iankos — version dégingandée de son père — sortit en courant des buissons et rejoignit ses frères. Il se prosterna également et garda les yeux baissés.

« Nous sommes à vos ordres, seigneur Oberon ! s'écria le roi Aslom. Qu'y a-t-il pour votre service ? »

Ses fils semblèrent très surpris de m'entendre

les appeler par leurs noms : « Iankos. Eitheon. Lymnos. Haetor. Relevez-vous et montrez-moi vos visages. »

Ils se redressèrent lentement, les trois aînés osant désormais me regarder avec admiration et étonnement. Le plus jeune, Haetor, affichait une curieuse expression, à la fois dubitative et soupçonneuse. Après tout, chaque famille recelait toujours un incrédule. Même si j'avais démontré de l'habileté pour arrêter la flèche, il doutait encore. Si je parvenais à le convaincre, les autres se rallieraient à ma cause.

« Tu ne crois pas aux prophéties qu'on raconte sur moi, lui dis-je, en souriant. Il est bon d'être sceptique.

— Seigneur Oberon ! protesta-t-il. J'y crois vraiment !

— Tu voulais me mettre à l'épreuve », lui fis-je. Je sortis mon épée avec élégance. « Ne proteste pas. Je lis dans ton cœur.

— Je suis très touché par..., commença-t-il, d'un ton hésitant.

— Sors ton épée, Haetor, insistai-je, d'une voix douce. Tu ne seras satisfait qu'après avoir croisé le fer avec moi. Je peux te l'assurer. »

Le roi Aslom se jeta à mes pieds. « Épargnez-le, révéré Oberon ! haleta-t-il, avec désespoir. Il est jeune et irréfléchi ! »

Ses autres fils dansaient d'un pied sur l'autre, l'air malheureux. Je les regardai et souris. Si leur père le leur avait ordonné, ils auraient tiré leurs épées pour protéger Haetor... même au péril de leur vie. Une telle loyauté me serait utile contre le Chaos.

« Soyez rassuré, bon roi Aslom », soufflai-je doucement, pour qu'il fût le seul à m'entendre. Haetor devait être son préféré, en conclus-je. J'allais tester ses émotions. « Le destin de votre fils n'est pas de mourir aujourd'hui, mais il doit savoir où se trouve sa place, s'il veut me servir. J'ai de grands projets concernant son épée. Dans les années qui viennent, il deviendra mon bras droit. Tout comme vous. J'ai besoin de vous tous.

— Merci ! murmura Aslom. Merci ! »

Je me tournai vers Haetor et lui fis signe d'avancer. L'adolescent déglutit à grand bruit. Visiblement, le fait d'affronter un homme qui était peut-être un dieu le tourmentait.

« Tire ton épée ! lui ordonnai-je. Réussiras-tu à me tuer aujourd'hui ? »

Haetor tomba brusquement à genoux, en rougissant. « Pardonnez-moi, très honorable Oberon ! s'écria-t-il.

— Relève-toi ! rétorquai-je avec dureté. En garde, Haetor ! Montre-moi de quoi est capable un prince-guerrier ! Ou ne serais-tu qu'un lâche qui a honte de ses maigres talents ? »

Il se remit debout. Puis, d'un mouvement plein d'aisance, il sortit son épée et attaqua.

J'avais voulu une race de guerriers. J'avais cherché délibérément une Ombre renfermant les épéistes les plus forts, les plus rapides et les plus courageux... un endroit où l'on me vénérerait comme un dieu. Mais je n'avais pas imaginé que Haetor se déplacerait avec une telle vélocité — ni qu'il serait un aussi brillant escrimeur. Avec la souplesse gracieuse d'un danseur, il allongea une botte foudroyante qui aurait confondu la plupart de ses adversaires. Je me contentai de parer ; je reculai lentement devant lui et surveillai la pointe acérée de sa lame, dans l'attente d'une ouverture. Celle-ci, telle une guêpe bourdonnante, s'agitait en tous sens, de droite à gauche, de haut en bas, pour tester mes réflexes de défense et ma rapidité. En dehors de mon père, je n'avais jamais connu meilleur combattant. Son enthousiasme, sa finesse et sa technique ne recelaient aucune faille.

Il en était de même pour moi. Je possédais une parade pour chacune de ses attaques. Sa rapidité faisait bourdonner son épée ; moi, je faisais chanter la mienne. Son jeu de jambes était éblouissant, le mien surpassait l'éclat du soleil. Nous combattions différemment, mais la partie restait inégale.

Il hésita imperceptiblement. À la suite d'une de mes ripostes, sa lame fut légèrement déviée ; il marqua une nouvelle hésitation. Je compris alors que son bras fatiguait.

Je bondis vers lui. Nos fers se croisèrent en une gerbe d'étincelles. Je continuai à me porter en avant, lui infligeant un rythme implacable — pointe, pointe, botte... pointe, pointe, botte. Il recula soudain, une expression étonnée sur le visage.

D'un brusque tour de poignet, je lui arrachai son épée grâce à ma seule force musculaire. Elle s'envola dans les airs et alla se ficher dans un champ situé à notre gauche, où elle resta à se balancer.

Haetor la fixa avec stupeur, serrant sa main droite sur sa poitrine. Puis il me fit face avec courage, en se tenant bien droit, comme s'il attendait stoïquement mon coup final.

J'agis avec une telle vivacité qu'il ne me vit pas baisser mon épée ni m'approcher de lui. Je le saisis à la gorge de la main gauche et, de la droite, attrapai son armure au niveau de l'estomac. Aussi aisément qu'un enfant l'aurait fait avec un jouet, je l'élevai au-dessus de ma tête.

« Écoute-moi attentivement, principicule, lui dis-je à voix basse. Je pourrais te briser le cou ou t'arracher le cœur aussi facilement que tu cueilles une pomme dans un arbre. Ta vie m'appartient à tout jamais. Comprends-tu ce que cela signifie ?

— Ou... oui, seigneur Oberon ! murmura-t-il, le visage blême.

— Les dieux », repris-je d'un ton grave, en plissant les paupières, « sont très difficiles à tuer. Souviens-t'en. »

Il se mit à trembler de peur. Je lus de l'incrédulité dans ses yeux... puis une terrible frayeur, quand il comprit soudain que je tenais sa vie entre mes mains. Je n'avais qu'à resserrer mon étreinte pour lui rompre le cou. Il me suffisait d'enfoncer un peu plus mes doigts dans sa poitrine pour que son cœur cessât de battre.

Je le repoussai brutalement, l'envoyant vingt pas en arrière, dans les bras de ses frères. Ils chancelèrent sous l'impact, mais parvinrent à le rattraper et à le stabiliser. Tandis qu'il se remettait lentement de son étourdissement, je rejetai la tête en arrière et éclatai de rire.

« Tu seras parfait, jeune Haetor ! » m'exclamai-je. C'était, à mon sens, ce qu'un dieu aurait dit à un loyal sujet. « J'ai vu ton avenir, il sera glorieux ! » J'aurais aimé que ce fût vrai. Que lui réservait *vraiment* son avenir ?

Haetor se prosterna devant moi. « Je vous servirai pendant le restant de mes jours, seigneur Oberon. Commandez ! Je vous appartiens !

— Range ton épée », répondis-je. Il nous faut tous aller en ville. Aslom ? fis-je, en me retournant vers son père.

— Oui, seigneur Oberon. » Il semblait soulagé que j'eusse épargné son benjamin.

« Ce soir, nous célébrerons ma venue. Demain, tu commenceras à rassembler tes hommes.

— Vous nous conduirez au combat ? s'écria-t-il avec enthousiasme.

— *Oui !*

— Contre quel ennemi ?

— Les créatures de l'enfer du Chaos !

— Sus aux créatures de l'enfer ! » hurla-t-il. Ses fils tirèrent leur épée et la brandirent, en reprenant son cri de guerre : « *Sus aux créatures de l'enfer ! Sus aux créatures de l'enfer du Chaos !* »

21

« *Oberon ! Oberon ! Oberon !* » psalmodiaient les dizaines de milliers d'hommes, de femmes et d'enfants rassemblés dans les rues de Ceyoldar. Depuis qu'on avait annoncé mon arrivée, la foule s'étirait dans la ville en un flot incessant, de jour comme de nuit. Dès que les gens avaient appris que je résidais au palais, ils avaient clamé mon nom pendant des heures.

Quand j'apparus enfin, au lever du soleil, un chœur d'acclamations assourdissant retentit. Ils avaient dû me reconnaître grâce aux milliers de statues qui décoraient la ville — pour la plupart, d'une ressemblance spectaculaire, me dis-je intérieurement. Ce matin-là, j'avais revêtu une somptueuse armure d'or — fabuleuse, mais encombrante — que des prêtres m'avaient fournie pour les cérémonies du jour. Un roi Aslom resplendissant, dans une armure d'argent rutilante, coiffé d'une couronne en guise de casque, m'escorta jusqu'à la cour principale. Ses quatre fils et un groupe de Prêtres d'Oberon, en robe blanche, fermaient la marche.

Le roi et moi prîmes place dans les deux chars dorés, attelés à des chevaux blancs, qui nous attendaient ; nous nous installâmes derrière les deux conducteurs habillés d'une simple tunique blanche. Sur un signe du roi, les portes du palais s'ouvrirent. Les conducteurs fouettèrent leur équipage ; nous sortîmes au ralenti et nous engageâmes en grande pompe sur les pavés de Ceyoldar.

Des valets de pied armés de bâtons nous ouvraient la route avec force avertissements afin de s'assurer que la foule s'écartait. Ils n'avaient nul besoin de s'inquiéter ; tous reculaient devant moi. Admiration et étonnement se lisaient sur les visages ; cela me déconcertait quelque peu, mais je m'efforçais de n'en laisser rien paraître. Après tout, ces gens constitueraient mes troupes contre l'armée d'Uthor.

« *Oberon ! Oberon ! Oberon !* »

La foule s'agenouillait à notre passage, les têtes s'inclinaient. Et on criait toujours mon nom.

Nos chars avançaient côte à côte avec lenteur et majesté dans les rues encombrées, en direction du centre de la ville. Là, à un peu plus de cinq cents mètres, se dressait le Temple d'Oberon — gigantesque pyramide recouverte de marbre blanc chatoyant, dont les faces étaient agencées en une série de marches aboutissant à une plate-forme. Je n'avais jamais vu d'édifice aussi haut ni aussi grandiose.

« *Oberon ! Oberon ! Oberon !* »

Je faisais de mon mieux pour me comporter comme un dieu, ne m'autorisant aucun geste de la main ni même un sourire. Toutefois, je hochais légèrement la tête de temps à autre pour montrer ma satisfaction. Apparemment, ce petit signe comblait d'aise la foule.

Nos chars s'arrêtèrent devant la pyramide ; j'en descendis. Des enfants se mirent à répandre des pétales de roses blanches devant moi. Un chœur entonna un hymne solennel en mon honneur.

Je commençai à escalader en silence les degrés de marbre blanc en compagnie du roi Aslom et de ses fils ; les prêtres fermaient la marche. Le soleil me réchauffait le dos ; une douce brise soufflait du sud. Quelques oiseaux planaient dans le ciel ; leurs cris se perdaient dans la clameur assourdissante qui retentissait autour de nous.

« *Oberon ! Oberon ! Oberon !* »

L'ascension me parut interminable, mais je finis par atteindre le sommet — une surface carrée de neuf mètres de côté environ. À l'une des extrémités, un trône en or, permettant à tous ceux qui étaient en bas de me voir, m'attendait. Je constatai, avec une pointe d'humour, que l'assise avait été rembourrée — quelqu'un avait eu une pensée délicate pour l'auguste postérieur de son dieu !

Je me retournai et levai les bras. La foule se tut aussitôt. De cette éminence, je voyais la ville dans son intégralité, des berges de la lointaine rivière sur ma gauche jusqu'aux logements surpeuplés qui s'entassaient à ma droite, en passant par le palais tentaculaire, abrité derrière ses murs blanchis à la chaux, en face de moi.

Je savais que des milliers d'hommes, de femmes et d'enfants s'étaient rassemblés pour me voir, mais je ne m'attendais pas à cette multitude. Aussi loin que mon regard portât, je découvrais des rues bondées ; des habitants occupaient les toits et les balcons ou s'agglutinaient aux fenêtres. Je n'avais jamais vu un tel rassemblement... ils devaient se compter par centaines de milliers.

Pris d'une soudaine nervosité, je m'éclaircis la gorge. C'était une chose de s'adresser à ses troupes avant une bataille, une autre de parler à autant d'étrangers qui croyaient tous que j'étais leur dieu.

« Bon peuple de Ceyoldar ! » lançai-je.

Des crieurs publics reprirent mes paroles pour les répandre avec rapidité à travers la ville entière.

« Je suis Oberon ! Je suis venu vous conduire au combat pour servir une grande cause !... Nous devons vaincre les immondes créatures de l'enfer du Chaos qui, en ce moment même, se préparent à attaquer Ceyoldar !... Si elles l'emportent, tous ceux qui vivent dans cette ville ou dans les environs seront massacrés !... Du plus jeune des enfants au plus âgé des vieillards, leurs épées n'épargneront personne ! J'ordonne donc... à tous les hommes vaillants... de retourner chez eux prendre leurs armes !... Nous partirons demain, à l'aube ! *Nous combattrons les créatures de l'enfer et nous les vaincrons !* »

Des centaines de milliers de voix m'acclamèrent. Cette clameur m'atteignit avec la force d'un coup de poing. Je levai les bras en un geste triomphant, puis m'assis sur mon trône.

Des jeunes filles, vêtues de robes blanches, émergèrent des entrailles de la pyramide et entreprirent de m'éventer avec les larges feuilles vertes d'une plante locale. D'autres apportèrent des plateaux couverts de délicieux mets épicés et de fruits succulents.

Je leur fis signe de se retirer. J'étendis mes jambes, fermai les yeux à demi et profitai de la chaleur du soleil matinal. Que la vie était belle ! Le rembourrage de mon siège était parfait.

Cette nuit-là, dans la suite du palais que le roi Aslom avait mise à ma disposition, je m'allongeai, haletant et épuisé. Une douzaine de magnifiques jeunes femmes nues s'empressèrent de me rejoindre pour me caresser et me masser. Ah, les pouvoirs d'un dieu ! Si seulement je disposais d'un peu plus de temps pour jouir convenablement de ce monde ! S'il n'y avait pas eu cette guerre imminente contre les forces du roi Uthor, je serais volontiers resté là à me prélasser, à prendre du plaisir et à savourer mon nouveau statut. Chez moi, les gens ne me vénéraient pas suffisamment. En tout cas, pas comme ces merveilleuses jeunes femmes...

Mais le devoir m'appelait. Je n'avais pas parlé à Freda ni à Père depuis longtemps. Mieux valait vérifier que rien d'important n'était advenu.

« Laissez-moi, ordonnai-je à contrecœur, en soupirant.

— Grandissime Oberon... » ronronna Kelionasha dont j'avais déjà profité du corps de nymphe à deux reprises durant la nuit. Ses petits seins délicats effleuraient ma poitrine, tandis qu'elle se frottait à moi pour m'embrasser dans le cou, déclenchant ainsi un nouveau frisson de plaisir. « Vous ai-je déplu ?

— Pas du tout. » Je souris et suivis le contour de sa joue de mon index. « Mon labeur de dieu m'appelle. Je dois m'y atteler.

— Cela ne peut-il attendre ? » Sa langue esquissa un dessin gracieux dans la toison de ma poitrine et autour de mes mamelons, avant de descendre plus bas. Ses mains commencèrent à me caresser avec douceur. Tandis que je frissonnais avec délices, d'autres jeunes femmes se joignirent à elle ; une douzaine de mains me massèrent les épaules, le cou et les jambes avec des huiles parfumées.

Quand Kelionasha pivota pour me chevaucher, j'écartai de mon esprit toute pensée en rapport avec Ambre. Je n'étais pas à une ou deux heures près !

« Pour toi..., murmurai-je, en attirant ses lèvres contre les miennes, alors que, telle une cascade, ses longs cheveux noirs encadraient mon visage, ... même les dieux attendront ».

Des heures plus tard, épuisé par nos ébats, je parvins à persuader ces femmes, toujours aussi passionnées, qu'elles devaient absolument s'en aller. Ce fut une véritable lutte. Elles refusaient de partir et, au tréfonds de moi, je mourais d'envie de les voir rester.

Enfin, avec des moues de mécontement, elles se levèrent et commencèrent à quitter la chambre, remportant avec elles voiles, bâtons d'encens, aphrodisiaques, essences et flacons d'huiles parfumées. Kelionasha s'attarda sur le seuil, ses doux yeux fixés sur mon visage.

« Devons-nous revenir plus tard ? » demanda-t-elle d'une voix sensuelle.

J'éclatai de rire. « Les dieux ont besoin de repos, eux aussi. Mais tu pourrais peut-être revenir seule... dans une heure... »

Elle sourit et disparut aussitôt.

Je sortis alors mon jeu d'atouts, les fis défiler rapidement et sélectionnai celui qui représentait Aber. Je levai la carte, me concentrai et entrai en contact avec lui presque instantanément.

« Oberon ! » dit-il d'un ton joyeux qui me laissa songeur. Assis devant une table à dessin, il peignait un nouvel atout. « Tu as l'air épuisé. Comment t'en sors-tu avec l'armée ?

— Je suis fatigué. Mais ça va très bien. » Je lui racontai brièvement que j'avais levé avec succès une armée à Ceyoldar. « Je pense que je ramènerai des dizaines de milliers de guerriers. Et chez vous, du nouveau ?

— Des événements plus qu'étranges se sont produits, répondit-il en secouant la tête. Père est rentré sans troupes, et sans Freda. Il a refusé de me dire quoi que ce soit, à part qu'il avait rencontré des problèmes. Il s'est retiré dans son atelier.

— Sans Freda ? » Des alarmes se déclenchèrent

dans mon esprit. Cela n'augurait rien de bon. « Où est-elle ? L'as-tu contactée ? »

Il haussa les épaules, en signe d'impuissance. « J'ai essayé, mais en vain. Je ne sais pas si elle était occupée ou... »

Mal à l'aise, je me mis à arpenter la pièce. « Qu'est-ce que Père a fait d'autre ? Pourrait-il être un espion du Chaos ? Un caméléon, peut-être ?

— Non... » Aber hésita. « ... je suis presque sûr que c'est lui.

— Pourquoi ?

— Il... euh... m'a insulté comme à son habitude, me traitant, entre autres, de fainéant et de sac à viande inutile. »

Je gloussai et me détendis un peu. Notre père tout craché.

Aber reprit : « Il a alors demandé où tu étais... il ne semblait pas se souvenir que tu étais parti depuis hier. Il avait l'air perdu, mais a refusé de l'admettre. J'ai pensé que sa commotion ne devait pas y être étrangère, ou que... »

J'opinai d'un air songeur. « Hum... avec un imposteur qui fouine dans les environs, mieux vaut rester prudent. Est-il toujours là ?

— J'ai quitté son atelier il y a un quart d'heure à peine.

— Que faisait-il ?

— Je n'en sais fichtre rien. Je n'avais pas envie de traîner là-bas, exposé à de nouvelles insultes. »

Je fronçai les sourcils en envisageant une autre possibilité. « Peut-être devrais-tu demander au docteur Hand de... »

Il haussa les épaules. « Si tu veux mon avis, quelques coups supplémentaires sur la tête ne lui feraient pas de mal. Ainsi, il apprendrait peut-être les bonnes manières.

— D'accord. Surveille-le. Je vais tâcher de joindre Freda. Elle sait sûrement ce qui lui est arrivé.

— Très bien. Il a sans doute encore perdu l'esprit, voilà pourquoi elle l'a renvoyé à la maison ! »

Je hochai la tête. « Rends-moi un service... poste un garde devant son atelier. Surveillez-le bien. Et s'il manifeste le désir de quitter Ambre, préviens-moi.

— Compte sur moi. »

Je recouvris sa carte de la main et le contact se rompit. Je pris alors l'atout de Freda et me concentrai. Elle tarda un peu à me répondre. Elle se trouvait dans un endroit où régnait une certaine obscurité ; je dus cligner des yeux pour distinguer son visage aux traits tirés.

« Qu'y a-t-il, Oberon ? » Elle paraissait à moitié endormie. « Il est minuit passé, ici.

— Qu'est-il arrivé à Père ? L'as-tu renvoyé à la maison ?

— De quoi parles-tu ? » Elle plissa les paupières et bâilla. « Je ne l'ai envoyé nulle part.

— Je viens de parler à Aber. Il m'a appris que Père venait de rentrer en Ambre et faisait preuve d'un comportement anormal. Il ne se souvient de rien.

— C'est impossible. Donne-moi juste une seconde. » Elle se leva, alluma une lampe à huile et sortit dans le couloir en robe de chambre, son atout à la main. « Nous avons tous deux pris une chambre dans une auberge confortable. Père doit être dans la pièce voisine. »

J'attendis avec impatience, tandis qu'elle frappait à sa porte. Père l'ouvrit à la volée, en brandissant son épée. Ses yeux lançaient des éclairs. Il se pencha et examina le corridor des deux côtés.

« Qu'y a-t-il ?

— Oberon vient de me dire que tu étais rentré en Ambre. As-tu quitté ta chambre, cette nuit ?

— Certainement pas ! »

Je m'adressai à Freda : « Retournez tous deux en Ambre. Voyez si vous pouvez retrouver cet imposteur et le retenir. Je vous rejoindrai demain matin avec des troupes... en grand nombre. »

Elle me fit un signe fugace. « Je te préviendrai dès que nous l'aurons arrêté. » Elle rompit aussitôt le contact.

Je rangeai son atout et me remis à faire les cent pas. Uthor et ses espions semblaient détenir beaucoup d'informations à notre sujet... en tout cas, suffisamment pour duper Aber. Arriver à l'improviste et le couvrir d'insultes avait été, apparemment, la meilleure façon d'agir.

Eh bien, cela ne saurait durer longtemps. Tant pis pour Kelionasha — je devais me préparer à quitter Ceyoldar.

J'avais la ferme intention d'être sur la route d'Ambre avant l'aube.

22

Quand Freda me contacta à nouveau une heure plus tard, j'étais en chemin et conduisais les troupes du roi Aslom hors de la ville. J'éperonnai mon cheval et m'éloignai un peu pour pouvoir lui parler en toute tranquillité.

« Nous l'avons ! m'annonça-t-elle. Père l'a enfermé dans sa chambre. Il est prisonnier à l'intérieur, retenu par des liens magiques qui l'empêchent aussi de se déplacer. »

Je ressentis une pointe d'excitation. « Pouvez-vous l'y maintenir jusqu'à mon arrivée ?

— Je pense. Là où il est, il ne peut faire de mal à personne.

— Bon. J'ai cent mille soldats avec moi, à quelques milliers près. Dis à Aber de commencer à préparer les équipements. Comme Uthor sait où nous nous trouvons, il n'a qu'à utiliser le Logrus, pour cette fois !

— Parfait. Je vais le lui dire. »

Il me fallut deux jours pour ramener les forces d'Aslom jusqu'en Ambre. La distance qui nous en séparait n'était pas tellement importante, ni la traversée difficile, mais diriger et faire avancer des hommes en aussi grand nombre prit plus de temps que je n'avais imaginé. Mon expérience de lieutenant du roi Elnar en Ilerium me fut, malgré tout, d'une grande utilité pour accomplir cette tâche. L'armée d'Elnar n'avait compté que quelques milliers d'hommes, et je n'en avais eu guère plus d'une centaine sous mes ordres à cette époque. Là, j'en menais quasiment mille fois plus.

Pourtant, les chevaux, les chariots et la file interminable des fantassins finirent par arriver en vue de la forêt. On avait tracé une route menant directement au château — qui, de là où nous nous trouvions, se réduisait à un point minuscule sur le flanc lointain de la montagne. Dès que nous l'empruntâmes, un groupe d'hommes armés nous lança aussitôt une sommation.

Je chevauchai à leur rencontre pour les saluer.

« C'est le roi ! » dit l'un des gardes ; un autre se mit à marmonner. Ils s'empressèrent de s'agenouiller, tête baissée.

« Relevez-vous, leur dis-je, en tirant sur les rênes de mon étalon. Soyez vigilants. Il y a deux jours, un imposteur qui essayait de se faire passer pour mon père, le seigneur Dworkin, a été arrêté au château. Contrôlez tous ceux que vous croiserez, que vous les connaissiez ou non.

— Oui, Votre Grandeur !

— Toi... » Je pointai le doigt vers un sergent. « ... comment t'appelles-tu ?

— Me... Mevill, Sire !

— Je vais partir en éclaireur. Prends mon cheval et escorte le roi Aslom et ses troupes jusqu'au château d'Ambre.

— Ou... oui, Sire ! »

Je chevauchai vers Aslom et ses fils qui avaient arrêté leurs chars de combat dorés et leur expliquai mes plans. Ils inclinèrent aimablement la tête. Après tout, qui étaient-ils pour oser contester une décision du grand Oberon ?

Je descendis de monture et la confiai au sergent Mevill, puis sortis un atout de la cour du château et le traversai. Quel spectacle pour le roi Aslom et ses fils — une preuve de plus, s'il en était besoin, que j'étais un dieu !

Dans le grand hall, je rencontrai Freda et Père qui se précipitèrent à ma rencontre.

« L'imposteur est-il toujours là ? m'enquis-je.

— Oui, répondit Père. Il est piégé dans ma chambre. Nous t'avons attendu pour l'interroger.

— Bien. Allons le voir de plus près. »

Ils me conduisirent à l'étage jusqu'à la porte de la chambre que j'avais ouverte d'un coup de pied, trois jours auparavant. N'ayant pas été réparée, elle était demeurée, depuis, grande ouverte.

À l'intérieur, un homme — la copie conforme de notre père — se tenait assis au bord du lit à baldaquin. Il s'était mordu le pouce jusqu'au sang et le faisait couler goutte à goutte sur le plancher... dans le but, apparemment, de dessiner un atout. Malheureusement pour lui, cela ne fonctionnait pas. Je ne sentais aucune énergie émaner des lignes tracées par les éclaboussures rouges.

Il leva les yeux et dit, en m'apercevant : « Au picotement de mon pouce, je sens que le mal vient par ici.

— Très drôle, fis-je, en me retournant vers Freda. Tu reconnais cette image ? »

Elle la regarda, en se penchant légèrement. « Oui. C'est la Troisième Tour. Elle se trouve au-delà des Cours du Chaos.

— Qu'est-ce que c'est ?

— Un endroit doté d'un pouvoir séculaire, où l'on annonce des prophéties.

— Des prophéties ? » Voilà qui était intéressant.

Elle acquiesça de la tête. « Ceux qui méditent en ce lieu ont parfois des visions. Il en existe des milliers, répertoriées dans le Grand Rapport. Peut-être connaît-il une prophétie sur nous, ou sur Ambre, et tente-t-il d'y retourner pour la consulter. »

Le faux Dworkin se mit debout et s'approcha du seuil pour nous dévisager. Levant une main, il effleura le vide où la porte aurait dû se trouver ; cependant, une barrière invisible l'empêchait de passer au travers.

« Il ne peut pas sortir, expliqua Père. Des sortilèges scellent cette pièce.

— Relâchez-moi, dit l'imposteur.

— Pourquoi ? Pour que tu puisses aller faire ton rapport au roi Uthor ?

— Je ne suis pas au service d'Uthor.

— Alors qui sers-tu ? Lord Zon ?

— Non.

— Suhuy... peut-être ? »

Il ne répondit pas à cette question. Je haussai un sourcil.

« Il s'agit donc bien de Suhuy.

— Libère-moi, frère.

— Ah, nous sommes frères, à présent ! »

Freda ouvrit alors la bouche et agrippa mon bras. « Oh, non... Oberon ! Ils lui ont fait quelque chose... c'est Fenn ! »

Je le fixai, ébahi. « Fenn ?

— Oui, mon frère. Laisse-moi partir, s'il te plaît. »

Ma gorge se serra. Je regardai mon père qui secoua la tête. Je lui fis un signe discret et nous nous retirâmes dans le couloir afin qu'il ne pût nous entendre.

« Fenn..., chuchota Freda. C'est horrible.

— Je pense qu'il est plutôt séduisant, dit Père, en esquissant un petit sourire. En fait, il n'a jamais été aussi beau. »

Les yeux de Freda étincelèrent. « Ce n'est pas le moment de plaisanter !

— Au moins, nous savons comment il a réussi à vous duper, Aber et toi ! lui dis-je. « Fenn était capable de dire exactement ce qu'il fallait... et de façon très convaincante. Maintenant se pose la grande question... que faisons-nous de lui ? Évidemment, il faut lui rendre son apparence habituelle. Père... peux-tu t'en charger ?

— Je n'en suis pas certain.

— Pourquoi Suhuy enverrait-il des espions ? demanda Freda. En tant que Gardien du Logrus, il ne devrait pas se mêler de politique.

— Dis-le-*lui* donc, intervins-je. Si le fait de nous avoir ramené Conner n'était pas un engagement politique, alors qu'était-ce ? À moins qu'il ne veuille jouer sur les deux tableaux... En nous aidant secrètement et en agissant de même avec le roi Uthor, ne conserverait-il pas les faveurs des deux camps ?

— C'est possible, admit Père.

— Que vient faire Fenn dans tout ça ? m'interrogeai-je. S'il est revenu contre son gré, parce que Suhuy l'a obligé à obéir à ses ordres, il peut sans doute être délivré de la contrainte qu'on lui a imposée. Mais si c'est un espion volontaire... »

Tous deux hochèrent la tête. Notre décision prise, nous retournâmes observer Fenn. Il était reparti s'asseoir sur le lit.

« Eh bien ? s'enquit-il.

— Nous ne savons pas ce qu'il faut faire de toi, répondis-je.

— Laissez-moi partir. Je dois retourner chez mon maître.

— Sinon... ?

— Sinon, je mourrai. » Il prononça ces mots d'un ton si neutre que je fus convaincu de sa sincérité.

Ma gorge se serra. « Comment ?

— Il m'a donné un poison qui agit lentement. Je dois le retrouver toutes les semaines pour lui faire mon rapport et prendre une dose d'antidote. Si je manquais un rendez-vous, je m'affaiblirais. Si j'en ratais deux, je tomberais gravement malade. À trois... » Il haussa les épaules. « Vous voyez bien que je n'ai pas le choix.

— Depuis combien de temps es-tu parti ?

— Quatre jours. »

Je me tournai vers notre père, l'air déterminé. Si quelqu'un pouvait aider Fenn, c'était bien lui.

« Tu as trois jours pour trouver un remède. Ne le laisse pas sortir avant qu'il ne soit guéri, ou mort.

— Oui, Oberon », acquiesça-t-il avec gravité.

Sans un mot de plus pour Fenn, je partis à la recherche d'Aber. Il nous restait toujours cent mille visiteurs à accueillir.

23

Je me couchai très tard cette nuit-là. Allongé dans mon lit, je ne parvenais pas à trouver le sommeil. J'élevai mon spikard et l'examinai. Le rubis luisait dans l'obscurité. Il me rappela, d'une certaine façon, le joyau accroché au cou de la licorne.

Père ne le croyait pas dangereux. Et pourtant... il me mettait mal à l'aise.

Le sommeil finissant par me gagner, je le reposai sur ma table de chevet et fermai les yeux. J'essaierais d'en savoir davantage le lendemain matin.

Je m'endormis.

Quelques instants plus tard, je ressentis une douleur si aiguë à l'index que je me réveillai. Je me rendis compte qu'elle avait été provoquée par l'anneau. Il s'était contracté au maximum pendant une seconde, puis relâché. Comment était-il arrivé à mon doigt ?

Il se resserra une nouvelle fois. *Un avertissement...*

Tous mes sens en alerte, je m'obligeai à respirer doucement et régulièrement. Un bruissement près de la porte me hérissa le duvet sur la nuque. Quelqu'un venait d'entrer dans ma chambre.

Aussi discrètement que possible, je retirai lentement ma main qui se trouvait sous l'oreiller et refermai mes doigts autour du manche d'un couteau à longue lame. Puis, vif comme l'éclair, je m'assis et lançai mon arme.

Un bruit sourd et agréable me parvint : près de la porte, mon projectile venait de pénétrer dans des chairs. Il fut suivi d'un autre plus sonore encore : celui d'un corps s'affalant sur le sol.

Je rapprochai mes mains et me concentrai sur le mot « lumière » ; je formai une boule mentalement, tout en gardant le Schéma à l'esprit. Quand je les éloignai l'une de l'autre, une sphère étincelante s'en échappa et monta vers le plafond.

Une créature, toute de noir vêtue, gisait sur le sol, le manche de mon couteau dépassant d'une de ses orbites. Je me levai, m'habillai tranquillement et enfilai mes bottes, avant de m'en approcher.

Il s'agissait visiblement d'une créature du Chaos. Des cornes, une peau écailleuse, des dents jaunes pointues, des yeux rouges, un sang épais gris-vert... elle était analogue aux créatures de l'enfer qui me pourrissaient la vie depuis si longtemps.

Les lames de ses couteaux avaient été trempées dans une étrange substance verdâtre. Du poison ? Sans aucun doute. Quelqu'un voulait me tuer. Quelqu'un qui vivait sous mon propre toit. Une telle créature n'aurait pas échappé aux gardes postés aux grilles du château, ni aux sentinelles des chemins de ronde. Ce qui signifiait qu'une personne, capable d'utiliser le Schéma ou le Logrus, l'avait amenée ici.

En fouillant ses vêtements, je sentis quelque chose de dur et froid : deux atouts. Le premier représentait les Cours du Chaos, comme si on les apercevait d'une petite place. Des bâtiments aux murs curieusement penchés s'alignaient sous des cieux aux couleurs étranges. Je ne le fixai pas longtemps. Je n'avais aucun désir de voir l'image s'animer. La deuxième carte figurait le couloir qui menait à ma chambre.

L'intrus avait donc été bien informé. Ces atouts lui permettaient de pénétrer dans le château d'Ambre et de s'enfuir, une fois qu'il m'aurait tué.

Cela confirmait mes pires soupçons.

Un membre de ma famille l'avait envoyé.

J'examinai la carte du couloir avec plus d'attention. Les détails avaient été exécutés sommairement et les traits de pinceau trahissaient une hâte excessive ; je perçus cependant l'énergie pure qui en émanait. Qui en était l'auteur ? J'avais eu l'occasion de voir des atouts peints par Aber et par mon père ; à côté de ceux-ci, les leurs étaient de véritables œuvres d'art. L'un d'eux aurait-il délibérément maquillé son travail ? Ou un autre membre de la famille possédait-il le talent requis pour dessiner des atouts ?

Fenn ? Possible. Il avait bien essayé d'en fabriquer un avec son propre sang. Pourtant... pourquoi aurait-il souhaité ma mort ? Son maître, Suhuy, semblait vouloir me garder en vie et en bonne santé.

Blaise ? Je n'avais jamais entendu dire qu'elle dessinait des atouts. Conner ? Freda ? Aber ? Je fronçai les sourcils.

J'avais moi aussi exécuté un atout, me remémorai-je. Même piètrement esquissé sur un mur, il avait néanmoins fonctionné. Peut-être que toute personne issue du Chaos ou du Schéma pouvait en dessiner un, si elle était suffisamment motivée et disposait du temps nécessaire. Il me faudrait poser la question à Aber.

Un espion déguisé en ouvrier se serait-il introduit en Ambre ? Cette hypothèse paraissait possible. Il aurait pu repérer les lieux, travailler dans le couloir devant ma chambre et peindre un atout pendant ses heures de liberté.

Après avoir tiré le cadavre dans le corridor, j'appelai le nouveau valet qu'Aber m'avait déniché. Denis accourut, pieds nus et en pyjama.

« Sire ? fit-il, en fixant le corps d'un regard horrifié.

— Occupe-toi de ça, lui ordonnai-je, en le pointant de ma botte. Prends garde aux couteaux. Ils sont empoisonnés.

— Bien sûr. Hem... Sire... Dame Freda m'a demandé de la prévenir si un événement insolite survenait. Dois-je lui parler de celui-ci ?

— Pourquoi pas ? Les assassins sont monnaie courante, ici. » J'eus un sourire amusé. Bien évidemment, Freda avait déjà commencé à se tisser un réseau d'espions et d'informateurs. Avec tous les complots qui se tramaient autour de nous, je ne pouvais l'en blâmer.

J'allai me recoucher sans rien ajouter. Je ne pris même pas la peine de me déshabiller ni d'éteindre la boule lumineuse ; je me jetai directement sur les couvertures. J'avais la vague impression que la nuit serait encore riche en incidents.

Je caressai ma bague négligemment. Le spikard m'avait sauvé la vie. Comment était-il arrivé à mon doigt ?

Cinq minutes plus tard, on frappa discrètement à ma porte.

« Entrez ! » lançai-je, en m'asseyant. Freda n'avait pas perdu de temps !

En fait, ce fut Aber qui passa sa tête par l'entrebâillement. « Tu ferais mieux de me suivre, fit-il d'un ton sévère. Freda a quelque chose à te montrer.

— D'accord. » Je le rejoignis dans le couloir. Il s'était drapé d'une robe de chambre et, à ses cheveux emmêlés, j'en déduisis qu'il avait été prématurément tiré du sommeil.

« Tu as bien dit Freda ? Où se trouve-t-elle ?

— En bas... elle travaille. »

Il me guida jusqu'à l'entrée principale. Le long des corridors, des torches brûlaient dans leur support ; à notre passage, les gardes, de faction près des portes de la cour, se mirent au garde-à-vous en brandissant leur pique. Au bref salut que je leur fis, ils se détendirent.

Aber se dirigea vers l'aile gauche — que je savais vide. Là, comme dans la plupart des couloirs du château d'Ambre, les murs étaient encore en pierre brute, et les sols constitués de larges planches de bois. Les finitions ne seraient pas achevées avant des mois. Les murs extérieurs et les fortifications étaient une priorité. Les décorations — parquets cirés ou murs lambrissés — attendraient.

« C'est ici. » Aber ouvrit une porte à droite et entra le premier.

Dans la pièce minuscule et carrée, une petite lanterne était posée dans un coin. Sa lueur vacillante me dévoila le cadavre de l'assassin, couché précisément au centre d'un grand cercle.

Freda, à genoux, en terminait le tour avec un pinceau qu'elle trempait dans de la peinture noire. Puis elle se mit à tracer une série de runes sur le pourtour extérieur.

« Que fais-tu ? » lui demandai-je, intéressé. Je n'avais jamais rien vu de pareil. J'examinai les runes, mais ne pus déchiffrer leur signification. Une magie quelconque, supposai-je.

« Nous devons emprisonner son esprit, avant de le questionner », dit-elle d'une voix plate.

Je levai un sourcil. « Tu veux dire que c'est un fantôme ? Il ne manquerait plus que ça... un assassin hantant le château !

— Tu es *vraiment* un idiot. Reste à l'écart, tant que je n'ai pas fini. Ne t'approche pas du cercle, sinon tu vas étaler la peinture fraîche.

— Nous ne risquons rien ? interrogeai-je Aber.

— Aucune idée, répondit celui-ci, en regardant Freda d'un air inquiet. Je n'ai encore jamais vu ça. »

Notre sœur reprit : « Il ne nous reste que quelques minutes. Il faut intervenir rapidement, avant que l'esprit ne s'échappe. Écoutez-moi et suivez mes instructions à la lettre. Tout se passera comme prévu.

— Mieux vaut obéir, décida Aber, en me prenant le bras pour me tirer en arrière.

— Très bien, très bien. »

Nous reculâmes jusqu'au coin où brûlait la lanterne. La brusquerie de Freda ne m'offusqua en rien ; je savais qu'elle voulait bien faire. Et si nous pouvions vraiment interroger l'assassin, tant mieux !

Elle s'affairait avec célérité. Je ressentais une tension grandissante. Si le fantôme nous révélait l'identité du traître, il nous faudrait sans doute un certain temps avant de pouvoir retourner la situation en notre faveur.

Freda finit de tracer les dernières runes et se redressa. Après une profonde inspiration, elle tendit les bras vers le milieu du cercle, en direction du cadavre.

« Montre-toi ! » cria-t-elle. Elle frappa dans ses mains à trois reprises. « Montre-toi ! répéta-t-elle. Tu es lié à cet endroit ! Esprit, montre-toi ! »

Impatient, je me penchai en avant. Un étrange brouillard lumineux s'éleva du corps avec lenteur, prenant forme peu à peu... une tête... un torse... des membres. Il se contorsionnait en tous sens, tentant de s'échapper, mais les runes et le cercle formaient une barrière infranchissable.

« Parle ! » ordonna Freda. Elle frappa de nouveau trois fois dans ses mains. « Tu es prisonnier ici ! Obéis-moi ! »

Le fantôme dévoila ses dents spectrales. « Laissez-moi partir..., gronda-t-il d'une voix caverneuse qui me fit frissonner. Les ténèbres m'appellent... »

Aber me poussa du coude. « Vas-y. Interroge-le. »

Freda me regarda avec insistance. Je déglutis et m'avançai.

« Qui t'a envoyé ? demandai-je avec une assurance que j'étais loin de posséder.

— Une abomination... » geignit-il. Il se jeta alors vers moi avec violence, mais fut stoppé net au bord du cercle.

Je restai à ma place, sans broncher. La magie de Freda avait intérêt à fonctionner ; si cet esprit parvenait à se libérer, son intention était bel et bien de me faire du mal.

Je réitérai ma question : « Qui t'a envoyé ? »

Il recula, sifflant et crachant.

« Comment savoir s'il dit la vérité ? m'enquis-je auprès de Freda.

— Le cercle le retient prisonnier, expliqua-t-elle. Il ne pourra le quitter qu'une fois délivré... que cela prenne cinq minutes ou cinq cents ans. Montre-toi persuasif. »

Quel argument décisif pour ma négociation ! J'inspirai profondément et me rapprochai du cercle. L'esprit se jeta de nouveau sur moi ; il échoua et recula.

« Qui t'a envoyé ?

— Un démon ! hurla-t-il. Une abomination ! » Il débita alors un chapelet d'injures et lança sur ma famille et moi une malédiction pour des milliers de générations. Il se précipita une fois de plus vers le bord du cercle pour tenter de s'échapper. La magie de Freda tenait bon ; il ne pouvait aller nulle part.

« Réponds-moi ! insistai-je.

— *Laissez-moi partir...*, gémit-il. *Laissez-moi partir...*

— Dis-moi ce que je veux savoir, et j'y réfléchirai.

— *Non... Je ne peux pas...*

— Veux-tu rester piégé dans ce cercle pour l'éternité ? »

Il grinça de ses dents fantomatiques, mais resta muet.

« Venez, dis-je à Freda et à Aber. Il ne veut pas coopérer. Nous ferons murer cette pièce au matin. » Je me tournai vers la porte.

« *Non !* s'écria-t-il. *Attendez...* »

Je jetai un coup d'œil par-dessus mon épaule. « Vas-tu répondre à mes questions ?

— *Oui...*

— Très bien. » Je croisai les bras. « Qui t'a envoyé ?

— *Uthor... le roi du Chaos...* »

Petit mouvement de tête approbateur de ma part. Je me doutais bien qu'il ne pouvait s'agir que du roi Uthor ou de Lord Zon.

Il ne nous restait plus qu'à découvrir qui nous avait trahis.

« Qui a peint l'atout qui t'a transporté ici ?

— *Je ne sais pas...*

— Comment te l'es-tu procuré ?

— *Je l'ai reçu de la main du roi en personne...* »

Si c'était vrai, pas de chance ! Peut-être ignorait-il vraiment l'identité du traître.

Je fronçai les sourcils. Quelles autres informations utiles pourrais-je lui soutirer ?

« Où se trouve l'armée du roi Uthor en ce moment ? »

Il siffla et se réfugia contre le bord opposé du cercle, cherchant désespérément à s'enfuir. De toute évidence, il ne nous apprendrait rien de plus ; il subsistait encore en lui un semblant de loyauté envers son vieux souverain.

Je lançai d'un ton sec : « Parle ! Si tu veux quitter cet endroit, dis-moi ce que je veux savoir !

— *Je ne peux pas...*

— Il le faut ! Tu *dois* le faire ! »

Nouveaux grincements de dents. Nouvel assaut contre les murs de sa prison. En vain.

« Parle ! ordonnai-je. C'est ta dernière chance ! Où est Uthor ? Où sont ses hommes ? Je veux connaître l'emplacement de leur camp ! »

Pendant un instant, je crus qu'il refuserait de parler, mais il finit par répondre à voix basse.

« *Le roi est proche... il sera bientôt ici... il vous tuera et me libérera...* »

Aber balbutia : « Le roi Uthor a quitté les Cours du Chaos ? C'est bien ce que tu viens de dire ?

— *Oui...* »

Je jetai un regard vers mon frère. « Est-ce si important ?

— Bien sûr ! répliqua Aber. Si ce fantôme nous dit la vérité... »

Freda l'interrompit : « C'est la vérité, j'en ai le pressentiment.

— Je ne comprends pas. » Je les dévisageai l'un après l'autre. « Uthor devrait mener ses hommes au combat. Tout roi agirait ainsi.

— Tu ne comprends pas, dit Aber d'une voix grave et pressante. Le roi Uthor n'a pas quitté les Cours depuis six cents ans !

— Quoi ? » Stupéfait, je clignai des yeux. « Pourquoi donc ?

— C'est la coutume, expliqua Freda. Ses fils ou ses généraux prennent part aux batailles. Seule une extrême urgence pourrait faire sortir Uthor. »

Une urgence... comme un Schéma retracé qui engendrerait de nouvelles Ombres ? Ou le créateur de ces Ombres qui construirait un nouveau château, en le fortifiant contre toute attaque ?

Je grimaçai un sourire. Nous pourrions facilement en tirer avantage.

« Il vient de commettre sa première erreur », déclarai-je.

24

« *Délivrez-moi !* cria le fantôme.

— Encore une question, fis-je, en me tournant vers lui. Où puis-je trouver le camp d'Uthor ?

— Loin d'ici...

— Il ne peut pas le savoir, ça c'est sûr, intervint Freda d'une voix douce. Il n'est pas issu du Logrus, ni du Schéma. Il ne peut traverser les Ombres, ni visualiser le camp d'Uthor à partir d'Ambre.

— Dommage ! » Cela valait quand même la peine d'essayer.

« Bon », dis-je, en faisant un signe à Freda. J'étais satisfait ; il ne nous en apprendrait pas beaucoup plus. « Libère l'esprit.

— Tu es sûr ? demanda Aber discrètement. Peut-être devrions-nous le garder encore un peu... juste au cas où. Tu auras sans doute d'autres questions à lui poser. Si tu le laisses partir, tu n'auras plus jamais l'occasion de le faire. »

L'esprit siffla de colère. « *Menteurs... !* cria-t-il. *Je savais que vous ne me laisseriez pas partir... !*

— Silence ! » aboyai-je. Puis, m'adressant à

Aber : « Il a tenu parole. Je dois le faire aussi. Freda ?

— Je suis d'accord. »

Elle tendit son pied droit et, de la pointe de sa chaussure, effaça soigneusement le bord du cercle. Cela lui prit quelques secondes. Quand la ligne se brisa, l'esprit se rua par la brèche avec un cri de joie.

Une fois hors du cercle, il hésita et se retourna lentement pour me regarder.

« *Vous avez tenu parole...*, dit-il.

— Oui. » Je croisai les bras. « Je tiens toujours parole.

— *Je ne pensais pas que vous le feriez...*

— Un marché est un marché. Pars et ne reviens plus, esprit. »

Il s'attarda pourtant. « *Je vais répondre à la seule question que vous avez oublié de me poser...* »

Curieux, je m'approchai. « Laquelle ?

— *Votre véritable ennemi n'est pas Uthor... Il a parlé de vous en des termes presque admiratifs...*

— Peuh ! fit Aber. Drôle de façon de montrer son admiration à quelqu'un en ordonnant son assassinat ! »

Je demandai à l'esprit : « Alors, pourquoi t'a-t-il ordonné de me tuer ?

— *Parce qu'il redoutait ce qui arriverait s'il ne le faisait pas...* »

Puis, avec un soupir, il disparut. Envolé vers une vie hypothétique après la mort !

Ses derniers mots me laissèrent perplexe. Que pourrait-il bien arriver à Uthor, s'il n'ordonnait pas ma mort ? C'était le roi — ses désirs passaient avant tout. Une terrible menace devait peser sur lui... quelque chose qui l'avait obligé à agir sur-le-champ.

Que redoutait-il ? Un rival convoitant son trône ? Un adversaire suffisamment puissant pour conduire une révolte contre lui, s'il donnait l'impression d'être faible ou irrésolu ?

Lord Zon ?

Je soupirai. Si seulement tous deux jugeaient bon de me laisser tranquille. Je ne m'intéressais ni au Chaos ni au Logrus. Je souhaitais simplement vivre en paix. Je n'avais agi jusqu'alors que pour me protéger... Après tout, Uthor et lui étaient bien les responsables des attaques menées contre moi.

Le Schéma était-il si puissant ? Avait-il vraiment affaibli le Chaos au point qu'Uthor dût manœuvrer contre moi de façon décisive pour conserver ses terres et satisfaire ses sujets ?

Nous savions déjà que le temps était son allié... il avait eu des mois pour se préparer, tandis que nous n'avions disposé que de quelques jours en Ambre. Nous allions devoir opérer très rapidement, sinon nous risquions d'être pris au dépourvu.

Freda déclara : « Tu comprends la menace ! »

J'acquiesçai. « Oui. Il va bientôt attaquer.

— Tu dois te tenir prêt. »

Elle tendit sa main droite. J'y découvris un paquet d'atouts disposés à l'envers.

« Tu vas encore lire l'avenir ? m'enquis-je en riant.

— Fais-moi plaisir, Oberon. »

Je haussai les épaules, pris le jeu, le battis deux fois avant de le lui rendre. Elle me tourna le dos et se dirigea vers sa chambre... sûrement pour les étudier en privé. Elle connaissait mon désintérêt total pour les prédictions.

« Préviens-moi si les nouvelles sont bonnes ! lui criai-je. Ça me serait bien utile en ce moment ! »

Aber déclara : « Tu ne devrais pas traiter ses talents à la légère. C'est bel et bien une puissante sorcière.

— Tout le monde peut lire l'avenir. L'astuce, c'est de ne pas se tromper.

— L'avenir est inconstant, tu sais. Voilà pourquoi tant de prédictions ne se réalisent pas. Oh ! J'ai quelque chose pour toi !

— Quoi donc ? »

Il ouvrit la pochette de son ceinturon et en extirpa un atout. Les couleurs étaient vives, presque brillantes.

« Joli. De nouvelles peintures ?

— J'ai passé la matinée d'hier à chercher des pigments nouveaux. Ils n'ont rien à voir avec ceux que j'utilisais, mais ils feront l'affaire. »

La carte représentait la cour principale du château. Assez conforme, ma foi.

« Tu auras peut-être besoin de revenir ici à toute vitesse, m'expliqua-t-il. Je l'ai peint pour le cas où Freda et moi ne serions pas dans les parages.

— Merci ! » Je lui adressai un large sourire.

« Oh, ce n'est pas grand-chose. » Il eut un geste pudique, mais semblait ravi du compliment. « Ma modeste contribution ! »

Je l'ajoutai au paquet d'atouts dans ma pochette, hésitai, puis sortis celui de Père. Aber ne fit aucun commentaire, mais ses yeux me supplièrent : *Non, s'il te plaît !*

« J'y suis obligé. On doit lui dire ce qui se passe. Il pourra peut-être nous aider. Pourquoi ne m'accompagnes-tu pas ?

— Tu sais bien que Père me déteste !

— Oh, que non. Il ne t'aime pas, c'est tout !

— C'est encore pire. » Avec un soupir, Aber regarda au loin.

En voulant plaisanter, j'avais touché la corde sensible. Je ne voulais pas lui faire du mal. À l'avenir, j'aurais intérêt à tenir ma langue.

J'ajoutai aussitôt : « Ce n'est pas exactement ce que je voulais dire. Je...

— Je sais ce que tu voulais dire, Oberon ! Ne t'inquiète pas. La vérité est parfois douloureuse, mais je la surmonterai. J'y arrive toujours. En outre, j'aurai le dernier mot. J'ai bien l'intention de lui survivre. La longévité est la meilleure des revanches. »

Je gloussai. « Au moins, tu as un projet ! »

J'élevai l'atout de Père et me concentrai. Le bouffon de l'image se transforma en un petit homme habillé en brun qui bricolait dans la grande salle de réunion du sous-sol.

« Qu'y a-t-il ?

— Je dois te parler. Je viens de tuer un intrus dans le château. Il avait un atout en sa possession.

— Quoi ? s'écria Dworkin. Es-tu blessé ?

— Non, je n'ai rien. »

Il me tendit sa main ; je la saisis. En une enjambée, je me retrouvai dans sa bibliothèque. Un incroyable fouillis de parchemins et de livres s'étalait sur les étagères.

« Où t'es-tu procuré tout cela ? demandai-je, ébahi.

— Dans le Logrus. »

Je secouai la tête. En quelques semaines, il avait amassé ici de la lecture pour toute une vie. Un authentique collectionneur un peu fou, voilà ce qu'il était.

Il ricana. « N'aie pas peur du Logrus, mon garçon. Il ne sert que de bras au système... »

Je lui jetai un regard perplexe. « De bras ? » Ses crises de démence reprendraient-elles ?

Il éclata de rire. « À ceux qui servent la cause. Aux hommes d'Uthor. À Thellops. Et à d'autres. »

J'ouvris la bouche, mais avant que je pusse parler, une cloche se mit à sonner bruyamment à l'extérieur. Nous échangeâmes un regard rapide, puis courûmes vers la porte. Que se passait-il encore ?

Conner entra brusquement, un sourire jusqu'aux oreilles.

« Qu'y a-t-il ? l'interrogeai-je.

— Nous avons découvert le camp d'Uthor ! »

25

Il nous fallut une demi-heure pour organiser une expédition de reconnaissance. Notre groupe se composait de dix hommes robustes : moi, Conner, deux de ses lieutenants et six hommes de Ceyoldar — deux des fils du roi Aslom, Haetor et Iankos, et quatre des meilleurs officiers de sa cavalerie. Aslom et ses deux autres fils s'occupaient de l'organisation de leur campement situé sur la plage, au pied du château. Cent mille guerriers avaient besoin d'un espace conséquent !

Dès que des chevaux frais eurent été sellés et nos provisions empaquetées, nous prîmes la route. Sur la suggestion de mon frère, nous portions d'épais manteaux de laine, des chapeaux et des gants.

« J'ai trouvé un endroit dans les montagnes d'où nous pourrons les observer. Il y fait froid et le terrain est traître, mais je crois qu'ils seront incapables de nous repérer.

— Bien. » Ce plan semblait idéal.

En fin d'après-midi, alors que le soleil couchant dardait ses rayons obliques à travers la cime des arbres, nous pénétrâmes dans la forêt. Conner emprunta les Ombres aussitôt. Le paysage devint rocailleux. La température chuta. Le ciel prit une couleur grisâtre et se chargea de nuages annonciateurs de neige. Les chênes cédèrent la place aux sapins qui, à leur tour, furent remplacés par des broussailles difformes et noueuses.

Je remarquai l'extrême étonnement des hommes de Ceyoldar face à ce qui les entourait. Ils savaient que nous avions procédé de la même façon pour entrer en Ambre, mais tout, ici, était différent. Ah, les pouvoirs d'un dieu !... Souriant en moi-même, je rattrapai mon frère.

Le chemin se fit plus caillouteux et étroit ; nous dûmes avancer à la file indienne pour escalader une sente escarpée, avant de déboucher au milieu de montagnes aux contours déchiquetés et aux sommets enneigés. Un vent glacé et givrant soufflait en rafales, me cinglant parfois le visage de flocons. Nous n'allions pas tarder à être obligés de nous envelopper dans nos capes. Je me mis en quête d'un endroit pour faire une halte.

« À combien estimes-tu les effectifs d'Uthor ? criai-je à Conner qui me précédait.

— À environ quarante ou cinquante mille hommes... mais il n'y a pas que des combattants, répondit-il. À première vue, on dirait qu'il a entraîné avec lui la moitié des sycophantes de la cour. »

Cela ne me surprit guère ; le roi Elnar avait parfois autorisé la cour à assister à certaines batailles, quand la victoire lui était assurée. À défaut d'autre chose, cela impressionnait les dames... et réduisait quelque peu le nombre des complots. On se gardait bien d'intriguer contre un roi qui possédait une armée aussi puissante.

« Uthor est trop confiant », ajoutai-je, en partie pour moi-même. Encore une erreur.

« Il l'est toujours, gloussa Conner. Tu n'es pas Père et cet endroit n'est pas Juniper. Il va être un peu étonné sur le champ de bataille, cette fois.

— Tu as l'air bien sûr de toi !

— Oh, je lui réserve une petite surprise... J'ai parlé à quelques créatures influentes de l'Ombre et je suis assuré d'avoir du renfort, dès que le combat sera engagé.

— Tu pourrais développer ?

— Non, pas maintenant. Le moment venu... »

Je me forçai à sourire. « Pourvu que nous ne soyons pas déçus. Nous n'avons pas encore vu les troupes de Père et de Freda. »

D'énormes congères s'élevaient de chaque côté de la piste et l'air se raréfiait au fur et à mesure de notre ascension. Nous continuâmes à chevaucher malgré tout. Six cents mètres plus haut, nous parvînmes à un petit plateau.

« Équipement de grand froid ! » lançai-je pardessus mon épaule ; mon souffle laissa un panache blanc derrière moi. Je pivotai sur ma selle et sortis de mon paquetage une cape et des gants. Tissés dans une épaisse laine blanche, ils me protégèrent de la bise dès que je les eus enfilés.

Les hommes de Ceyoldar, qui frissonnaient, parurent soulagés de s'envelopper dans leurs capes. Je fis signe à Haetor et à Iankos de venir me rejoindre. Ils se précipitèrent à mes côtés, en inclinant le buste.

« Je ne suis pas aussi sensible que vous au froid, leur expliquai-je. Vous auriez dû me prévenir. J'aurais ordonné une halte plus tôt.

— Oui, Oberon, dit Iankos. La prochaine fois... »

Conner se porta à ma hauteur. « À partir d'ici, nous devons continuer à pied.

— Est-ce encore loin ?

— À quelques centaines de mètres.

— Nous allons dresser le camp, dis-je à Haetor. Tu en seras responsable. Iankos, toi, tu viens avec nous. » Me tournant vers mon frère : « Conduis-nous ! »

Conner traversa le plateau en suivant la piste. Celle-ci s'incurvait vers la gauche, puis disparaissait à flanc de montagne, protégée de la neige et de la glace des sommets par une avancée rocheuse.

Sans hésiter, Conner continua sa pénible progression. Sur ses talons, je laissai courir une main sur la paroi afin de garder l'équilibre ; Iankos fermait la marche. Le vent ne faiblit pas ; au contraire, il s'amplifia en une plainte lancinante et l'air devint plus vif encore. Je rabattis mon chapeau pour recouvrir le haut de mes oreilles. Je n'affectionnais pas vraiment ce genre de climat.

Le chemin finit par s'aplanir avant d'amorcer une descente. Il s'élargit brusquement sur une terrasse exiguë en surplomb.

Conner se mit à quatre pattes. Rampant avec lenteur, il regarda par-dessus le bord. Je le rejoignis ; Iankos m'imita.

« Ils sont là », annonça inutilement Conner, en pointant son index.

Loin, en contrebas, dans une luxuriante vallée verdoyante coupée en deux par une rivière aux multiples méandres, Uthor avait établi son camp. D'innombrables tentes s'alignaient le long des berges. De gigantesques enclos abritaient des chevaux et des animaux qui ressemblaient à des lézards ; je n'avais jamais vu pareilles bêtes. La fumée de milliers de petits foyers s'amassait en un nuage de brume stagnante.

Au nord, à l'extrémité de la vallée, des escadrons s'entraînaient avec des épées, des haches, des piques et d'étranges armes aux lames démesurément longues. Quel que fût l'endroit où se portait mon regard, je distinguais des gens en mouvement. Leur nombre me stupéfia.

« Ils sont si nombreux... » murmura Iankos. Je compris parfaitement son sentiment. D'après mon estimation, il devait y avoir, au bas mot, deux cent mille guerriers — peut-être même beaucoup plus.

« Il a fait venir des renforts, depuis hier », remarqua Conner. Je lançai un coup d'œil vers lui. Il avait légèrement froncé les sourcils. « Il doit rassembler tous les hommes qu'il peut trouver. Il se prépare sûrement à attaquer bientôt.

— Comment espérer tenir contre *ça* ? chuchota Iankos, comme pour lui-même.

— Nous tiendrons parce que nous y sommes obligés », fis-je d'un ton sec.

Il baissa la tête. « Mille pardons, Oberon, je ne voulais pas vous donner l'impression de douter de vous. Évidemment, avec vous à notre tête, nous vaincrons !

— Ce n'est pas certain... mais je pense que c'est possible !

— Ça recommence, comme à Juniper, maugréa Conner à voix basse. Ils vont se servir de magie pour tenter de nous barrer l'accès au Logrus.

— Tu oublies un détail important », lui dis-je.

Il leva les yeux vers moi. « Lequel ?

— Nous ne sommes plus dans le Chaos. Ici, *nous sommes* les maîtres. Nous contrôlons le Schéma et les Ombres. Uthor est à notre merci. »

Je reculai, toujours en rampant, et me relevai. Je laissai mon esprit vagabonder pour retrouver cette vision magique qui m'était apparue chez Lord Zon ; autour de nous, tout se para alors d'un étrange éclat bleu... des lignes d'énergie relièrent chaque être et chaque chose.

Il devait exister un moyen d'utiliser le Schéma pour tenir Uthor en échec. Restait à le découvrir. Il nous fallait quelque chose de gigantesque pour venir à bout de son armée... un raz-de-marée... un tremblement de terre... en tout cas, un phénomène de cette importance et de cette puissance.

Ou... pourquoi pas... une avalanche ? Je souris. Des tonnes de roches, de glace et de neige enseveliraient presque tout leur campement, si elles atteignaient la vallée. Mais comment faire ?

Lors de mon séjour dans le Chaos, j'avais fait appel au Schéma à plusieurs reprises pour frapper Lord Zon ; je savais donc qu'on pouvait l'employer afin de manipuler des éléments du monde physique. Mais comment pourrait-il affecter toute une montagne ? Pourrait-il provoquer une avalanche suffisamment violente pour submerger une vallée tout entière ?

Nous n'avions malheureusement pas le temps de procéder à des expériences. Des semaines, peut-être même des années, seraient nécessaires pour apprendre à utiliser le Schéma de cette façon.

Une autre idée germa en moi. Pourquoi ne pas nous servir également du Logrus ? Chaque membre de ma famille était capable, à volonté, de faire appel à ses pouvoirs. Si le Schéma pouvait provoquer une avalanche, peut-être que le Logrus... Je devrais en parler à Père. Il pourrait sans doute y arriver.

« J'en ai vu assez », dis-je à Conner.

Il se redressa. « Nous rentrons en Ambre ?

— Oui. Mais par l'intermédiaire d'un atout, cette fois. Notre rapidité de réaction aura son importance. »

Nous reprîmes le chemin inverse pour rejoindre les autres, en nous déplaçant le long de la paroi abrupte aussi vivement que possible. Quand nous arrivâmes, nos compagnons étaient rassemblés autour de leurs chevaux.

« En route ! criai-je. Tous ensemble, immédiatement ! Guidez vos montures par les rênes et posez une main sur le flanc de l'animal qui vous précède, afin que nous soyons reliés les uns aux autres ! »

Je sortis alors mes atouts. La dernière carte que m'avait donnée Aber se trouvait sur le dessus du paquet. Je m'en saisis et me concentrai sur la cour centrale du château ; l'image s'anima.

Sans regarder derrière moi, je fis traverser mon cheval, gardant mentalement le passage ouvert pour les autres, même si c'était inutile puisque nous étions tous en contact physique.

Dès que nous fûmes en sécurité de l'autre côté, je confiai ma monture à l'un des garçons d'écurie, accouru pour nous accueillir, puis me débarrassai de ma cape et de mes gants.

J'entendis soudain un bruit de pas précipités et une respiration haletante. Que se passait-il encore ? Curieux, je me retournai.

« Votre Grandeur ! » Un intendant d'un âge avancé arrivait en courant ; il soufflait et agitait les bras désespérément. « Votre Grandeur ! Juste un mot, Sire !

— Qu'y a-t-il ? » m'enquis-je avec lassitude. Les affaires courantes de l'État ne pouvaient-elles attendre jusqu'au lendemain ?

Il posa un genou à terre. « Des visiteurs venus du Chaos... ils vous attendent dans la grande salle...

— Quoi ? » m'écriai-je. Conner et moi échangeâmes des regards étonnés. « Qui s'occupe d'eux ?

— Le seigneur Dworkin. Il m'a chargé de vous ramener... tout de suite ! »

Je fronçai les sourcils. « Qui sont-ils ? Des parents ?

— Je ne crois pas... Sire ! Ce sont des soldats... venus avec un drapeau blanc...

— Quand sont-ils arrivés ?

— Juste après votre départ ! Ils ont demandé à

voir le seigneur Dworkin. Ils sont avec lui, derrière des portes closes, depuis tout à l'heure !

— Où sont Freda et Aber ? »

Il se tordit les mains. « Partis ! Enfuis !

— Comment ? Mais pourquoi ?

— Votre Père le leur a ordonné, Sire ! »

Que penser de cela ? Devrais-je rester sur mes gardes ? En être effrayé ? Si Freda et Aber avaient fui...

« Tu as une idée de ce qui se trame ? » interrogeai-je Conner qui fixait le vide, le regard pensif.

« Aucune. » Il avait l'air aussi surpris que moi.

« Très bien, dis-je à l'intendant. Conduis-nous jusqu'à eux. Vite !

— Par ici, Sire ! »

Il se retourna, entra dans le bâtiment, traversa plusieurs couloirs et s'arrêta devant la double porte close d'une pièce réservée aux enretiens privés devant laquelle il se mit à geindre. Avec un soupir, je passai devant lui, ouvris et entrai. Conner me suivit.

Père, assis de dos à une longue table, faisait face à trois hommes que je ne connaissais pas. Ils portaient des cottes de mailles argentées. La tête de celui du milieu était ceinte d'un étroit bandeau d'or ; les autres avaient des cornes et des écailles vaguement reptiliennes. Du vin et une douzaine de plats étaient posés devant eux ; ils s'étaient visiblement restaurés en m'attendant.

Pendant un instant, je regrettai de ne pas avoir eu le temps de me procurer une couronne. Quand il reçoit, un véritable monarque doit avoir tous ses accessoires.

Conner s'immobilisa à mes côtés. Je murmurai : « Est-ce Uthor ?

— Oui. » Il avait l'air stupéfait. « Je ne peux pas croire qu'il soit ici !

— Surveille mes arrières. »

Il hocha la tête avec gravité et laissa délicatement reposer une de ses mains sur le pommeau de son épée.

J'avançai et m'approchai de notre père. Là, croisant les bras, je me campai fermement sur mes pieds.

« Bonsoir, dis-je aux trois hommes, en leur adressant un petit signe de tête poli — mais rien de plus. On vient juste de me prévenir de votre arrivée. Je suis Oberon. »

Ces derniers se levèrent avec une grâce alanguie. Celui du milieu agita une main d'un geste dédaigneux.

« Nous n'étions pas attendus », dit-il. Sa voix était plus grave et plus mélodieuse que je ne l'aurais pensé. « Nous sommes ravis de vous trouver ici. Votre père a eu la gentillesse de nous distraire pour nous faire patienter jusqu'à votre retour. Il possède... un esprit des plus *rafraîchissants.* »

À ces mots, tous trois gloussèrent. Gardant un visage résolument inexpressif, j'étudiai Uthor subrepticement. Quand il sourit, je m'aperçus que ses dents avaient été limées en pointes aussi fines que des aiguilles. Vision fortement désagréable...

Il m'était facile de croire qu'il avait tué mes frères — et tant d'autres.

En dehors de leur magnifique armure, ni lui ni ses hommes ne portaient d'arme. Ils les avaient probablement laissées avec leur drapeau blanc. Pourtant, je savais bien qu'ils seraient capables, en utilisant le Logrus, de récupérer leurs épées plus rapidement que je ne pourrais sortir la mienne de son fourreau.

« Puis-je vous présenter mon fils », intervint mon père sans même regarder derrière lui. « Oberon, voici Uthor, le roi du Chaos. »

Je sentis le duvet de ma nuque se hérisser. C'était donc lui, l'homme qui avait détruit Juniper. Cet homme qui avait tué tant d'amis à moi et tant de membres de ma famille. Mon plus grand désir était de voir sa tête fichée sur une des piques des grilles du château.

Je parvins néanmoins à garder mon calme.

« C'est un honneur, répondis-je, en m'efforçant de rester poli.

— Évidemment », fit Uthor. Il inclina le buste pour la forme. Après que je l'eus imité, il se rassit pesamment sur sa chaise.

« Puis-je vous offrir l'hospitalité en Ambre ? » proposai-je. Cela me semblait être la chose appropriée à dire.

« Merci. Dworkin nous a confortablement installés. Vous pouvez nous laisser.

— Je suis le roi, ici, déclarai-je d'une voix tranchante, en me penchant en avant. « C'est avec moi qu'il vous faudra traiter.

— Le *Roi* ? dit Uthor avec un petit sourire narquois. Quelle... charmante présomption. » Il me toisa de haut en bas, détaillant mes vêtements de voyage souillés. « Vous portez bien votre titre, Sire.

— Au moins mes manières s'accordent-elles à ma fonction ! » Je croisai les bras et posai sur lui un regard glacial.

« Évidemment. » Il se permit un sourire encore plus ironique.

« Puis-je vous rappeler, Uthor, que vous êtes mon hôte ? »

Il soupira. « Nous ne sommes pas là pour débattre de titres, quelle que soit leur futilité. » À ces mots, je me hérissai. Le roi Uthor se carra dans son siège. « Votre père nous a un peu parlé de votre construction.

— Ah ? » Je jetai un coup d'œil à ce dernier. Ma « construction » ? Cette tournure de phrase me surprit, mais je ne fis aucun commentaire. C'était sans doute le genre de formalité employée au Chaos quand on s'adressait à un nouveau souverain ; mes connaissances sur l'étiquette de la cour étaient limitées. Je ne manquerais pas de me renseigner à ce sujet, en privé.

« Uthor », dis-je, en omettant volontairement son titre, « je suis un homme qui s'exprime clairement. Tout ce qui s'est produit — ici et dans le Chaos — ne me donne guère envie de vous apprécier ni de vous faire confiance. Alors, allez droit au but ou partez.

— Votre honnêteté est des plus plaisantes. »

Uthor s'amusait avec le pied de son verre. « À propos, ce vin est excellent ! Digne d'un roi.

— Je ne suis pas là pour discuter des qualités des vins de table. »

Mon père s'éclaircit la gorge. « Sois patient, mon garçon. Après tout, le roi Uthor est venu ici avec un drapeau blanc. Écoute ce qu'il a à dire.

— Très bien. » Je me glissai sur la chaise à côté de la sienne. Conner resta debout derrière nous. Puis, je m'adressai à Uthor : « Je vous écoute.

— Nous avons beaucoup de points communs..., murmura celui-ci, avec un petit geste de la main.

— En effet. Plusieurs connaissances communes. » Je mis lentement une main dans ma pochette, trouvai l'atout que l'assassin avait eu en sa possession et le posai devant moi sur la table. Il y jeta un rapide coup d'œil mais, s'il le reconnut, il n'en laissa rien paraître.

Il reprit : « Je suis venu pour... négocier... une alliance. » Ces mots semblèrent presque douloureux à prononcer.

Je haussai un sourcil. « Une alliance ? Entre Ambre et le Chaos ?

— Entre des frères rois. » Ses lèvres se retroussèrent involontairement quand il parla ; il tenta de dissimuler ce rictus en sirotant une gorgée de vin. Je voyais bien qu'il lui en coûtait de m'appeler « frère », quel que fût le qualificatif apposé à ce mot. Il me considérait visiblement comme un inférieur.

Je me laissai aller contre mon dossier et l'étudiai. Une alliance... c'était là un fait nouveau et inattendu. Il devait être aux abois pour proposer un tel marché.

« Nous avons sans doute des intérêts communs », lâchai-je. Il me fallait en apprendre davantage, avant d'accepter quoi que ce fût. Cela semblait trop beau pour être vrai.

« Certainement quelques-uns. » Uthor évita de croiser mon regard. « Et, au moins, un ennemi commun. »

Je me remis à l'examiner avec attention. Un ennemi commun ? Je le croyais responsable de tous les meurtres et de toutes les tentatives d'assassinat perpétrés contre les membres de notre famille.

« De qui s'agit-il ? finis-je par demander.

— De Zon Swayvil, bien sûr. »

Zon... Lord Zon. N'était-ce pas Uthor qui l'avait monté contre nous ? Pourquoi ces deux-là seraient-ils fâchés, alors qu'ils voulaient tous deux la destruction d'Ambre et l'extermination de ma famille ?

Père intervint : « En s'emparant du trône, Zon Swayvil s'est autoproclamé roi du Chaos. Avec l'aide du Logrus, évidemment !

— Et il mourra pour cet affront ! » gronda Uthor, en se levant d'un bond.

26

« Ah !... » Je m'adossai à mon siège, cogitant à toute allure.

Tout, alors, devint clair. Lord Zon s'était servi de la lutte qui opposait le Chaos à ma famille pour affaiblir la position du roi Uthor. Nous n'avions été que des pions dans son jeu pour la conquête du trône... des pions qu'il avait déplacés, puis oubliés, quand il avait joué sa partie pour un enjeu plus conséquent... le Chaos dans son intégralité !

Je me rendis compte de la détresse que devait ressentir Uthor pour être venu jusqu'ici.

« Pourquoi devrais-je vous aider ? » m'enquis-je, d'une voix calme.

Je ramassai l'atout de l'assassin et le tournai ostensiblement entre mes doigts. « Manifestement, vous ne témoignez pas d'une grande affection pour ma famille, ni pour le Schéma ou ses Ombres. »

Uthor me regarda droit dans les yeux. « Je ne prétends pas le contraire. Je ne vous aime pas. Et je n'aime ni votre père ni votre famille. Je serais content de vous voir tous morts, de voir votre lignée annihilée et les Ombres éradiquées à tout jamais.

— Mais... » l'interrompis-je.

Il avala sa salive avec difficulté. « Cependant, j'accepterai de vivre avec, si cela s'avère nécessaire.

— Nous devrions peut-être attendre de savoir ce que Zon a à nous offrir, lui opposai-je. Il détient le Chaos. Il est en meilleure position que vous. »

Uthor se pencha en avant. Ses traits se durcirent et, de toute évidence, ce qu'il allait dire le rendait malheureux. « Je ne me suis jamais dérobé à mes devoirs, déclara-t-il avec lenteur. Les choix qui m'incombent aujourd'hui sont difficiles. Vous et votre famille êtes des ennemis du Chaos. Vous avez tourné le dos au Logrus et à son pouvoir. Je n'ai pas eu d'autre choix que de vous combattre.

— Comme Lord Zon, à présent, remarquai-je.

— Swayvil veut le pouvoir, dit Uthor sèchement. Il s'est servi de vous pour me distraire. J'aurais dû me méfier de lui — et j'ai même été trahi par le Logrus. » Quand j'ouvris la bouche pour lui demander ce qu'il entendait par là, il m'intima le silence d'un geste. Comment le Logrus pouvait-il le trahir ? « Écoutez-moi attentivement, fils de Dworkin. L'opportunité d'une alliance avec moi ne se présentera qu'une fois.

— Quand dois-je me décider ?

— Maintenant.

— Attendez-nous ici. Nous devons en discuter d'abord. »

Il hocha la tête.

« Père ? » fis-je.

Ce dernier se leva et, en compagnie de Conner, nous nous dirigeâmes vers le couloir. Je refermai la porte derrière nous.

« Zon semble être le plus dangereux des ennemis, commençai-je. Mais si nous nous allions à Uthor, pouvons-nous être sûrs qu'il tiendra parole ?

— J'ai confiance en lui, répondit Père avec simplicité. Il n'a jamais été un grand roi, selon les critères du Chaos, mais il a toujours agi avec le sens du devoir. Et je n'ai jamais entendu dire qu'il avait manqué à sa parole.

— Et toi, Conner ?

— Je suis d'accord. Si cela doit conduire à la paix... si cela signifie que nous pourrons rentrer chez nous dans le Chaos... »

J'acquiesçai de la tête. J'étais arrivé à la même conclusion. Leurs opinions la confirmaient.

J'ouvris la porte et entrai dans la pièce. Uthor se leva.

« C'est d'accord, j'accepte votre proposition. Faisons la paix. Ensemble... ensemble, nous vaincrons Zon et revendiquerons le Chaos pour vous ! »

27

Il fallut rédiger et signer des papiers, prêter serment et jurer de se porter mutuellement secours. Père, Uthor et moi passâmes tous trois la nuit à régler les détails, marchandant, négociant, envisageant des compromis.

Enfin, peu avant l'aube, nous trouvâmes un accord.

Résumé simplement, celui-ci indiquait qu'en échange d'une aide militaire et tactique apportée au roi Uthor, notre famille bénéficierait de son pardon officiel. Nos biens de l'Au-delà confisqués et tous nos titres nous seraient restitués. Tous les membres de notre famille, encore prisonniers dans les geôles royales, seraient libérés.

Et le plus important, Ambre — avec toutes ses Ombres — continuerait d'exister sous mon seul pouvoir, à condition que plus aucune tempête de l'Ombre ne s'abattît sur le Chaos.

Le Chaos et Ambre seraient des mondes bien distincts... et égaux.

Cela paraissait trop beau pour être vrai. Aussi, en regardant le roi Uthor qui s'apprêtait à signer le dernier document, à l'autre bout de la table, je caressai mon anneau-spikard et m'étonnai qu'il ne se resserrât pas pour m'inviter à la prudence.

Peut-être que, comme Père l'avait affirmé, le roi Uthor était un homme de parole. Je l'espérais de tout cœur.

Il agrémenta sa signature d'une fioriture et me tendit plume et papier. Je signai aussitôt ; il restait encore assez d'encre sur la pointe. Puis j'apposai le sceau représentant une licorne que Père m'avait donné ; Uthor fit de même avec le sien qui s'ornait d'un griffon.

Nous quittâmes tous deux nos sièges. Il ne me proposa pas de nous serrer la main. Moi non plus, d'ailleurs.

« Je mènerai mon armée jusqu'à votre camp, à midi, l'informai-je. Nous marcherons sur le Chaos aux côtés de la vôtre.

— À tout à l'heure, donc. » Il me fit un petit signe de tête. « Iart ! Snell ! » cria-t-il à ses hommes. Tournant les talons, tous trois sortirent de la pièce à grands pas.

Épuisé mais heureux, je retournai m'asseoir. Nous avions réussi. Ambre était sauvée.

Père se pencha en avant. « Ne te réjouis pas aussi facilement, dit-il. Zon Swayvil occupe toujours le trône. Il sera difficile de l'en déloger.

— Chaque chose en son temps », répondis-je avec un petit sourire. Rien ne pouvait altérer mon enthousiasme ce jour-là. « Avec Uthor à nos côtés... et nos deux armées réunies... nous allons rétablir le roi légitime sur le trône du Chaos ! Comment pourrions-nous échouer ?

— J'espère qu'il en sera ainsi... » Ses yeux se perdirent dans le vague.

Il fallut presque toute la matinée aux hommes du roi Aslom pour lever le camp. C'étaient heureusement des vétérans expérimentés et bien organisés ! Ils plièrent bagage assez rapidement, chargèrent leurs paquetages sur leurs chevaux et dans les chariots. Aslom et ses fils prirent place dans leurs chars de combat ; les cavaliers enfourchèrent leur monture, les fantassins se mirent en rang et notre caravane s'ébranla.

Conner et moi prîmes de nouveau la tête ; mon frère nous fit traverser l'Ombre. Mais cette fois, nous arriverions par l'autre côté de la vallée où Uthor s'était installé et dresserions notre campement où nous pourrions.

Le voyage fut long et éprouvant. Nous fîmes halte à deux reprises pour manger et nous reposer. Quand la nuit commença à tomber et que les Ombres devinrent réelles, je sus que nous approchions du but.

Trois éclaireurs du roi Uthor vinrent à notre rencontre sur des chevaux de bataille noirs. Tous trois étaient des créatures de l'enfer — des *lai she'on* — aux yeux rouges brillant derrière leurs casques d'acier. Chacun de leurs mouvements était ponctué par le cliquetis de leurs armures.

« Roi Oberon », dit celui qui se trouvait en tête ; son insigne de lieutenant était épinglé à son col.

« Je suis Nox. J'assurerai votre liaison avec l'état-major du roi. » Il s'exprimait d'un ton poli où perçait toutefois un certain mépris. « Vos guerriers doivent établir leur campement au nord. Mes hommes leur montreront le chemin. Je vous conduis directement chez le roi.

— Très bien. » De nouveau, je me dis que j'aurais dû me prévoir une couronne. Trop de détails à mémoriser... il me faudrait rapidement trouver un secrétaire pour régler ce genre de choses.

« Je vais emmener nos troupes et les aider à s'installer, proposa Conner aussitôt.

— Merci. Aslom ! Haetor ! » criai-je. Un roi ne pouvait se présenter dans le camp d'un autre souverain sans escorte. « Vous m'accompagnerez.

— Oui, Oberon ! » répondirent-ils. Ils manœuvrèrent leurs chars qui cahotèrent sur le sol rocailleux.

« Conduisez-nous », intimai-je à Nox.

Sans un mot, ce dernier fit tourner son étalon noir et prit la direction de la vallée où étaient basées les forces du roi Uthor. Nous lui emboîtâmes le pas, alors que Conner hurlait des ordres à nos hommes.

Au moment où nous arrivâmes au milieu de rangées de tentes qui grouillaient de soldats vaquant à leurs occupations, j'entendis derrière moi une voix familière crier mon nom. Je pivotai sur ma selle et découvris Aber qui chevauchait à toute allure dans ma direction. Il ne portait ni armure ni épée ; visiblement, ce n'était pas le devoir qui l'amenait ici.

« Mon frère », expliquai-je à Nox.

Il grogna et haussa les épaules. Apparemment, il se moquait éperdument de la présence d'Aber.

Quand celui-ci finit par nous rattraper, il haletait, penché en avant sur sa monture.

« Qu'y a-t-il ? l'interrogeai-je.

— J'ai un message de Freda, me dit-il à voix basse. Une prophétie. La vie du roi Uthor est en grand danger. »

Je secouai la tête avec perplexité. « Nous n'allons pas tarder à affronter Lord Zon, alors évidemment que sa vie est en danger ! La mienne aussi !

— Non ! Tu ne comprends pas ! » Il secoua la tête. « Uthor ne vivra pas assez longtemps pour voir cette bataille. Tu dois me laisser lui parler. J'ai quelque chose pour lui... une bague. Elle le protégera. »

Une bague ? Un spikard, peut-être ? Je me souvins de la mise en garde de mon anneau contre l'assassin, en Ambre. Un tel présent ne pouvait pas nuire ; il pourrait même cimenter notre alliance.

« D'accord. Je te présenterai à lui, dès que nous serons là-bas.

— Bien. Freda avait prévu que tu m'aiderais. Elle l'avait lu dans ses cartes.

— Ça ne va pas recommencer ! » Je roulai des yeux. « J'ai presque envie de refuser, juste pour te montrer une bonne fois pour toutes que ses cartes ne lui montrent que ce que nous voulons y voir.

— Elle savait aussi que tu allais répondre ça. Et elle était également sûre que tu me laisserais passer parce que la vie du roi du Chaos est en jeu. Uthor ne serait pas content s'il découvrait que tu lui caches des choses. En particulier, des informations susceptibles de lui sauver la vie. »

Je soupirai. Il avait raison sur ce point.

« Je t'ai déjà dit que je te présenterai à lui. »

Nous nous trouvions presque au milieu du camp. Là, la multitude des forces du roi Uthor nous obligea à ralentir ; nous dûmes même patienter à plusieurs reprises pour laisser passer des convois de chariots pleins de provisions.

Nous finîmes par atteindre une série d'immenses pavillons. Aber et moi descendîmes de cheval et confiâmes nos montures aux palefreniers présents. Flanqués d'Aslom et d'Haetor, nous suivîmes Nox entre des rangées de sentinelles, debout au garde-à-vous, et pénétrâmes sur la place centrale, où s'élevait un trône devant lequel s'étiraient des files de suppliants qui attendaient leur tour pour consulter Uthor.

Dès que ce dernier nous aperçut, il nous fit signe d'avancer. Il avait l'air vieux et las. Visiblement, il commençait à accuser la tension que lui causait sa lutte contre Zon.

« Vous tombez à point nommé, dit-il. Bon... Les dépêches en provenance de chez moi n'ont rien de réjouissant. Nous allons devoir nous déplacer rapidement.

Quand ? m'enquis-je.

— Demain. »

Je hochai gravement la tête. « Très bien. Nous sommes prêts. Nous attendrons vos ordres. »

Aber s'éclaircit la gorge.

« Ah... mon frère que voici doit vous mettre en garde de la part de notre sœur. Elle possède un don certain pour lire l'avenir.

— Dame Freda ? » Il se pencha en avant pour regarder Aber avec intérêt. « Parlez. Je n'ignore rien de l'authenticité de son pouvoir. Aucun de ses avertissements ne sera pris à la légère. »

Aber avança d'un pas et posa un genou à terre devant le roi Uthor. « Votre Grandeur...

— Relève-toi », lui dit celui-ci. Il paraissait néanmoins ravi par sa révérence.

« Ceci est pour vous. »

Il sortit quelque chose de la pochette de son ceinturon et le lui tendit. Je me tordis le cou pour voir de quoi il s'agissait. L'objet ressemblait à une bague en or ancienne sur laquelle étaient gravés des caractères que je ne pus déchiffrer.

« Qu'est-ce que c'est ?

— Le Signe du Chaos. »

Apparemment, Uthor et les gens qui nous entouraient comprirent de quoi il retournait. Le roi en eut le souffle coupé. Les autres s'agitèrent, marmonnant entre leurs dents. Manifestement, tout le monde en avait entendu parler. Et ce nom était doté d'une connotation positive.

« Quel est cet objet ? demandai-je à Nox discrètement.

— Un sceau ancien, répondit-il à voix basse, et d'un ton presque révérencieux. Il a été perdu il y a des siècles... volé par les Feynims. Le retrouver, surtout en des moments aussi troublés... est un merveilleux présage ! »

Souriant, Uthor se leva et brandit l'anneau afin que tous pussent le voir. Puis il le fit tourner lentement entre ses doigts, étudiant les signes gravés sur son pourtour.

Avec un sourire triomphant, il glissa la bague à l'index de sa main droite. Dès qu'il eut accompli ce geste, son visage prit une expression étonnée qui se transforma rapidement en une grimace horrifiée.

Son doigt vira au noir. Cette noirceur se diffusa presque aussitôt à son bras et jusqu'à son épaule. Quand il ouvrit la bouche pour crier, aucun son n'en sortit. Son visage se pétrifia en un horrible rictus et noircit lui aussi.

Accompagné de Nox et de tous les autres, je me précipitai vers lui pour tenter de l'aider. Mais il n'y avait plus rien à faire. Le corps du souverain s'était changé en pierre.

Telle une statue poussée hors de son piédestal, le roi Uthor perdit l'équilibre et bascula vers l'avant. En heurtant la terre durement tassée, ses bras et sa tête se brisèrent net. Celle-ci roula jusqu'à mes pieds ; ses yeux me fixaient d'un regard aveugle, comme s'ils m'accusaient de trahison.

Ma gorge se serra. Je reculai d'un pas. Autour de moi, les soldats se mirent à gémir ou à pousser des cris.

« C'est de sa faute ! hurla quelqu'un en pointant son doigt sur Aber.

— Qui, moi ? » Mon frère croisa les bras d'un air buté. « Vous êtes fou ! C'est l'anneau, le responsable !

— C'est vrai, renchérit un autre soldat. Mais c'est lui qui a apporté la bague ! »

Je m'avançai en criant : « Il n'y a aucune preuve que mon frère ait su quoi que ce soit à ce sujet ! La bague a pu être empoisonnée, il y a bien longtemps, ou envoûtée...

— Assassin ! » vociféra Nox. Le visage livide, il tira son épée.

Je laissai retomber ma main sur la poignée de la mienne et grognai un avertissement : « Nous sommes tous amis, ici. Nous sommes liés par un traité.

— Traître ! » lança un soldat. D'autres épées furent tirées de leur fourreau. Un frisson me parcourut.

« Vous vous trompez ! » dis-je d'un ton désespéré. Mon frère avait sans doute de nombreux défauts, mais je ne pouvais croire qu'il irait jusqu'à tuer le roi Uthor... et moi, par la même occasion.

Aber fit un pas en avant. « Laissez-moi parler ! brailla-t-il. S'il vous plaît, laissez-moi parler ! »

Les murmures s'interrompirent. J'inspirai profondément. Il était encore possible de retourner la situation. J'espérais simplement qu'Aber convaincrait les hommes d'Uthor de notre innocence.

Mon esprit se mit aussitôt à envisager certaines possibilités. S'ils se ralliaient sous ma bannière... si je pouvais les conduire à affronter Lord Zon...

« Je ne savais pas que cet anneau le tuerait, dit Aber d'une voix forte. Je ne suis qu'un messager !

— Tu as un message à délivrer ? demandai-je, perplexe.

— Oui. » Il déglutit avant de me regarder droit dans les yeux. « Lord Zon t'envoie ses félicitations. Merci, frérot. »

Avec un haussement d'épaules, comme pour s'excuser, il recula et disparut dans un vif éclat de lumière.

28

Je ne pus que demeurer là, bouche grande ouverte, abasourdi par ses paroles et par ses actes. Il nous avait trahis. Il *m'*avait trahi. Je ne parvenais pas à le croire — et pourtant, toutes les pièces du puzzle commencèrent à s'agencer.

Depuis combien de temps travaillait-il pour Lord Zon ?

Depuis longtemps, me souffla une petite voix intérieure.

C'était lui qui avait laissé entrer l'assassin dans ma chambre à Juniper. Lui qui avait indiqué l'emplacement du premier Schéma au roi Uthor... Pendant tout ce temps, il avait coopéré avec nos deux camps ennemis.

Des voix s'élevèrent autour de moi.

« Du calme ! hurlai-je. Nous devons... »

Le brouhaha s'amplifia. Quand les hommes du roi Uthor dégainèrent leurs armes, l'acier étincela. Je me rendis compte, avec une certitude que je n'avais jamais ressentie jusqu'alors, que depuis le début ils voulaient ma tête — au même titre que celle de mon frère. Lui, cependant, avait eu la bonne idée de s'enfuir.

Des trompettes résonnèrent... sans toutefois produire les sons étouffés et mélancoliques que l'on joue au décès d'un souverain. Elles lancèrent les accords aigus d'une alerte. Des hommes se mirent à hurler et à chercher des armes. Les troupes du roi Uthor s'arrêtèrent brusquement, regardant alentour avec une inquiétude grandissante.

« On nous attaque ! À l'attaque ! crièrent les sentinelles. Aux armes !

— Attention aux flèches ! » hurla quelqu'un. Au même moment, une pluie de projectiles s'abattit sur notre groupe.

Attrapant un bouclier posé à côté du trône, je l'élevai pour me protéger. Un instant plus tard, deux flèches transpercèrent son cuir épais, émettant le son farouche d'un tam-tam guerrier ; leurs pointes acérées s'arrêtèrent à quelques millimètres à peine de mon nez et de mon œil droit. Deux hommes du roi Uthor, moins chanceux — l'un prit un projectile dans l'œil, l'autre dans le cou et dans la poitrine —, furent tués sur le coup.

Une voix lointaine cria : « C'est Swayvil ! C'est lui qui nous attaque ! C'est Swayvil !... » Puis, un bref hurlement.

Oubliant ma présence pendant quelques instants, les lieutenants d'Uthor coururent organiser leurs défenses, aboyant des ordres pour tenter de rassembler les hommes de leur camp. Les flèches continuaient de pleuvoir.

Je regardai Aslom et Haetor qui, de leur côté,

surveillaient le ciel avec méfiance et restaient le plus près possible de moi. Leurs épées tirées, ils semblaient prêts à en découdre.

Il nous fallait fuir ce lieu au plus vite. Peu importait l'issue de ce combat ; je savais que mes hommes et moi n'étions pas les bienvenus ici.

« Trouvez des boucliers et suivez-moi », leur dis-je d'un ton calme.

Tout en courant, je sortis mon jeu d'atouts et sélectionnai celui de Conner. J'essayai de le contacter, mais en vain — soit la magie m'en empêchait, soit il était trop occupé à essayer de sauver sa peau pour perdre du temps en bavardages.

J'obliquai, puis me dirigeai vers le nord. Je devais rejoindre notre camp avant que les hommes d'Uthor eussent organisé notre poursuite.

La grêle de projectiles s'interrompit. J'entendis alors des cris de guerre et des cliquetis d'acier derrière nous. La bataille avait commencé.

Je me débarrassai de mon bouclier. Heureusement pour nous, la plupart des gens se précipitait au combat. La nouvelle de la mort du roi Uthor ne s'étant pas encore propagée dans tout le camp, personne ne chercha à nous arrêter ni à nous interroger.

Je jetai un coup d'œil par-dessus mon épaule. Haetor et Aslom n'éprouvaient aucune difficulté à me suivre. Nous nous déplacions aussi rapidement que possible entre les rangées de tentes. Des hommes dotés de cornes ou de queues et des êtres qui n'avaient rien d'humain couraient en tous sens ; pris de panique, ils s'éparpillaient et fuyaient, hurlant des questions, s'opposant aux ordres, essayant de rassembler les troupes et d'organiser la défense. Apparemment, aucun de leurs chefs n'était sur place pour les diriger.

« Où allons-nous, Oberon ? me demanda Aslom, en arrivant à ma hauteur.

— Retrouver notre armée, dis-je avec un sourire. Avec un peu de chance, nos hommes seront encore là. »

Une deuxième vague de projectiles se déversa du ciel ; plusieurs officiers d'Uthor tombèrent. Je reconnus Nox parmi les blessés. J'eus un moment d'hésitation. Il pourrait peut-être nous être utile ultérieurement. Il me faudrait établir une liaison avec les troupes d'Uthor ; s'il y avait des rescapés... certains d'entre eux se laisseraient sans doute convaincre de rejoindre notre camp.

« Allez récupérer Nox ! » criai-je soudain.

Haetor eut l'air surpris. « Oberon...

— J'ai un plan, en ce qui le concerne.

— Oui, Sire. »

Il secoua la tête, garda son bouclier levé de son bras gauche et, en compagnie d'Aslom, courut vers Nox. Ils le prirent par les bras et le soulevèrent, puis le soutinrent de façon à lui permettre d'avancer.

Après avoir ramassé un nouveau bouclier, je les conduisis à travers le campement. Des hommes et des créatures de l'enfer couraient comme des fous dans le labyrinthe de tentes. Les flèches continuaient de pleuvoir. Mon bouclier en arrêta une ; une autre effleura ma cuisse. Les troupes d'Uthor, prises de panique, se jetaient sur les armures, s'emparaient des armes. Ses sentinelles avaient échoué... on nous avait pris par surprise. Maudit Aber !

Me faufilant derrière la dernière rangée de tentes, j'escaladai la colline pour quitter la vallée. Les nombreuses pistes tracées par les hommes d'Uthor facilitaient son ascension. Parvenu au sommet, j'aperçus une vaste étendue de terre, puis l'endroit où mes hommes avaient été envoyés pour établir notre campement. Les forces de Ceyoldar formaient des lignes de combat, boucliers en l'air, sans rompre les rangs. Conner, en charge de la cavalerie, se tenait derrière eux, criant des ordres. Quelques flèches s'étaient fichées dans des boucliers mais, apparemment, personne n'avait encore subi d'attaque directe.

« Courez là-bas aussi vite que vous le pouvez, dis-je à Haetor et à Aslom. Gardez le dos courbé. Conduisez Nox jusqu'au médecin de la compagnie et postez des gardes autour de lui. Ensuite, revenez me faire votre rapport.

— Allons-nous retourner au combat ? demanda Aslom.

— Pas dans l'immédiat. »

Il hocha la tête, fit signe à son fils et, ensemble, ils transportèrent Nox vers nos lignes.

Je pris une profonde inspiration avant de leur emboîter le pas. Mes pieds martelant le sol, je les dépassai le plus rapidement possible.

« Ouvrez les rangs ! » cria une sentinelle.

Des flèches me frôlèrent en sifflant. Plusieurs

fantassins équipés de boucliers s'écartèrent ; je m'abritai parmi eux. Aslom et Haetor me suivirent de près.

Conner se précipita à notre rencontre. « Que s'est-il passé ? demanda-t-il, en sautant de sa monture.

— Aber... Après nous avoir rejoints, il a tué le roi Uthor, fis-je en grimaçant.

— Comment ? » Il me dévisagea. « C'est impossible ! »

Je secouai la tête. « Si, c'était bien lui. Il est au service de Lord Zon.

— Prends mon cheval, proposa-t-il. J'en trouverai un autre. »

Je sautai en selle et attrapai les rênes.

« Quels sont les ordres ? s'enquit-il. Restons-nous ? Devons-nous nous battre ?

— Non. Les troupes d'Uthor sont débordées. Et elles ne risquent pas de me suivre, à présent... Aber s'en est assuré.

— Alors, nous repartons pour Ambre.

— Oui. »

Il se retourna pour crier au clairon : « Sonne le rassemblement ! »

Aussitôt, la trompette retentit. Les hommes s'empressèrent de former les rangs, boucliers à l'épaule, prêts à partir.

« Retraite ! hurlai-je. Préparez-vous à marcher ! »

Avant que je pusse ajouter autre chose, les sentinelles s'écrièrent : « *Flèches !*

— Attention ! » braillai-je.

Je brandis mon bouclier au-dessus de ma tête au moment même où une pluie de projectiles noirs tombait sur nous. Quelques soldats s'effondrèrent en poussant des cris effrayants, mais la plupart avaient relevé les boucliers à temps. Cette salve causa peu de dégâts.

« Piquiers, à l'avant ! criai-je en manœuvrant mon cheval. Cavaliers... préparez-vous à ouvrir la marche ! »

Haetor arriva en courant. « Lord Nox est mort, Sire ! annonça-t-il.

— Quelle déveine ! On va nous tenir également pour responsables de sa mort. »

Il n'y avait pas grand-chose à faire pour l'éviter. J'eus une seconde d'hésitation, réfléchissant à la meilleure façon d'agir. « Prends une escouade de cavaliers avec toi et tâche de découvrir d'où viennent ces flèches. Il nous faut partir sur-le-champ, avant qu'on nous abatte les uns après les autres.

— Oui, Sire ! » Après un bref salut, il demanda à une douzaine d'hommes de le suivre. Il ne restait plus qu'à espérer que cette requête ne se transformerait pas en une mission suicide.

« Formez les rangs ! » criai-je de nouveau. Les piquiers et les hastaires commencèrent à se regrouper, leurs boucliers levés au-dessus de leurs têtes. « Laissez les tentes et tout l'équipement trop lourd ! Abandonnez le campement ! »

Je cherchai Conner autour de moi, mais il se trouvait à trois cents mètres. Au lieu de m'égosiller, je sortis son atout. Cette fois, il répondit aussitôt.

« Qu'en est-il des renforts spéciaux que tu

m'avais promis, quand nous étions en Ambre ? Nous ne pourrons pas nous en tirer sans une aide extérieure. »

Il eut un sourire mauvais. « J'en ai justement une.

— Une quoi ? Une escouade ?

— Non. Une personne qui a accepté de nous aider. Cela devrait suffire. »

Je clignai des paupières. « C'est une plaisanterie ?

— Normalement, les dragons ne coopèrent pas avec les humains. À leurs yeux, nous ne représentons qu'un en-cas. J'ai dû me montrer très persuasif. Et lui offrir beaucoup d'or.

— Tu as bien dit... un dragon ?

— Mmm. »

Je lui fis un large sourire. Cela pourrait faire changer le cours de la bataille en notre faveur. « Où se trouve-t-il en ce moment ?

— J'ai peint un atout. Je peux l'appeler quand je veux. Tu as besoin de lui tout de suite ?

— Oui... mais rejoins-moi d'abord !

— D'accord ! »

Je rompis le contact et fis face à mes hommes. « Dégagez un grand espace vide ! Nous changeons nos plans... les renforts arrivent ! »

Les soldats s'en réjouirent. Ils reculèrent de vingt mètres dans toutes les directions ; je jugeai cette distance suffisante.

Conner arriva au galop et arrêta sa monture brutalement. Il tenait un atout dans sa main.

« Prêt ? demanda-t-il.

— Oui !

— Tiens ! »

Il me tendit une carte représentant une gueule énorme couverte d'écailles, avec des yeux noirs comme du charbon.

Je l'élevai et me concentrai. Une *présence* m'écrasait... quelque chose de gigantesque... d'*ancien*, de sombre et de redoutable. Quelque chose de très malin et de très puissant.

« *Humain.* » Ce mot fut prononcé à voix si basse que je l'entendis à peine.

« Je suis le roi Oberon. Mon frère Conner m'a dit que vous pourriez nous aider.

— *En contrepartie d'une certaine somme...*

— Oui. Venez nous rejoindre. »

Je tendis ma main. Une serre aussi froide que la glace et aussi dure que l'acier se posa dessus. Je la tirai vers moi. Un poids faramineux se trouvait de l'autre côté, mais, petit à petit, je parvins à le faire traverser. Une main griffue aux écailles noires apparut tout d'abord, puis un bras — interminable et vigoureux — et enfin un poitrail... une tête et une queue...

Le dragon sauta prestement sur le sol. Il me domina de toute sa hauteur ; il mesurait au moins douze mètres jusqu'aux épaules et près de cinquante, du bout de son museau jusqu'à l'extrémité de sa queue. À chacun de ses déplacements, la terre tremblait. Il déploya ses ailes avec lenteur et se mit à gronder.

Des flèches rebondirent sur son dos et ses flancs parfaitement caparaçonnés.

« Voici Ulysse, dit Conner avec fierté.

— *Oui*, répondit le dragon. *Le petit homme m'a promis de l'or.*

— Autant que tu en voudras, si tu nous aides aujourd'hui.

— *Mon poids en or.*

— D'accord.

— *Que dois-je faire ?* »

Une nouvelle volée de flèches s'abattit sur nous en crépitant. Derrière moi, un homme s'effondra en émettant un gargouillis étranglé : le long corps noir d'un projectile transperçait sa gorge.

« Nous sommes en pleine bataille. Pourrais-tu empêcher les archers de nous tirer dessus ?

— *Oui...* »

Il recula, exécuta trois petits bonds et se mit à battre des ailes. En une seconde, il avait décollé. Il prit rapidement de l'altitude et de la vitesse, puis commença à décrire des cercles. D'innombrables flèches furent tirées sur lui ; aucune ne lui causa la moindre égratignure.

Soudain, il descendit en piqué. Je me retournai pour voir sa cible. Là — il avait repéré quelque chose dans les fourrés, sur la droite. Quand il ouvrit sa gueule, des langues de flammes en jaillirent. J'étais incapable de distinguer ce qu'il avait détruit, mais je le devinais. La pluie de projectiles s'interrompit aussitôt. Il remonta alors pour reprendre son observation et dénicher de nouvelles cibles.

« Qu'en penses-tu ? me demanda Conner, un sourire jusqu'aux oreilles.

— Avec trois autres dragons comme lui, cette journée marquerait notre victoire !

— Nous ne disposons pas de la journée. Dès que Swayvil se rendra compte de ce qui se passe, il détruira ce monde.

— Avec le Chaos primitif..., supposai-je.

— Oui. Il le libérera ici même et rien ne subsistera. Nous devons partir sur-le-champ.

— Et le dragon ?

— Eh bien quoi ?

— Tu lui a promis de l'or. »

Conner haussa les épaules. « Il ne survivra pas longtemps. Je serais déjà bien étonné s'il réussissait à éliminer tous les archers.

— Leurs flèches sont inutiles.

— Il suffit d'un tir bien placé. Et si les archers ne l'abattent pas, Lord Zon s'en chargera. »

Je gloussai. « Tu as une haute opinion de Lord Zon !

— Tous les seigneurs du Chaos sont capables de tuer un dragon.

— Même toi ? » Cela me paraissait impossible.

« Oui. » Il eut un geste de modestie. « Ulysse *est* le cinquième dragon que j'ai contacté. J'ai dû en tuer deux qui me considéraient comme bien meilleur en déjeuner qu'en employeur. » Il écarquilla soudain les yeux. « Regarde ! »

Je suivis le doigt qu'il pointait. Ulysse s'était arrêté en plein vol. Devant lui, dans les airs, se profilait une ombre. Elle n'avait pas de forme définie ; son centre, aussi noir qu'un nuage chargé de pluie, palpitait légèrement.

« Recule ! » hurlai-je à Ulysse ; mais le dragon ne pouvait pas m'entendre.

Au lieu de m'obéir, il cracha du feu sur cette ombre. Cela resta sans effet. Non, je dirais plutôt que... celle-ci s'agrandit. Puis, telle une panthère bondissant sur sa proie, elle se jeta en avant, enveloppant le dragon entièrement. Je vis les ailes d'Ulysse cesser de battre en pleine descente ; toutefois, le dragon ne tomba pas.

Il se mit à crier. Son formidable râle d'agonie trancha les airs comme la lame d'un couteau. Il perdura, devenant de plus en plus sonore, déchirant mes tympans, me brisant le cœur. Je me couvris les oreilles, mais sa plainte me parvenait toujours. Je n'avais jamais rien entendu d'aussi horrible. J'avais envie de me rouler en boule et de mourir.

Le hurlement s'interrompit brutalement. Sous mes yeux, le dragon se transforma en poussière et disparut en une seconde ; ce qui restait de lui s'éparpilla au vent.

Tout là-haut, l'ombre dériva pendant un court instant, comme si une main la guidait. Puis, lentement, inexorablement, elle se dirigea vers Conner et moi.

29

« Qu'est-ce que c'est ? demandai-je d'une voix mal assurée, en reculant.

— Le Chaos primitif contrôlé par un adepte du maître. » Conner recula également. « Il serait temps de partir, je pense. Utilise un atout. Appelle Freda. Elle va nous ramener tous les deux en Ambre.

— Je ne pars pas sans mes troupes ! » Je m'étais donné trop de mal pour les réunir, je n'allais pas abandonner le roi Aslom et ses hommes et les laisser se faire massacrer — pas s'il existait une alternative. « Que pouvons-nous faire ?

— Tuer celui qui a mis en place ce sortilège.

— Je ne le vois pas. Et nous n'avons pas le temps de nous mettre à sa recherche. »

Il hésita. « Père ou Freda seraient peut-être capables de le contrer. Essaie de contacter Freda. Mais fais vite ! »

Tout en gardant un œil sur l'ombre — qui avait diablement augmenté depuis qu'elle avait tué le dragon —, je sortis l'atout de Freda et me concentrai sur son image.

Elle répondit sans tarder.

« Quelque chose ne va pas ?

— Nous rencontrons quelques problèmes avec le Chaos primitif. Conner affirme qu'un adepte du maître le contrôle. Il vient d'éliminer notre dragon et se dirige maintenant droit sur nous.

— À quoi ressemble-t-il ?

— À un nuage. Il évolue dans le ciel.

— Déplacez-vous vers une autre Ombre. »

Je clignai des paupières. « On peut faire ça ?

— Évidemment. Dis à Conner d'utiliser un... non, donne-moi juste une seconde. Il vaut mieux que je m'en charge moi-même. » Elle se retourna et s'adressa à quelqu'un qui se trouvait derrière elle. Puis elle me tendit la main. Je m'en saisis et la tirai jusqu'à moi.

Après avoir jeté un bref regard sur l'ombre, elle marmonna un « hum ». Pivotant sur elle-même, elle s'éloigna, tête baissée, d'un pas tranquille, comme si elle se promenait. J'aperçus un atout dans sa main gauche, mais ne pus distinguer ce qu'il représentait.

L'ombre se transforma en un nuage bouillonnant qui se contorsionnait en tous sens. Il glissa vers nous, plus rapidement désormais ; il n'était plus qu'à trois cents mètres et se rapprochait dangereusement.

Mon inquiétude grandit. Quelqu'un devait le contrôler... mais qui ? Et d'où ? Il devait nous espionner pour l'envoyer ainsi sur nous !

Des yeux, je fis le tour du camp. Mes hommes avaient interrompu leurs tâches pour fixer le ciel d'un air à la fois horrifié et admiratif. Eux aussi se rendaient compte qu'il s'agissait d'un maléfice.

« Apportez-moi un arc ! criai-je.

— Voilà, Oberon. » L'un de nos archers se précipita vers moi pour m'offrir le sien.

« Merci. » Je tendis la corde au maximum et, tournant sur moi-même vivement, décochai une flèche vers le nuage. Je répétai l'opération à trois reprises. Mes projectiles le pénétrèrent les uns après les autres et y disparurent, sans toutefois en ressortir. Ils n'eurent pas plus d'efficacité que les flammes projetées par le dragon.

Ma gorge se serra. Je reculai de quelques pas pour me placer derrière Freda. Je ne voulais pas être sur le chemin de la magie qu'elle avait mise au point quand elle la libérerait.

Que pouvais-je faire pour l'aider ? Je détestais attendre. Cela me donnait un sentiment d'impuissance.

J'observai attentivement les buissons et les arbres qui entouraient notre camp. Peut-être finirais-je par localiser le sorcier qui manipulait le nuage. Je me disais qu'il devait se cacher à proximité pour pouvoir le diriger avec autant de précision.

Je me tournai alors vers les montagnes derrière nous et remarquai un éclat brillant — une boucle d'argent ou un bouton, peut-être — parmi les pins difformes. Quelle que fût l'identité du propriétaire, il occupait une position stratégique.

J'attrapai Conner par le bras. « Le magicien

est dissimulé dans les bois, juste derrière nous. Regarde ce reflet là-bas ! Tu le vois ?

— Oui. » Il sortit son épée de son fourreau.

« Attends. » Je mémorisai le point lumineux, puis me retournai vers le nuage. Plus que cent mètres ; il se rapprochait avec célérité.

Je m'emparai d'une nouvelle flèche et bandai mon arc. Cependant, au lieu de viser le nuage, je virevoltai sur moi-même et tirai sur la silhouette abritée derrière les pins. Elle se trouvait à deux cents mètres, mais je connaissais ma force et savais que je pouvais toucher une cible à cette distance.

J'envoyai coup sur coup cinq projectiles, en élargissant mon champ de tir de quelques mètres.

Impossible de savoir si j'avais touché mon but ; je devais me contenter de l'espérer. Mes carreaux l'avaient sûrement empêché de se concentrer. Au moment où je lâchais le dernier, j'entendis Conner inspirer bruyamment.

« Oberon ! » cria-t-il pour me mettre en garde.

Je jetai un coup d'œil à l'ombre. S'étant immobilisée à vingt mètres de nous, elle se mit à enfler à toute allure, grandissant de six mètres, de neuf...

« Peux-tu la stopper, Freda ? » demandai-je en reculant.

Tout ce que l'ombre touchait noircissait et devenait poussière : le sol... nos tentes... nos stocks d'armes...

Ma sœur garda le silence, mais ses traits se durcirent, ses lèvres remuèrent ; elle leva les deux mains, l'une était dirigée vers le nuage, l'autre inclinait un atout vers son visage.

Cette carte montrait les Cours du Chaos. Freda avait réussi à ouvrir l'image représentée. À l'instar du nuage, celle-ci s'animait d'ombres noires. Les étoiles se déplaçaient dans les cieux. Les bâtiments tremblotaient et vacillaient. Des éclairs zébraient le paysage, s'échappant de temps à autre de la carte, comme de petites langues lumineuses.

« Qui se ressemble s'assemble ! » ordonna-t-elle. Elle tendit l'atout vers le nuage qui se dilatait ; quand l'un de ses côtés entra en contact avec la paume de ma sœur, le corps tout entier de cette dernière se mit à disparaître et à réapparaître sans discontinuer. Pendant un bref instant, je vis des lignes bleues s'étirer de sa main vers le Chaos primitif, l'effleurant, l'enveloppant pour l'attirer jusqu'à elle. Pourtant, au lieu de la réduire en poussière, le nuage remonta le long de son bras, s'engouffra dans la carte et s'évanouit — il avait dû repartir dans les Cours, si c'était bien l'endroit d'où il provenait. Quelle importance, du moment qu'il n'était plus là !

Quand il ne subsista plus rien de lui, Freda défaillit. Je me précipitai vers elle et la rattrapai avant qu'elle ne touchât le sol.

« Bien joué ! lui dis-je.

— Est-ce que ça a marché ? murmura-t-elle, les yeux presque clos.

— Oui. Il est parti. Merci. »

Elle sourit avant de s'évanouir.

« Ramène-la en Ambre ! lança Conner avec détermination. Je me charge de nos hommes.

— Tu es sûr ?

— Oui. Dépêche-toi avant qu'un nouvel événement ne se produise ! »

Sans attendre ma réponse, il courut vers nos troupes en aboyant ses ordres. Après avoir mis leur sac sur leur dos, les fantassins reformèrent les rangs, par quatre, prêts à marcher au pas. La cavalerie prit place derrière eux.

Je calai Freda contre mon bras gauche et cherchai mon jeu d'atouts de la main droite. Après avoir trouvé celui de la cour de notre château, je l'utilisai pour nous ramener en Ambre.

Des domestiques se précipitèrent vers moi en me souhaitant la bienvenue. Certains portaient des bassines d'eau et des serviettes pour nettoyer la poussière accumulée sur nos mains et notre visage pendant le voyage ; d'autres présentaient des plateaux chargés de verres et de carafes de vin ; d'autres encore proposaient des plats qui débordaient de délicieuses friandises, de pâtisseries de toutes sortes et de diverses autres douceurs.

« Dois-je faire appeler un médecin ? » demanda l'un des intendants, d'une voix calme. Il fit signe à deux serviteurs de s'occuper de Freda, que j'avais toujours dans les bras. Ils la portèrent vers l'aile achevée du palais.

« Oui, répondis-je. Pressez-vous !

— Très bien, Sire. » Tournant les talons, il partit en courant.

Comme en réponse à un signal, un petit groupe composé d'architectes, de tailleurs de pierres et de plusieurs officiers se présenta devant moi — la nouvelle de mon arrivée n'avait pas tardé à se répandre. Tous réclamaient à cor et à cri des réponses urgentes.

« Plus tard ! » leur promis-je. Je les écartai pour suivre Freda. Il me fallait lui parler au plus vite.

On lui fit traverser le grand hall. Là, comme je pus le constater en jetant de fugitifs coups d'œil alentour, le travail se poursuivait avec diligence : les tailleurs de pierres posaient avec précaution un sol en ardoise au motif compliqué, tout en cercles rouges et bleus imbriqués les uns dans les autres.

Sans un mot, les domestiques emmenèrent rapidement Freda le long du couloir, vers l'aile qui abritait nos appartements. Nous passâmes devant des douzaines de pièces, avant de pénétrer dans une salle meublée d'un divan, de plusieurs tables basses et de trois fauteuils confortables.

Ils installèrent ma sœur sur le divan, lui rehaussèrent les pieds, placèrent des oreillers sous sa tête et la couvrirent d'une couverture légère.

Tout à coup, elle battit des cils, ouvrit les yeux et regarda autour d'elle d'un air perplexe.

« Tu te sens mieux ? demandai-je, en m'agenouillant près d'elle.

— Un peu. » Elle essaya de s'asseoir. Je l'aidai et disposai d'autres oreillers — que j'avais fait bouffer au préalable — derrière elle pour caler son dos. Elle semblait plus épuisée que blessée — contrer ce sortilège l'avait exténuée.

De nouveaux serviteurs arrivèrent avec des plateaux d'argent chargés de tasses, de cruches et de théières, elles aussi en argent, et de pâtisseries artistiquement entremêlées de fruits.

« Posez tout cela et laissez-nous. » J'indiquai les tables de la main. Puis je m'adressai à l'intendant : « Demande à notre père de nous rejoindre. Il est toujours au château, n'est-ce pas ?

— Je n'en suis pas certain, Sire.

— Va vérifier. » S'il n'était pas là, il ne me resterait plus qu'à le contacter par l'intermédiaire de son atout.

« Très bien, Sire. » Il inclina le buste et s'empressa de sortir.

J'inspectai les plateaux. Une des cruches contenait de l'eau fraîche. Les autres, un assortiment de vins. Je voulais quelque chose de plus fort, mais, à défaut, du vin ferait l'affaire. Je remplis d'abord une tasse de thé brûlant aux senteurs sucrées pour Freda. Elle avait l'air d'en avoir besoin.

« Merci, murmura-t-elle.

— Sucre et crème ?

— S'il te plaît. »

Je mis un peu des deux dans sa tasse et lui tendis une cuiller. Elle remua sa boisson, les yeux dans le vague.

« Aber nous a trahis, annonçai-je d'une voix forte.

— Quoi ? » Elle se tourna vers moi avec inquiétude. « Qu'a-t-il encore fait ? »

Je lui racontai comment le roi Uthor était mort et comment notre frère avait disparu, après avoir délivré le message de Lord Zon. Elle me donna l'impression d'être véritablement perturbée.

« Il doit s'agir d'une erreur, je pense. » Elle

sirota son thé, les sourcils froncés. « Utilise son atout pour le contacter. Il doit pouvoir s'expliquer.

— Je suis sûr qu'il le fera. » Le doute commençait à s'insinuer en moi. « Je dois lui parler... oui. Il ne peut pas être le coupable.

— Il y a peut-être une autre explication.

— Laquelle ?

— Quelqu'un aux Cours aurait pu usurper son identité. Rappelle-toi que le Chaos est rempli de caméléons. Tu possèdes toi-même quelque talent en la matière !

— Cette possibilité m'a effleuré l'esprit », reconnus-je. Je me servis un verre de vin rouge que je vidai entièrement. Le commentaire d'Aber, à son départ, résonnait encore dans ma tête. « Notre frère possède, lui aussi, un certain... *style,* dirons-nous. Il m'a trahi. Je n'ai aucun doute là-dessus. Je le *connais.*

— Alors, il devait avoir une bonne raison.

— Quelque chose de secret, mais d'héroïque ?

— Sans doute. »

Freda me lança un regard étrange. « Tu te sens bien ?

— Je ne me suis jamais senti mieux. Pourquoi ? »

Ses yeux se réduisirent à deux fentes. « Aber... Aber t'a-t-il donné quelque chose récemment ? Une bague ou un pendentif ? Un objet que tu porterais toujours sur toi ?

— Rien que des atouts. Pourquoi ?

— Laisse-moi y jeter un coup d'œil. »

Je sortis mon jeu, mais avant que je pusse le passer en revue pour sélectionner les plus récents, elle s'en empara et les disposa sur une des petites tables. Levant les mains au-dessus des cartes, elle ferma les yeux et chuchota pendant une ou deux secondes.

« Qu'y a-t-il ? demandai-je.

— Des sortilèges. Des charmes élémentaires pour t'obliger à l'aimer. »

Je protestai. « Il n'avait pas besoin de sortilèges pour ça. Je l'ai toujours bien aimé. »

Elle effectua un petit geste de la main gauche, puis fouilla parmi les atouts et en sélectionna cinq. Aber m'en avait donné deux à Juniper, un dans l'Au-delà et deux en Ambre.

« Les voilà ! Ceux-ci sont envoûtés. Deux pour l'aimer. Un pour lui faire confiance. Un autre pour lui pardonner. Je ne suis pas sûre de ce que fait le cinquième... peut-être permet-il de lui accorder le bénéfice du doute, chaque fois que ses actions laissent à désirer.

— Je ne comprends pas... pourquoi aurait-il eu besoin de m'envoûter ?

— Parce que... » Freda me regarda droit dans les yeux « ... il t'a trahi et a essayé de te tuer.

— Je suis sûr qu'il avait de bonnes raisons pour ça, répondis-je d'un air entêté. Aber n'agirait pas ainsi contre moi. Lord Zon a dû l'y obliger. »

Elle secoua la tête. Puis, tendant une main, elle me toucha le front de son pouce droit.

« Vois avec clarté, ordonna-t-elle. Recouvre la santé. »

La pièce se mit à danser. Je clignai des paupières et me retins aux accoudoirs de mon fauteuil.

Comme si un voile s'était levé, je découvris Aber pour la première fois... ses manipulations mesquines... ses trahisons... ses mensonges. Il avait trahi le roi Uthor, puis m'avait abandonné à mon triste sort. La vérité me heurta de plein fouet.

« Oberon ? dit Freda.

— La prochaine fois que je le verrai, je le tuerai, lançai-je d'un ton farouche. Je n'arrive pas à croire qu'il ait osé m'envoûter. Quel idiot j'ai été !

— Pas un idiot..., murmura-t-elle. Tu dois comprendre Aber. Il a été élevé aux Cours du Chaos, là où la trahison est le seul moyen de survivre. Il est très doué dans tout ce qu'il fait. »

Je secouai la tête. « Je ne lui pardonnerai jamais.

— Tu n'auras pas à le faire. » Elle s'interrompit. « Mais... es-tu certain qu'il s'agissait bien de lui ?

— Que veux-tu dire ?

— Nous connaissons au moins deux sosies... un de toi et un autre de Père. Peut-être en existe-t-il un d'Aber aussi. Quelqu'un qui travaille pour Lord Zon.

— Non. » Je secouai la tête. « Je connais mon frère. C'était bien lui. »

Elle hocha la tête avec tristesse, se mordit les lèvres et porta son regard ailleurs. Elle aussi savait qu'Aber nous avait trahis.

« Je te laisse le soin de découvrir ses motivations, lui dis-je. Quant à moi, si je le rencontre de nouveau, je serai obligé de le tuer. Et ce n'est vraiment pas ce que j'ai envie de faire ! »

Nos yeux se croisèrent. Je lus une résolution glaciale dans les siens.

« Je trouverai, promit-elle. Crois-moi, s'il a réellement agi de cette façon, il le regrettera. »

J'entendis alors quelqu'un marcher à pas lourds dans le couloir. Je jetai un coup d'œil vers la porte. Notre père ? Eh oui !... Il entra vivement, le visage empourpré, le souffle court. Il avait dû courir pour venir jusqu'ici. Je ne l'avais jamais vu aussi bouleversé.

« Freda ! » s'écria-t-il. Il se précipita à ses côtés, lui prit les mains et les caressa. « On m'a dit que tu étais blessée !

— Non, pas blessée, juste épuisée. » Elle lui indiqua le divan d'un geste. « Viens, assieds-toi là, Père. Oberon a une histoire à te raconter. C'est très important. »

Je servis un verre de vin rouge à notre père, qui s'était assis, et entrepris de lui narrer ce qui s'était produit à notre arrivée au camp d'Uthor. La trahison d'Aber me faisait mal chaque fois que je l'évoquais.

Père fronça les sourcils. « Je n'ai jamais eu confiance en ce garçon, marmonna-t-il. Dès sa naissance, il n'a occasionné que des ennuis. J'aurais dû le supprimer, il y a des années.

— Il est trop tard pour ça, répliquai-je sèchement. La question est... que faisons-nous maintenant ? Le roi Uthor est mort. Zon a assis son autorité en tant que souverain. Aber nous a trahis et s'est échappé. Comment allons-nous procéder ? Il nous faut un plan. Quelqu'un a une idée ?

— Soûlons-nous, proposa Père. Nous devons fêter ça.

— Fêter ça ! Tous nos projets sont anéantis.

— Balivernes, ça pourrait être pire.

— Comment ?

— Swayvil pourrait nous attaquer en ce moment même. Au lieu de cela, il va consacrer des mois... si ce n'est des années... à consolider son pouvoir dans le Chaos. »

Freda ajouta : « Nos défenses se renforcent un peu plus chaque jour, Oberon. Le temps est notre allié, désormais. »

Je secouai la tête. « Avec le décalage horaire entre le Chaos et Ambre, Zon dispose de plus de temps que nous... une année pour conforter sa victoire peut très bien ne représenter qu'un mois pour nous. Je ne vais pas attendre qu'il attaque. Ce serait une erreur.

— Freda a raison, mon garçon, dit Père. L'univers dispose d'un équilibre, à présent. Plus longtemps il durera, plus il sera difficile de le perturber. Le roi Uthor l'avait pressenti. Voilà pourquoi il a passé un marché avec nous. Zon le sentira également, si on lui en laisse le temps. » Il gloussa. « Après tout, tous deux ne sont que de simples pions sur un échiquier encore plus vaste. L'entropie maintiendra le Schéma en sécurité. »

Équilibre de l'univers ? Entropie ? Pions ? Je soupirai en secouant la tête. Encore des folies ! Il pouvait jacasser autant qu'il le voulait ; moi, je connaissais la vérité.

Nous n'avions plus aucune chance.

Père reprit : « Continue à jouer, mon garçon. » Il se leva et me serra l'épaule. Puis, riant tout seul, son verre de vin à la main, il tituba jusqu'au couloir et retourna dans son atelier.

« Il est fou, dis-je à Freda. Complètement fou !

— C'est peut-être la seule personne sensée ici. » Elle arqua ses sourcils et me tendit sa tasse. « Ressers-moi un peu de thé, s'il te plaît, comme un gentil garçon. La nuit va être longue. »

30

Deux jours s'étaient écoulés depuis notre désastreuse expédition au campement d'Uthor. Conner avait réussi à ramener le plus gros des troupes, bien qu'il eût été obligé de livrer bataille pendant des kilomètres. Nous déplorions la perte de quatre cents hommes de Ceyoldar. Et nous n'avions plus aucune nouvelle d'Aber. Freda avait tenté de le joindre à plusieurs reprises, par l'intermédiaire de son atout. Tant qu'il me croirait prisonnier de ses charmes, nous pourrions le persuader de revenir.

« Pourrais-tu contacter quelqu'un au Chaos susceptible de nous apprendre quelque chose ? demandai-je à Freda, au petit déjeuner. J'aimerais en savoir un peu plus sur ce qui se passe là-bas. Je pense que cela s'avérerait utile.

— Quelqu'un au Chaos... » Elle réfléchit quelques instants. « Peut-être... »

Elle leva un bras et, grâce au Logrus, retira des airs une petite boîte blanche que je n'avais encore jamais vue. Elle avait été taillée dans un os, ou dans un morceau d'ivoire ; d'étranges animaux dotés de cornes avaient été délicatement sculptés sur son couvercle et ses côtés. Elle l'ouvrit et sortit son contenu — un paquet d'une trentaine d'atouts, au moins.

Je me penchai en avant et l'observai passer les cartes en revue avec un certain intérêt mêlé de répugnance. Je n'avais jamais vu ce jeu auparavant. Certains atouts représentaient des portraits de gens — et de choses qui, un jour, avaient dû être des gens — dans diverses poses. Il y avait là des femmes munies de crochets et d'écailles jaune-vert en guise de peau... des hommes avec des cornes ou des gueules de loups ou des antennes d'insectes... et même une boule gélatineuse verdâtre avec une douzaine d'yeux flottants... et tant d'autres à l'apparence si étrange et si horrible que je ne pus réprimer un frisson. Tout cela ressemblait plus à un défilé de monstres qu'à un album de famille. Pourtant, Freda souriait d'un air attendri à chacun d'entre eux.

« C'est toi qui as peint ces atouts ? » m'enquis-je. Les traits et les coups de pinceau semblaient plus grossiers que ceux des cartes qu'Aber et Père avaient esquissées. Cependant, un pouvoir s'en dégageait ; malgré la maladresse de l'exécutant, ils *fonctionnaient*.

« Non. Je n'ai aucun talent pour ce genre de choses. Aber les a dessinés il y a des années. Comme j'ai rarement l'occasion de les utiliser, je ne lui ai pas demandé d'en refaire de plus jolis. »

J'acquiesçai de la tête. Ces atouts étaient vraiment l'œuvre d'un amateur.

« Est-il raisonnable de contacter ces... gens ? »

Elle me fit vaguement signe que oui. « Ce sont des parents. Et même plus... des... des amis. La plupart se sont retirés loin des Cours et ont pris leurs distances avec Père, aussi ne devraient-ils pas subir la colère de Swayvil.

— Tu es certaine qu'ils ne te dénonceront pas ? »

Elle sourit. « Comment le pourraient-ils, si nous ne faisons que bavarder ? Je n'ai pas l'intention de retourner aux Cours. Je vais passer le restant de mes jours en Ambre... je me suis résignée à vivre en exil.

— Pas en exil », la repris-je vivement. Ce mot était trop déprimant. « Nous sommes des colons.

— Je suppose que oui », fit-elle d'un ton empreint de nostalgie.

Elle avait pourtant raison. Si ses parents craignaient les contacts avec toute personne résidant en Ambre, ils pouvaient toujours refuser de nous parler. Et s'ils décidaient de le faire en toute liberté, ils pourraient difficilement nous trahir, sans se compromettre. Nous ne pouvions pas être perdants.

« Voilà celle que je cherchais. » Freda sortit une carte représentant une grosse dame au physique presque humain, à l'exception de deux bouches — une de chaque côté du visage —, là où auraient dû se trouver les joues d'une personne normale.

« Qui est-ce ? » Malgré sa bouche supplémentaire, elle évoquait pour moi une grand-mère ; j'aurais pu facilement m'attacher à elle.

— Ma grand-tante Eddarg. Elle sait tout ce qui

se passe au palais. Si quelqu'un, dans la famille, peut apprendre ce qui est arrivé à Aber, c'est bien elle.

— Comment le saurait-elle ?

— Elle est responsable des cuisines du palais depuis deux cents ans.

— Ah ! » J'avais toujours été persuadé que les serviteurs, dans un château, étaient aux premières loges pour les commérages. « Peut-être a-t-elle aussi des nouvelles de nos autres frères et sœurs.

— Je le lui demanderai. »

Freda éleva l'atout, se concentra et eut rapidement un semblant de contact tremblotant avec sa grand-tante. Après s'être assurées qu'elles pouvaient parler librement, Freda me présenta, puis entreprit de se renseigner sur les membres de la famille. J'écoutai avec intérêt.

« As-tu entendu quoi que ce soit sur nos frères et sœurs ? Ceux qui ont été arrêtés par le roi Uthor ? Nous ignorons s'ils sont morts ou vivants.

— Il n'y en a que deux, ici.

— Lesquels ?

— Syara, pauvre petite, et Pella.

— Qu'en est-il d'Isadora ? demandai-je. Et de Leona ?

— Je ne sais pas où elles sont. »

Nous non plus. Un vrai mystère. Qu'étaient-elles devenues ? Se terraient-elles quelque part ?

« Est-ce que Pella va bien ? l'interrogea Freda.

— Oui, ma chérie, répondit Eddarg, en souriant de toutes ses affreuses dents. À part Mattus et Titus que le vieux roi a fait exécuter, tous les prisonniers vont bien, mais ils sont maigres. Je leur donne de quoi manger, dès que je peux. Le roi Swayvil prend grand soin d'eux.

— Les fait-il torturer ? m'informai-je.

— Juste ciel, non ! Pourquoi ferait-il ça ? Ils ne représentent aucune menace pour le Chaos. Par contre, s'il mettait la main sur votre vieux fou de père, ce serait une autre histoire ! »

Freda soupira de soulagement. « Et Uthor... est-ce qu'il leur a fait du mal ? Sont-ils en bonne santé ?

— Oui, oui... mais très maigres, pauvres petits. » Elle sourit de l'une de ses bouches, en inclinant la tête, et dit de l'autre : « Ils sont résistants, ça oui, comme leurs mères respectives.

— Pourquoi Swayvil ne les torture-t-il pas ? m'interrogeai-je à voix haute.

— Juste ciel, pourquoi le ferait-il ? C'est le roi Uthor qui détestait votre père. C'est lui qui a banni cet idiot de Dworkin et vous tous, pauvres petits innocents. Le nouveau roi est bien plus gentil. » Son autre bouche reprit en écho : « Bien plus gentil.

— En outre, ils ne savent rien d'important, me dit Freda. Swayvil doit en être conscient. Pourquoi perdrait-il son temps avec eux ?

— C'est vrai », admis-je.

La grand-tante Eddarg se mit à jacasser. « Et le roi est très occupé avec ses propres ennemis », dit l'une de ses bouches. L'autre ajouta : « Tous les membres de la famille proche d'Uthor — ses femmes, ses enfants, ses petits-enfants, échelonnés sur des douzaines de générations, pauvres chéris — ont été arrêtés. » L'autre bouche reprit : « Tous ceux qui renoncent au trône et jurent fidélité au roi Swayvil ont la vie sauve. Ceux qui hésitent sont sommairement exécutés.

— Laissez-moi deviner, intervins-je. En majorité, ils jurent fidélité, n'est-ce pas ? »

La bouche de gauche répondit : « Bien sûr ! Ne le ferais-tu pas si tu savais que le roi Uthor est mort et que tu n'as aucune chance d'accéder un jour au trône ?

— Sans doute. » Après le décès d'Uthor, peu de gens oseraient tenir tête ouvertement à Swayvil.

« La bonne nouvelle », annonça la bouche de droite, « c'est que les *lai she'on* ne sont plus à la recherche de Dworkin » — « Cet idiot ! » renchérit celle de gauche —, « ni d'aucun d'entre vous. Cela doit vous soulager ».

J'acquiesçai. « Bonne nouvelle, en effet. »

Freda intervint : « Mais il n'a relâché aucun membre de notre famille ni levé la sentence de mort ?

— Non, non », indiqua la bouche de droite. La gauche ajouta : « Pas encore. Sauf pour votre frère, évidemment. » Et la droite précisa : « C'est un amour, bien qu'il soit un peu trop mince. Nous allons nous efforcer de lui redonner des formes.

— Vous parlez d'Aber ?

— Oui, dirent les deux bouches d'une seule voix. C'est un héros, reprit l'une d'elles.

— Comment a-t-il réussi cet exploit ? s'enquit Freda.

— Vous n'êtes pas au courant ? dit la grand-tante. Il a été admis dans la Maison Swayvil, il y a deux jours. » La deuxième bouche commenta : « Le roi lui a donné une suite au palais — pas dans l'aile royale, toutefois. Depuis, le cher petit organise des fêtes remarquables pour ses amis. » La première bouche poursuivit : « Il a des goûts de luxe, mais cela ne semble pas déranger le roi Swayvil. Ils passent leur temps à dîner ensemble.

— Alors, il va bien ? » demanda Freda. Elle me lança un regard mitigé — je ne savais pas trop si elle s'en réjouissait ou le déplorait. Je ressentais la même chose.

« Il est en pleine forme, apparemment ! » remarquai-je. Pour une fois, Aber avait tout ce qu'il désirait : la sécurité, une place dans une famille puissante, et il était libéré de l'influence paternelle. « A-t-il demandé au roi Swayvil de relâcher Pella et Syara ? demandai-je avec désinvolture.

— Je ne sais pas, mon chéri. Je ne suis pas au courant de leurs discussions. Bon, il faut que j'aille préparer le repas, dit Eddarg. Un autre banquet est prévu pour ce soir. Recontactez-moi très bientôt, mes chéris !

— Bien sûr, très chère ! »

Freda recouvrit l'atout de la main, et nous nous retrouvâmes en tête-à-tête. Nous nous dévisageâmes un bref instant. Aber était bien retombé sur ses pieds.

« Nous devons trouver le moyen d'utiliser Aber à notre avantage, dit Freda.

— Le meilleur moyen de venir à bout d'un serpent, rétorquai-je, est de lui couper la tête. »

31

Pendant la semaine qui suivit, un calme étrange régna. Le roi Swayvil, nouvellement couronné, était occupé à pourchasser les derniers courtisans d'Uthor. Au Chaos, personne ne nous prêtait la moindre attention, comme si Père, les Ombres et Ambre avaient subitement cessé d'être importants. Uthor avait peut-être raison quand il assurait que nous n'avions été qu'une simple diversion pour Swayvil. Possédant le trône désormais, il pouvait se permettre de passer son temps à consolider les bases de son pouvoir.

Ce qui me convenait parfaitement : pendant qu'il s'affairait à renforcer son emprise sur les Cours, j'affirmerais la mienne en Ambre.

« Roi Oberon » était toujours aussi agréable à entendre ; et j'avais la ferme intention de me raccrocher à mon titre et à ma couronne pendant le restant de mes jours.

Puis les semaines s'écoulèrent dans une agitation constante. Je connus des journées épuisantes, mais grisantes, sur le terrain, à réorganiser les troupes ou à en recruter de nouvelles avec Conner... des journées fascinantes à visiter des Ombres proches et à acheter, ou à troquer, avec les populations locales de la nourriture, des équipements et, le plus important, des colons... mais le plus exaltant consistait à explorer Ambre, notre nouveau monde.

J'embarquai avec notre flotte novice qui effectuait des reconnaissances le long des côtes... chevauchai avec la cavalerie qui dressait des cartes des collines et des vallées... marchai avec l'infanterie qui traçait des routes à travers les forêts et entreprenait une tâche de longue haleine pour disposer des tours de guet autour de notre future cité.

Un soir que je rentrais en Ambre, un triste comité de réception m'attendait : mon père, Freda et Conner avaient tous trois l'air très contrarié.

« Que se passe-t-il ? m'informai-je.

— Qu'as-tu fait de lui ? demanda Freda.

— J'avais presque trouvé le remède ! dit notre père. Dans une semaine, il aurait été délivré du poison de Suhuy !

— De quoi parlez-vous ? » Je les regardai l'un après l'autre. Avaient-ils perdu l'esprit ?

Conner répondit sèchement : « Nierais-tu avoir libéré Fenn ?

— Que... que voulez-vous dire... qu'il est parti ? » Mes yeux interrogateurs se posèrent alternativement sur eux. « Je suis resté en mer toute la journée ! Comment aurais-je pu le relâcher ? »

Notre père expira une longue goulée d'air.

« C’est du Suhuy tout craché, marmonna-t-il. Un autre imposteur !

— Quoi ? Et personne n’a pensé à l’interroger ? m’insurgeai-je.

— Tu... *il*... était de mauvaise humeur. Il est venu à cheval sans escorte, s’est précipité dans la cellule de Fenn et a ordonné aux gardes de le ligoter. Ce qu’ils ont fait. Ensuite, il l’a entraîné dehors. Il a réclamé de nouvelles montures. Puis, après avoir jeté Fenn en travers de sa selle, il est reparti. Père et moi étions ici, mais c’est arrivé bien trop rapidement... il avait disparu avant que nous ayons appris ce qui venait de se produire. »

Je secouai la tête. « Tout cela doit cesser. Immédiatement. Chaque fois que quelqu’un reviendra d’un voyage, l’un de nous devra l’accueillir dans la cour. Nous allons mettre en place un système de mots de passe.

— Que veux-tu dire ? demanda Freda.

— Chaque fois que l’un d’entre nous rentrera à la maison, quelqu’un lui donnera un mot ou lui posera une question. La réponse adéquate sera la preuve de son identité. »

Conner fronça les sourcils. « Quand tu es arrivé, j’aurais pu te dire “croquettes” et tu m’aurais répondu “de poisson”, c’est ça ?

— Oui, mais trouvons quelque chose de plus subtil. » Je réfléchis. « La première personne pourrait dire : “Quel temps fait-il ?” et la bonne réponse serait : “Il pleut comme vache qui pisse !” De cette façon, si un nouvel imposteur se pointe et qu'il fournit la mauvaise réponse, il ignorera qu'il est découvert.

— D'accord, approuva vivement Conner.

— Bon... mais pourquoi Suhuy voulait-il récupérer Fenn ? fis-je, d'un ton songeur. Nous avons découvert sa véritable identité. Suhuy doit savoir que ce tour ne fonctionnera pas une nouvelle fois.

— J'ai mieux... » intervint Père. « Qui a usurpé la *tienne* ? »

Un mois s'était écoulé depuis qu'Aber nous avait trahis, Uthor et moi. Freda continua à questionner ses tantes, presque quotidiennement, sur les changements en matière de politique aux Cours du Chaos. De temps à autre, nous apprenions qu'un ami ou un membre de la famille d'Uthor avait juré fidélité à Swayvil ; mais, le plus souvent, on nous communiquait les listes des personnes exécutées, vu que les purges sanglantes se poursuivaient.

Nous espérions toujours avoir des nouvelles des membres manquants de notre famille, cependant, depuis la mort d'Uthor, aucun d'entre eux n'avait été exécuté publiquement. Évidemment, ils auraient parfaitement pu être torturés dans les geôles de Swayvil... ou, à l'instar de Conner, simplement relégués dans une cellule. Aucun moyen pour nous de le savoir. Peut-être, songeais-je parfois, le nouveau roi du Chaos les épargnait-il pour s'en servir de monnaie d'échange quand il se retournerait contre nous.

Au bout de quelques semaines de ce règne, Irtar, le frère du roi Uthor, essaya de s'emparer du trône.

Avec l'appui d'une demi-douzaine de puissants seigneurs du Chaos, sa tentative d'assassinat faillit réussir. Mais, d'après la grand-tante Eddarg, son projet échoua grâce à l'intervention opportune de Suhuy.

Après cet épisode, Swayvil s'empressa de poursuivre en justice les partisans d'Uthor. Certains jours, jusqu'à deux douzaines de seigneurs du Chaos subissaient le châtiment de la hache lors de cérémonies officielles... sous les acclamations des résidents du Chaos assoiffés de sang. Après la mort d'Irtar, Swayvil décréta un jour de repos général et offrit des rafraîchissements et des friandises à tous ceux qui passaient devant les grilles du palais.

Je ne reconnus aucun nom des personnes exécutées, mais Freda pleura à maintes reprises en parcourant les listes des hommes et des femmes victimes des purges de Swayvil. J'étais impuissant à la consoler.

Un matin, à l'aube, je me promenai sur les remparts supérieurs du château. Au loin, dans les champs et les collines ondoyantes, les fondations de la ville commençaient à émerger. C'était une journée magnifique. L'air était pur et frais. Je me sentais reposé et débordant d'énergie.

Au-dessous de moi, la garde du château venait d'apparaître pour les corvées matinales ; avec un sourire mélancolique, j'écoutais les officiers donner des ordres et percevais les premiers cliquetis du fer qu'on croisait. Les rassemblements et les séances d'entraînement matinales me manquaient.

Soudain, un contact mental. Quelqu'un essayait de me joindre par l'intermédiaire d'un atout... sûrement Conner, parti explorer les marais méridionaux avec quelques escadrons d'infanterie. Il était censé me prévenir si quelque chose tournait mal.

Mais, quand j'ouvris mon esprit, je me retrouvai face à une image floue et tremblotante d'Aber. Il était assis sur une pile de luxueux coussins, le corps huilé, visiblement bien portant.

Il faisait preuve d'un certain culot. Je me mis à bouillonner de rage ; toutefois, je parvins à me dominer.

« Qu'y a-t-il ? » demandai-je avec froideur. Après tout ce qu'il avait fait, il devait avoir quelque chose de très important à me dire.

« Salut, Oberon. »

Il souriait avec son habituelle bonne humeur, comme s'il ne s'était rien passé entre nous. Ne se rendait-il pas compte à quel point sa trahison m'avait blessé ?

Je posai une main, avec lenteur, sur le couteau coincé dans mon ceinturon. Doté d'un bon équilibre, il était parfait pour le lancer. Je l'effleurai avec douceur. Pourrait-il faire mouche en traversant la carte pendant que nous nous parlions ? J'en étais persuadé.

« Que me veux-tu ?

— Vous me manquez. » Il fronça légèrement les sourcils. « Que dirais-tu de revenir aux Cours pour une visite officielle, en tant que souverain d'Ambre ? Freda est invitée aussi, bien sûr. Conner également, s'il le désire.

— C'est une plaisanterie ? » Je ne pouvais croire qu'il me demandât de retourner aux Cours.

Il grimaça. « Bon... n'emmène pas Conner, si tu n'en as pas envie.

— Swayvil nous tuerait tous ! »

Il éclata de rire. « Sottises ! Sans vouloir être insultant, tu exagères un peu ton importance. Le roi se moque pas mal de toi, de Père ou d'Ambre... à l'heure actuelle, il a des problèmes bien plus graves.

— J'imagine. Le nombre de cadavres ne cesse d'augmenter, d'après ce que j'ai entendu dire.

— Ah ? Je suppose que Freda nous tient à l'œil !

— Oui. »

Il s'éclaircit la gorge. « Toujours est-il qu'en ce moment j'ai tout du jeune prodige, vois-tu... après tout, j'ai mis fin, tout seul, à une guerre civile et j'ai probablement sauvé des dizaines de milliers de vies. Cela fait de moi un héros, dans certains milieux.

— C'est ça, c'est ça. Tu es un héros. » Je laissai une note de dédain percer dans ma voix. « Félicitations !

— C'est la raison pour laquelle j'ai demandé au roi si vous pouviez tous me rendre visite. Et il a accepté. Il garantit personnellement votre sécurité. Quand pouvez-vous venir ?

— Tu es fou », répondis-je. Il devait avoir perdu l'esprit pour croire que nous allions nous précipiter tête baissée aux Cours du Chaos. « Après tout ce qui s'est produit, tu t'attends à nous voir arriver pour dîner, en oubliant que Swayvil s'est acharné sur notre famille pendant des années ?

— Eh bien, oui. Et ce sera plus qu'un simple dîner... il s'agira d'une visite d'État officielle. Et vous serez tous protégés, évidemment.

— Je préférerais me couper la gorge moi-même plutôt que de laisser Swayvil le faire. Ou toi, en l'occurrence.

— Comment peux-tu dire ça ? » Affichant un air peiné, il fit preuve d'une telle sincérité que je faillis y croire. Il avait raté sa vocation — les planches.

Je resserrai ma prise sur mon couteau. « Je ne supporte pas bien les trahisons, Aber. Tu ne t'en sortiras pas avec de belles paroles.

— Tu devrais me remercier. » Il croisa les bras d'un air obstiné. « Je t'ai rendu un grand service.

— En tuant le roi Uthor ? Si Swayvil ne l'avait pas attaqué au bon moment...

— Tout était soigneusement minuté, dit-il d'un ton suffisant.

— Tu nous as abandonnés là-bas à notre triste sort !

— Pas du tout. J'avais entièrement confiance en toi. Tu te tires toujours des mauvaises situations. Il va falloir que tu me fasses confiance à ton tour... tu n'as jamais été en réel danger. »

Je secouai la tête. Il était convaincant... mais je connaissais la vérité. Il ne s'intéressait qu'à lui-même, sans la moindre pensée pour le reste d'entre nous.

Lui faire confiance ? *Plus jamais.*

Comme je gardais le silence, il reprit : « Tu es vraiment mon frère préféré. Cela a son importance, Oberon !

— Évidemment, dis-je, en lui tendant ma main libre. Traverse donc. Nous en discuterons au cours du dîner... je sais que Freda est également désireuse de te voir.

— Ah, ah. » Il agita son index dans ma direction en souriant. « Les affaires passent avant la vengeance. »

Je haussai un sourcil. « Les affaires ?

— Eh bien, je voulais garder ça pour le banquet, mais... que dirais-tu si le roi Swayvil t'accordait son pardon ? »

Je le dévisageai. « Impossible !

— Si le roi t'offrait son pardon, ainsi qu'à Père et à tous les membres de notre famille, et s'il nous restituait nos terres, en même temps que nos titres, reviendrais-tu au Chaos et lui jurerais-tu fidélité ?

— Et Ambre, dans tout ça ? » Après tout ce que nous y avions accompli, je ne pouvais abandonner mon royaume aussi simplement.

« Ambre deviendrait une principauté. Tu demeurerais le prince d'Ambre... et continuerais à régner, tout en jurant hommage au roi Swayvil, bien sûr. Sous forme d'un tribut annuel, par exemple... un gage de ton allégeance au Chaos. »

Tout devint limpide. « Ainsi, je deviendrais la marionnette de Swayvil.

— Bien sûr que non.

— Pas question. » S'il ne voyait pas les tenants et les aboutissants de cette conspiration, il se berçait d'illusions. Cela prendrait peut-être un an — ou dix, ou vingt —, mais un jour Swayvil se retournerait contre moi. Que cela prît la forme d'un empoisonnement, d'un « accident » de chasse ou d'une tentative d'assassinat au beau milieu de la nuit, peu importait. Je savais, sans le moindre doute, que Swayvil essaierait de se débarrasser du Schéma et des Ombres dès que son attention ne serait plus concentrée sur le Chaos.

« Réfléchis ! dit Aber, en se penchant en avant. Notre famille pourrait rentrer au Chaos. Les terres de notre père et ses titres lui seraient rendus. Ce serait simple. Profite de la générosité du roi !

— C'est trop facile, répondis-je. Et qu'en sera-t-il de ceux qui sont actuellement détenus par Swayvil ?

— Libérés. » Il baissa la voix et se fit pressant : « C'est la chance de toute une vie. Penses-y, Oberon... c'est ce que tu attendais. Tu seras un héros.

— Pour cette idée de banquet... qui dois-je remercier ?

— Moi. » Il déborda de fierté.

— Mmm. » Je ne le croyais pas, bien évidemment. Il avait un côté sournois mais, d'une certaine façon, ce plan le dépassait. Et il semblait réellement persuadé que Swayvil tiendrait parole.

« Premièrement, dis-je en comptant sur mes doigts, je ne te fais pas confiance. Deuxièmement, Swayvil ne tiendra pas parole et je pense qu'il me tuera dès mon arrivée dans le Chaos. Troisièmement, je suis *roi*, ici... et je ne servirai plus jamais quelqu'un d'autre. »

Il soupira et s'adossa à ses coussins. « C'est ton dernier mot ?

— Non. Transmets un message à Swayvil de ma part. »

D'un geste vif, je lui lançai mon couteau au visage.

Il interrompit trop brusquement le contact pour que mon projectile l'atteignît. La fenêtre vacillante s'ouvrant sur le Chaos s'effaça. Au lieu de le toucher, mon couteau s'envola au-dessus des créneaux et disparut. Je me précipitai vers le parapet et le regardai rebondir au sol, à trente mètres de l'endroit où un escadron s'entraînait à l'épée. Les soldats se retournèrent et levèrent les yeux vers moi.

« Sire ? demanda leur capitaine.

— Rapporte-moi mon couteau, Giras ! » ordonnai-je. C'était une arme magnifique. Pas la peine de la perdre !

Puis je me mis à la recherche de Freda.

32

Ma sœur se trouvait dans la roseraie et supervisait les nouvelles plantations. Je la tirai à l'écart et lui transmis le message d'Aber.

« Qu'en penses-tu ? »

Elle fronça les sourcils. « C'est une offre tentante.

— *Trop* tentante. Exactement ce dont nous avons besoin.

— Oui. » Elle soupira et secoua la tête. « Je recommande la patience. Après tout, la principale préoccupation de Swayvil, pour le moment, est d'asseoir sa position. Laissons-le à ses problèmes ; de notre côté, continuons à renforcer Ambre. C'est notre seul espoir de survie.

— C'est exactement ma propre conclusion. »

Pendant la semaine qui s'écoula, je n'eus aucune nouvelle d'Aber — j'en fus quelque peu surpris. Il n'était pas du genre à abandonner aussi facilement. Dans l'expectative, je me consacrai aux tâches qui ne cessaient d'affluer et requéraient toute mon attention. Plans pour la construction de nouvelles parties du château... ébauches de rues pour la future ville autour dudit château... distribution des terres aux centaines de colons qui arrivaient en Ambre en flots constants, suite aux efforts de recrutement de Conner dans les Ombres voisines... et évidemment devoirs inhérents à un commandant des armées, à un roi, à un seigneur de manoir, et à un administrateur général — assister à toutes les audiences à la cour de justice... signer toute mission militaire...

Je souhaitai, pour la millième fois au moins, disposer d'un nombre plus important de lieutenants à qui je pourrais déléguer ces tâches. Même si leur loyauté était indiscutable, il faudrait aux fils du roi Aslom bien d'autres campagnes avant de pouvoir se débrouiller seuls. Conner, lui, était confiné dans une Ombre voisine pour acheter tout le nécessaire et recruter des soldats, des mercenaires, des artisans et d'autres travailleurs dont nous avions un besoin grandissant.

Malgré la quantité de travail qui m'incombait, je n'oubliais jamais Aber. Je songeais parfois qu'il apprécierait de vivre au Chaos et serait fier de ses exploits... S'il impressionnait ses amis et les femmes des Cours, de quel droit m'y opposerais-je ? Tant qu'il restait à l'écart de ma route, je ne chercherais pas à me venger.

Dans l'ensemble, la vie était belle. Au fur et à mesure de l'avancement des travaux du château, de la croissance de la population et du gain en efficacité de l'armée, je me sentais empli de fierté. Voilà la raison pour laquelle j'étais venu au monde. Ambre resterait debout à jamais.

Malgré mes occupations, je m'arrangeais pour que la famille se réunît le plus souvent possible au dîner.

Quand la salle de banquet — étroite et tout en longueur, avec des colonnes de marbre blanc s'alignant de chaque côté d'une table de quinze mètres de long — fut achevée, à la satisfaction de Freda, celle-ci la décora magnifiquement. Deux lustres en cristal l'éclairaient de tous les feux de leur millier de bougies. Les tapisseries accrochées aux murs montraient des scènes joyeuses — chasse au cerf, batailles épiques et portraits des membres de la famille dans des poses gracieuses. Freda en avait commandé un de moi, en habits royaux et couronne sur la tête. Il trônait au-dessus de la table ; la ressemblance était assurément frappante.

Elle avait également fait exécuter ceux de nos frères et sœurs, même les absents et les morts. Je déambulais entre ces rangées de portraits, levant les yeux vers leurs visages. Locke... Davin... Mattus... Titus... Ils étaient si nombreux...

Une représentation d'Aber avait été suspendue à l'extrémité de la pièce, à un endroit d'où je ne la verrais pas de ma place, à table. Je fronçai les sourcils en l'apercevant. Non, impossible d'accepter cela.

J'appelai l'un des intendants. « Ce portrait... je ne veux pas le voir.

— Je vais le faire décrocher, Sire.

— Non, drapez-le de noir.

— Devrions-nous porter le deuil du seigneur

Aber ? demanda-t-il, l'air perplexe. Serait-il décédé ?

— Oui... et non. »

Ce soir-là, après le dîner, Freda se tourna vers moi. « Il faut que je te parle.

— Ah ! » Je haussai un sourcil et bus une gorgée de vin. Je soupirai mentalement. Elle avait dû remarquer le crêpe noir qui couvrait la tapisserie d'Aber, mais elle avait quand même attendu la fin du repas pour aborder le sujet.

« Quand tu seras disponible, bien sûr, ajouta-t-elle.

— Cela concerne-t-il Aber ?

— Oui. »

Je sirotai une nouvelle gorgée de vin, en l'étudiant par-dessus mon verre. Je savais, d'une certaine façon, que cela arriverait. J'avais eu la prémonition qu'il l'avait contactée... pour lui demander d'intercéder en sa faveur. Elle l'aimait encore, j'en étais certain. Elle ferait tout son possible pour le faire rentrer de nouveau dans mes bonnes grâces.

Mais, pour moi, c'était hors de question.

Je soupirai. « Je t'écoute. » Je pouvais au moins la laisser s'exprimer. Je lui devais bien ça.

« Il veut que je te parle de la proposition de Swayvil. Je lui ai promis que je le ferais.

— Je suis sûr que c'est une offre très généreuse, grognai-je. Mais je ne suis la marionnette de personne.

— Tu devrais refuser, poursuivit-elle. Il ne faut pas que tu retournes au Chaos. Ni que tu fasses confiance à Swayvil, à Suhuy ou à Aber. »

Je me redressai sur mon siège. « Comment ? Je croyais que tu appuierais cette proposition. Un retour au Chaos... la libération de Pella...

— Je sais. » Elle secoua la tête avec tristesse. « Je pense que cette proposition n'était qu'un moyen pour détourner notre attention... ou plutôt la tienne.

— Explique-toi ! » De toute façon, je n'aurais pas accepté cette offre ; je voulais simplement connaître ses raisons.

« Swayvil est quelqu'un de décevant ; il se conduit mal. Quant à Aber, c'est mon frère et je l'aime, mais je sais reconnaître ses défauts. Il est trop intelligent pour que cela ne lui joue pas des tours. Maintenant qu'il subit l'influence de Swayvil, personne ne doit plus lui faire confiance. Il n'est pas l'auteur des paroles qu'il prononce, ni l'instigateur des complots qu'il trame. C'est Swayvil qui est derrière tout cela... et il ne peut pas tout voir.

— Toi, tu le peux ? »

Elle marqua une hésitation. « Je... soupçonne des choses. »

Je hochai la tête. « Moi aussi. Tu as dit que cette proposition était une diversion.

— Oui. Quel meilleur moyen existe-t-il pour nous faire baisser la garde... et t'attirer de nouveau dans le Chaos ?

— En effet. » Je hochai lentement la tête. « Mais pourquoi ? Impossible pour lui de me tuer quand je serai là-bas, s'il clame partout qu'il m'accorde son pardon.

— Il peut t'imposer des conditions difficiles à accepter.

— Auquel cas, je refuserai...

— Et... ? »

Je fronçai les sourcils et terminai ma phrase : « ... comme il le souhaite. Si je refuse de lui jurer fidélité, il sera libre d'envahir Ambre !

— Pendant ce temps-là, tu seras au Chaos. L'esprit ailleurs. Loin de tes troupes. Ici, personne ne sera préparé. Peut-être l'attaque surviendra-t-elle pendant ton absence... et tu ne pourras plus retourner en Ambre, car Ambre n'existera plus ! »

Ma gorge se serra. « Vraiment très retors !... »

Elle eut un mince sourire. « Tu commences à voir comment fonctionne la politique dans le Chaos. Le roi Uthor n'était pas assez doué pour ça. Nous, nous devons nous efforcer de l'être.

— Si Swayvil est prêt à nous attaquer...

— Il l'est, dit-elle d'un ton catégorique.

— ... alors nous devons bouger les premiers. Nous nous battrons comme nous l'aurions fait contre Uthor. Rien n'a changé. »

Je me levai et me mis à marcher de long en large. Il nous fallait nous préparer. Combien de soldats dans mon armée... trois cent mille ? Et nous avions conclu des alliances avec les Ombres voisines. Si nous avions des ennuis, nous étions capables de rassembler un demi-million d'hommes.

En outre, Conner avait contacté ses « forces spéciales », comme il se plaisait à nommer les dragons, les trolls, les ogres et les divers spécimens non humains de l'Ombre... eux aussi se joindraient à nous. Nous paierions le prix qu'ils exigeraient.

Il nous faudrait déployer des éclaireurs dans l'Ombre... pour repérer les forces de Swayvil dès qu'elles marcheraient sur Ambre.

« S'il te plaît, ramène Aber... » dit Freda « ... avant que Swayvil ne se lasse de lui et finisse par le tuer. Fais-le pour moi. »

Je déglutis avec difficulté. J'en éprouvais de la peine, mais j'allais devoir me montrer intraitable.

« Je ne peux pas, répondis-je avec douceur. Ne me demande pas ça. » Je ne pourrais jamais lui pardonner ses agissements.

« Est-ce ton dernier mot ?

— Oui. » Je ne pus la regarder dans les yeux.

Elle baissa la tête. « Qu'il soit fait selon ton désir... Sire. »

Cette nuit-là, je convoquai Conner et Père pour tenir un conseil de guerre. Ils m'écoutèrent avec ravissement parler de l'offre alléchante d'Aber... et de mon refus. Puis je rapportai les soupçons de Freda, et les miens, sur le fait que Swayvil s'apprêtait à attaquer Ambre.

« Ai-je eu tort de refuser de ramener Aber ? leur demandai-je.

— Non ! » s'écria Conner.

Père ajouta : « Il te trahirait de nouveau. Ne sois pas stupide, mon garçon. »

J'acquiesçai de la tête avec lenteur. Parfois, un souverain devait prendre certaines décisions douloureuses. Il me faudrait m'endurcir. Ne pas penser uniquement à mes satisfactions personnelles — ou à celles de Freda, en l'occurrence —, mais prendre des décisions pour le bien de tous ceux qui vivaient en Ambre.

Qu'il en fût ainsi. J'avais choisi. Et je tiendrais bon.

Je m'adressai à Conner : « Demande à Aslom et aux autres généraux de commencer à rassembler les hommes. Nous devons nous préparer à la guerre. Je veux également avoir les derniers rapports des troupes.

— Nous pouvons réunir toutes nos forces en une semaine.

— Père ! Tu dois envoyer des éclaireurs dans les Ombres. Il faut trouver l'armée de Swayvil.

— Plus facile à dire qu'à faire. »

Je lui fis un large sourire. « J'ai confiance en toi. Ne les laisse pas t'attraper, c'est tout. » Je me tournai alors vers mon frère. « Tu sais ce qu'il te reste à faire.

— Les forces spéciales.

— Exact. »

Il sourit. « J'attends cela depuis longtemps !

— Ce ne sera pas une partie de plaisir. Un grand nombre de gens vont trouver la mort. Même nous, peut-être.

— Je sais. Mais nous allons gagner, Oberon. Je le sens.

— Moi aussi. » Un calme étrange m'envahit. En pareil moment, je me serais attendu à me sentir un peu nerveux. Mais ce n'était pas le cas. Tout se déroulait mieux que je ne l'avais espéré.

Nous allions disposer d'une armée jamais égalée dans l'histoire guerrière. Un demi-million de soldats marchant contre le Chaos, tous sous ma bannière... Swayvil ne pouvait pas l'emporter.

33

Freda ne manquait jamais de me surprendre. La nouvelle de l'attaque imminente de Swayvil devait venir de Père et des éclaireurs qu'il avait éparpillés dans les Ombres. Mais ce fut ma sœur qui, apparaissant dans la bibliothèque, m'annonça simplement :

« Les forces de Swayvil sont en marche.

— Quoi ? Comment le sais-tu ?

— Par la grand-tante Eddarg. » Elle sourit. « Nous parlons des dîners du palais presque tous les jours. Apparemment, le roi a omis de la prévenir qu'il manquerait la moitié de la cour au repas d'hier soir, la plupart des gens étant partis en campagne.

— Et tu en as déduit que ses hommes étaient en route pour Ambre. » Je déposai un baiser sur son front. « Magnifique ! »

Elle sourit. « Dis-le à Père et à Conner.

— Et Swayvil ? Doit-il les rejoindre ?

— Non. La tradition veut qu'il demeure aux Cours du Chaos, pendant que ses généraux livrent bataille. Et... Aber a quitté le palais, lui aussi.

— Pourquoi ? » Voilà qui n'était guère dans ses habitudes de quitter la douceur d'un palais pour une expédition militaire.

« Grand-tante Eddarg l'ignore. Notre frère n'est pas un guerrier ; il ne prendrait pas part aux combats. Je redoute autre chose... un stratagème qui t'éloignerait du champ de bataille...

— Je vais l'avoir à l'œil. »

Grâce aux éclaireurs, et à la parfaite connaissance des Ombres et du Schéma de mon père, nous parvînmes à localiser l'armée du Chaos, au cours de son déplacement dans les Ombres. Nos cavaliers lui emboîtèrent le pas discrètement, utilisant les atouts pour aller et venir sans se faire voir. Les hommes de Swayvil ne se rendent même pas compte qu'ils sont observés, pensai-je. Père et moi nous assurâmes qu'aucune des erreurs que Locke et lui-même avaient commises à Juniper ne se produirait ici. Nous avions tous bien retenu la leçon.

Dissimulé dans des montagnes voisines, j'espionnai une bonne demi-douzaine de fois les forces du Chaos qui empruntaient une route sombre créée par leurs sorciers. Père et Conner — et même Freda, à une occasion — se joignirent à moi.

Freda apporta un grand panier de pique-nique préparé par sa grand-tante Eddarg. L'ironie de la chose n'échappa à personne. Évitant de regarder la nourriture de trop près, ou de demander de quoi étaient composés les sandwichs, j'en mangeai six, à moi tout seul. Ils avaient plutôt bon goût, si l'on ne tenait pas compte de leur côté croquant ni de leurs cris perçants.

En contrebas, des colonnes de soldats — rendues si minuscules par la distance que je ne pouvais déterminer s'il s'agissait de créatures de l'enfer, d'hommes ou d'autres choses complètement différentes — longeaient cette route en rangs de vingt.

« Est-ce Aber ? lançai-je, en me penchant brusquement en avant, les yeux plissés.

— Où ça ? demanda Freda qui se redressa pour mieux voir.

— Juste là, devant ! » Je pointai le doigt vers un chariot ouvert, tiré par un équipage de huit lézards à la démarche nonchalante. Quelqu'un était assis à l'arrière, sur une pile de coussins dorés. Une telle décadence sur le chemin de la guerre — qui pourrait se conduire ainsi, sinon notre frère ?

« Non... » Père se servait d'une longue-vue. « Je crois qu'il s'agit du général Droth. Il doit diriger cette campagne.

— Un général... installé sur des coussins pour faire la guerre ? » demandai-je avec incrédulité.

Père me tendit sa longue-vue. J'y collai mon œil. De près, je me rendis compte qu'il ne s'agissait pas de notre frère, mais d'un homme plus âgé, doté de cornes et d'une longue queue rouge.

« Pourquoi ne pas voyager confortablement ? railla Conner. Peut-être devrais-je aller chercher des coussins pour nous aussi, en prévision de cette bataille !

— J'aimerais bien en avoir un, en ce moment,

dit Freda. Je n'ai pas l'habitude de m'asseoir à même le sol pour manger.

— Cela vaut-il la peine de tuer le général Droth ? » m'enquis-je. J'essayai d'estimer la distance qui nous séparait. Environ un kilomètre... impossible de le toucher avec une flèche. Mais, peut-être qu'en utilisant le Schéma...

« Patience, mon garçon. » Notre père gloussa. « Notre armée n'est plus très loin, à présent.

— En outre, cela leur indiquerait que nous savons qu'ils sont en chemin, renchérit Conner. Nous avons un plan, ne l'oublie pas.

— Nous devrions rentrer et préparer une embuscade, suggérai-je en me levant.

— Allez-y, proposa Freda. Je vais tout ranger avant de rentrer. Bonne chance à vous tous.

— Merci, lui répondis-je. Ce soir, nous célébrerons la victoire. »

Père sortit un atout qu'il avait peint la semaine précédente. Il représentait une vallée verte et luxuriante dans une Ombre proche entourée de collines où étaient postés des milliers d'archers. Tous les soldats de Swayvil qui parviendraient à s'en échapper se heurteraient à la cavalerie, à l'infanterie et aux « forces spéciales » de Conner qui les attendaient à la sortie du goulot.

Si tout se passait comme prévu, ce serait une débâcle cuisante pour le général Droth et ses hommes.

Une heure plus tard, je franchis les lignes de la cavalerie pour passer les troupes en revue. Le général Aslom et ses fils, dans leurs chars de guerre dorés, conduiraient la brigade de Ceyoldar. Ils étaient splendides dans leurs armures astiquées avec le plus grand soin. Puis venaient les Mongs, petits hommes maigres et nerveux, à la peau sombre, chevauchant de solides poneys fous furieux. Ils portaient des armures en cuir rigide et des casques leur recouvraient entièrement le visage. Derrière eux, des forces dénichées par Père et moi dans des Ombres proches : Tir-Na-Gath, Mulvia, Jarvoon, Zelloque et bien d'autres encore.

Quand je les dépassai, ces dernières se redressèrent sur leurs étriers et m'acclamèrent, brandissant épées et lances.

« Gardez les bannières bien hautes ! criai-je. Nous allons les balayer ! »

Mon étalon s'agita, cherchant à avancer, mais je l'en empêchai. Il était aussi désireux que moi de prendre part au combat.

Je sentis les prémices d'un contact par l'intermédiaire d'un atout... Conner.

« Les premiers soldats ennemis entrent dans la vallée, souffla-t-il. Prépare-toi, mon frère. Ne quitte pas des yeux cette route sombre ! »

Le spikard que je portais au doigt se resserra brièvement — ce n'était pas une mise en garde, me dis-je, mais plutôt un signe de connivence.

Je levai la main pour intimer le silence. Devant moi, nos dizaines de milliers d'hommes se turent. Le vent soufflait au ras du sol. De temps à autre, un cheval s'ébrouait ou hennissait ; les roues d'un char de guerre grinçaient au gré des mouvements de son occupant.

Soudain, là-bas, à peine visibles au sommet d'une colline, les volées de flèches de mon armée se mirent à pleuvoir. Un nuage de poussière s'éleva. Du lointain nous parvinrent des grondements sourds... les martèlements de pieds de centaines de milliers de soldats tentant de fuir le piège dans lequel ils étaient tombés... les râles des agonisants et des blessés... les cris de guerre de ceux qui tiraient leurs armes pour se battre.

« Attendez... attendez... » murmurai-je.

Je fis tourner ma monture, face aux collines. Nous tiendrions notre position tant que les archers n'auraient pas accompli leur tâche ou que les hommes de Swayvil n'auraient pas franchi le sommet — l'ordre importait peu.

Une première, une deuxième, puis une troisième créature de l'enfer, en armure noire, apparurent sur la route devant nous. Elles s'arrêtèrent net en voyant les rangées de cavaliers et de chars qui les attendaient à cent mètres à peine. D'autres créatures de l'enfer, fuyant la vallée, les rejoignirent et les poussèrent en avant.

« Maintenant ! » hurlai-je, éperonnant mon cheval et lâchant la bride.

Tel un démon, ses sabots pilonnant le sol, il se mit à leur poursuite. Derrière moi retentit le bruit de tonnerre de la cavalerie qui chargeait.

Hurlant de terreur, les créatures de l'enfer tentèrent de se réfugier sur leur longue route noire. Mais il était trop tard. Impossible pour elles de se mettre en sécurité désormais. Aucune n'échapperait à ma colère.

Une terrible soif de sang s'empara de moi. L'anneau, à mon doigt, se mit à brûler ma peau. Le sang battit à mes oreilles. Je chevauchai au milieu des créatures de l'enfer, faisant tournoyer mon épée comme une faux. Des têtes roulèrent. Des corps tombèrent. Mon cheval se cabra et donna des ruades ; il écrasait des crânes, puis baissait la tête pour mordre les chairs à belles dents.

Ensemble, nous ravageâmes les rangs bien ordonnés des créatures de l'enfer. Celles qui tentaient de s'enfuir en courant étaient piétinées ou abattues de dos. Celles qui faisaient front et combattaient étaient massacrées, hachées, démembrées ou étêtées — souvent, le tout à la fois.

Nous luttions toujours. Mon cheval s'agenouilla ; je sautai par terre en poussant un cri de guerre sauvage et talonnai un groupe de créatures. Leurs yeux rouge brillant ne reflétaient que de la terreur, à la vue du monstre couvert de sang que j'étais devenu. Tandis qu'elles s'éloignaient en trébuchant, j'éclatai de rire et, avec un rugissement, je fouettai l'air de mon épée, tant et si bien que leurs corps tronçonnés jonchèrent l'herbe rouge.

Enfin, haletant, je m'accordai une pause ; j'étais en sueur et couvert de sang. Autour de moi, l'intensité des combats diminuait. Dans un rayon de quinze mètres, plus aucune créature de l'enfer n'était debout. Des hommes... *mes* hommes se déplaçaient au milieu des cadavres, observant les corps qui m'entouraient, vérifiant que rien d'insolite ou d'inhabituel ne se produisait.

J'aperçus alors, sur la colline la plus proche, une silhouette à couvert sous des arbres. Je ne distinguais pas ses traits, mais j'avais l'impression que son regard était dirigé vers moi. Un frisson me parcourut. Swayvil ?

Puis l'ombre leva un bras... et l'agita. *Aber.*

Prenant une profonde inspiration et constatant les efforts opérés par mes hommes pour nettoyer le terrain, je décidai qu'ils n'avaient aucun besoin de moi à ce moment précis. J'avais une tâche personnelle à accomplir.

Je fis un signe, à mon tour. Autant endormir sa méfiance, songeai-je. Laissons-le s'imaginer que je lui ai pardonné...

J'arrachai un lambeau de manteau d'une créature de l'enfer et l'utilisai pour essuyer mon visage et ma lame, puis marchai avec calme vers l'endroit où se tenait mon frère. Je conservai une expression résolument neutre... n'affichant ni la haine, ni la colère, ni le désir de vengeance qui me brûlaient intérieurement.

Comme je m'approchais, il dut sentir mes intentions, car il se détourna brusquement et disparut sous les arbres, en prenant ses jambes à son cou. Je le suivis en courant entre les grands chênes ; je l'apercevais de temps à autre.

« Ne fuis pas ! lui criai-je. Aber ! Ne complique pas les choses !

— Alors, promets-moi de ne pas me faire de mal ! répliqua-t-il.

— Me prendrais-tu pour un idiot ?

— Oui. » Et il partit d'un grand éclat de rire. « Mais ne te vexe pas. Je suis le plus intelligent de la famille. Même Père ne s'en rend pas compte.

— Attends-moi ! »

Nous atteignîmes une petite clairière où il se campa bras croisés, un petit sourire aux lèvres.

Je m'arrêtai. « J'en ai plus qu'assez de ces jeux idiots ! » Je levai mon épée. Pour faire plaisir à Freda, je lui accorderais une mort aussi douce et rapide que possible. « Pourquoi es-tu venu ? Que croyais-tu qu'il allait se produire ? »

Il soupira et secoua la tête. « Regarde derrière toi.

— Si j'obéis, tu en profiteras pour disparaître.

— Si tu ne le fais pas, tu es mort. » Il haussa les épaules. « C'est le dernier avertissement que je donne à mon frère préféré. »

Pris soudain d'un étrange pressentiment, je jetai un coup d'œil par-dessus mon épaule.

Et souhaitai aussitôt ne pas l'avoir fait.

34

Je me vis debout, là. Ou plutôt, je vis mon double. Même visage, mêmes cheveux, même carrure, même longueur de jambes — j'avais l'impression de voir mon reflet dans un miroir. Son épée aussi était pareille à la mienne.

Il devait s'agir de l'homme qui avait kidnappé Fenn, en Ambre. Nous avions tous cru que Suhuy l'y avait envoyé. Apparemment, Swayvil... ou Aber l'avait fait.

« Qui es-tu ? lui demandai-je.

— Je suis Oberon », répondit-il.

Je grognai : « Je ne pense pas, non.

— Je suis et *resterai* le roi légitime d'Ambre, gronda-t-il. Tu as volé ma place. Je vais la reprendre.

— Tu me ressembles peut-être, mais tu n'es pas *moi.* »

Il leva son épée. « Si. Et je le *resterai.*

— Incroyable », dit Aber. Ses yeux ne cessaient de faire la navette avec étonnement entre mon double et moi. « Vous *êtes* vraiment identiques. J'ai du mal à le croire.

— La seule différence, c'est que je *suis* réel, rétorquai-je. Et, une fois que j'aurai tué ta créature — peu importe ce qu'elle est —, ce sera ton tour.

— Je ne le crois pas, affirma-t-il.

— Je suis bien réel, intervint le faux Oberon. Regarde-moi ! Je suis semblable à toi en tous points... »

Et, comme j'aurais pu le faire, il bondit sans prévenir, m'assénant une série d'attaques d'une force prodigieuse. Je parai les premières, faisant cliqueter nos lames, puis le repoussai et ripostai. Nos épées chantèrent et dansèrent de nouveau, acier contre acier, devenant presque indiscernables tant nos coups étaient rapides. Nous essayions de toutes nos forces de nous refouler mutuellement. Ses muscles se nouaient, à l'instar des miens. Son cou se tendait. Son visage rougissait et des veines palpitaient à ses tempes.

Nous reculâmes tous deux au même moment, l'épée levée et le souffle court. Il avait l'air aussi hors d'haleine que moi.

Nous nous mîmes à décrire des cercles avec lenteur, brandissant nos armes et tâtant le terrain. Même si je refusais de l'admettre, nous étions de force égale.

« Je crois que le Schéma a façonné un double de toi », lâcha Aber avec nonchalance. Je lui jetai un bref regard. Assis sous un chêne, jambes croisées, il se reposait. À son air détaché, on aurait pu croire qu'il participait à un pique-nique.

« Explique-toi ! lançai-je.

— Je ne suis pas certain de pouvoir le faire. » Il joignit les mains derrière sa nuque. « Mais je pense que, d'une certaine façon, vous êtes tous les deux Oberon. »

Je me remis alors brusquement en mouvement, allongeant des bottes, me fendant en avant, taillant. Mon double recula devant moi. Alors que je n'aurais eu aucune peine à contrer de telles attaques, lui paraissait avoir des difficultés. Serait-ce là un avantage pour moi ? Ne possédait-il pas ma résistance ?

Pantelants, nous reculâmes en nous lançant des regards noirs.

« Oberon... » reprit Aber « ... veux-tu savoir où je l'ai trouvé ?

— Oui !

— Alors, je vais te le dire. C'est amusant, tu verras. » Il s'éclaircit la gorge. « Je suis revenu au Schéma quand Père le dessinait. Tu croyais que j'ignorais sa cachette, c'était un tort. J'ai vu Père commencer son esquisse et j'en ai fait un atout afin d'y retourner. Il a fonctionné. À mon arrivée, Père terminait son œuvre. Il m'a alors attaqué — je ne sais pas pourquoi, vu que je ne lui avais jamais rien fait. Il a agi sans prévenir — il a simplement tiré son épée et s'en est servi contre moi. »

Je hochai la tête. « Il s'est comporté de la même façon avec moi. Mais je me suis défendu. Il avait perdu l'esprit.

— Oui. Je ne m'en suis pas rendu compte sur le moment. » Aber s'interrompit. « Attention ! »

Mon double m'assaillit de nouveau. Son épée

tournoya. Je parai en l'obligeant à reculer avec une attaque de mon cru, faisant pleuvoir les coups sur lui.

Aber poursuivit : « J'ai fait le vœu d'être ailleurs — n'importe où — et le Schéma m'a renvoyé au-dehors. J'ai rampé sous des buissons, persuadé que j'allais mourir. Comme si tout cela avait été trop pénible pour lui, Père s'est effondré. Je suis resté là, trop faible pour bouger, à attendre les yeux grands ouverts. C'est alors que tu es apparu. Après avoir traversé le Schéma, tu as réveillé Père, puis tu l'as assommé ; ensuite, tu l'as pris dans tes bras et vous avez tous deux disparu. »

Essoufflés, mon double et moi nous écartâmes de nouveau, en nous foudroyant du regard. Je n'avais jamais affronté un homme qui me ressemblait autant. Il anticipait tous mes gestes, et je faisais de même. Aucun de nous ne semblait pouvoir découvrir une faille chez l'autre.

« Continue », dis-je à Aber.

Il sourit. « Quelques secondes après votre départ, le Schéma s'est mis à scintiller. C'est alors qu'il est apparu. Un autre *toi*. Seulement, lui aussi avait perdu la tête, exactement comme Père. Il ne se souvenait de rien — ni de ta trahison envers le roi Uthor, ni de ton habileté à convaincre Père de te dessiner un nouveau Schéma, ni même de tes plans pour devenir le souverain de toutes les Ombres.

— Drôle de façon de présenter les choses ! »

Il haussa les épaules. « La vérité se lit dans les yeux des témoins. Quoi qu'il en soit, je l'ai emmené au Chaos avec moi ; je l'y ai caché et soigné. Cependant, il différait de toi. Découvrant qu'il valait mieux suivre le roi Swayvil, il a tenté de me tuer. Voilà pourquoi, mon cher, je me suis tourné vers mon *autre* frère chéri.

— Tu veux qu'il me tue pour prendre ma place.

— C'est exact.

— Ainsi vous pourrez tous deux régner sur les Ombres... avec l'autorisation du roi Swayvil ! »

Il gloussa. « Quelque chose dans ce goût-là, oui. Tu es plus intelligent que tu n'en as l'air. »

J'opérai une double feinte — un des tours de mon père — et ma lame glissa sous la garde de mon double. Pesant de tout mon poids sur mon pied droit, je me fendis en avant et lui entaillai le bras jusqu'à l'os.

Il me donna un coup au visage de son poing gauche. Je reculai, étourdi pendant un quart de seconde. Il se contenta de cette simple riposte.

Je le fixai droit dans les yeux. Il garda le silence, mais je me rendis compte qu'il souffrait. Il perdait son sang en abondance. J'avais dû toucher une artère. Son visage devenait livide.

« Rends-toi, proposai-je.

— Je ne peux pas, répondit-il.

— Pourquoi ? À cause de lui ? » J'indiquai Aber d'un mouvement de tête.

« Non. Parce qu'il ne peut rester qu'un seul de nous deux. »

Il fit passer son épée dans sa main gauche. L'entaille de son bras se referma sous mes yeux. Nous partagions un autre talent — il pouvait changer de forme, tout comme moi. Et il avait utilisé cet artifice pour guérir sa blessure et stopper l'hémorragie.

J'aurais agi de même.

Malheureusement il avait dû, pour ce faire, se concentrer et mobiliser toutes ses forces. Comme tout ce que nous partagions était semblable, cela me procura une ouverture.

Ma bague se resserra soudain pour me mettre en garde. Je plongeai de côté, au moment même où une flèche siffla à mes oreilles.

Le coupable ne pouvait être qu'Aber. Et, évidemment, il m'avait tiré dans le dos.

Bien plus rapide que je ne l'avais jamais été, je pivotai sur moi-même et lançai mon épée. Elle s'enfonça dans son épaule droite, le clouant au tronc de l'arbre. Il poussa un cri déchirant.

Ce geste me laissait, malheureusement, désarmé.

Souriant malgré sa douleur, mon double marcha vers moi, l'épée brandie. Je m'empressai de sortir un couteau et reculai.

« Agenouille-toi, me dit-il. Lève la tête. Je serai rapide — un simple coup suffira. Tu t'es bien battu. Tu le mérites.

— Regarde derrière toi, lui intimai-je, en fixant un point derrière son épaule. Tu n'as pas encore gagné. »

Il eut un moment d'hésitation. Il n'y avait personne derrière lui, bien sûr ; mais il s'était lui-même trouvé dans mon dos, quand Aber m'avait dit la même chose. Pouvait-il courir le risque ?

Persuadé de m'avoir à sa merci, il lui suffisait

d'une seconde pour vérifier mes dires. Dès qu'il tourna la tête, je lançai mon couteau. Il l'écarta de son épée. À ce moment-là, avec sa lame en l'air, il n'était plus en position de se défendre ; j'en profitai pour m'approcher. Si près que même une épée ne lui aurait été d'aucune utilité.

Je l'obligeai à reculer avec mes seuls poings. Il tomba et, dans sa chute, perdit son casque. Je me jetai sur lui, le cognant au visage de toutes mes forces à plusieurs reprises. Il ne poussa pas un cri. Il battit l'air de ses bras pendant une minute, tandis que je m'acharnais sur lui. Je m'interrompis quand son crâne éclaté égratigna mes articulations.

Le souffle court, je me remis debout, chancelant. Je me sentis soudain épuisé, comme si je m'étais battu pendant des heures. Je me retournai lentement.

Aber avait réussi à dégager mon épée du tronc. Mais, malgré tous ses efforts, il était incapable de la tenir correctement, comme si ses doigts refusaient de se contracter sur la poignée.

Dans cette posture, avec son air renfrogné et ce sang qui dégoulinait de son épaule déchirée, il me parut pitoyable. Il n'avait jamais comblé les espérances de notre père. Il avait assassiné le roi Uthor. Et je savais désormais qu'il m'avait, par deux fois, envoyé des meurtriers.

Malgré tout cela, j'éprouvais encore de l'affection à son égard. Il ne s'agissait pas d'envoûtement. Je l'aimais, tout simplement — ce qui rendait encore plus difficile la tâche de le tuer.

Il tomba à genoux, me gratifiant de son habituel

sourire de guingois. « Je suppose qu'il est trop tard pour des explications !

— Oui. » Je ramassai l'épée de mon double.

« Je pourrais encore t'être utile. Tu as besoin de moi, Oberon.

— Qu'est-il arrivé à Fenn ?

— L'autre Oberon s'est montré... un peu trop brutal, lors des interrogatoires. Il n'a pas cru à cette histoire de poison lent que Fenn racontait.

— Alors, il est mort ?

— Oui. Tu vois, je peux t'être utile. Tu *as besoin* de moi.

— Et Isadora ? Leona ? Davin ?

— Je ne sais pas. Mais je pourrais le découvrir. Si quelqu'un en est capable, c'est bien moi.

— Tu as raison, dis-je avec lenteur. J'ai besoin de toi. »

Il poussa un soupir de soulagement. « Bon.

— Malheureusement, j'ai également besoin de rester en vie encore un bon moment. »

D'un simple coup d'épée bien net, je tranchai la tête de mon frère. Son corps s'agita quelques instants avant de s'immobiliser. Sa tête roula, puis s'arrêta à mes pieds. Ses paupières clignèrent ; ses yeux devinrent vitreux.

Je m'effondrai sous le chêne et fondis en larmes. De toute ma famille, il était celui que j'avais le plus aimé. Il me manquerait. Non pas Aber le traître, mais Aber le frère qui s'était lié d'amitié avec moi à Juniper. Celui qui m'avait donné l'impression de faire partie de la famille. Celui à qui j'avais fait confiance et en qui j'avais cru... même si c'était à cause d'un sortilège.

Je finis par en faire mon deuil et l'enterrai dans une Ombre sans nom, dans une tombe anonyme, aux côtés de mon double. Avec un peu de chance, tous deux trouveraient le repos.

Je me relevai et, ayant recouvré des forces nouvelles, me décidai à aller voir ce qu'il était advenu de mon père, de mon frère Conner et de toutes les Ombres sur lesquelles j'étais censé régner.

DU MÊME AUTEUR

Aux éditions Gallimard

LES NEUF PRINCES DU CHAOS (Folio Science-Fiction n° 176)

AMBRE ET CHAOS (Folio Science-Fiction n° 214)

Dans la même collection

116. Ellen Kushner — *Thomas le rimeur*
117. Peter S. Beagle — *Le rhinocéros qui citait Nietzsche*
118. David Gemmell — *Le Prince Noir* (Le Lion de Macédoine, III)
119. David Gemmell — *L'Esprit du Chaos* (Le Lion de Macédoine, IV)
120. Isaac Asimov — *Les dieux eux-mêmes*
121. Alan Brennert — *L'échange*
122. Isaac Asimov — *Histoires mystérieuses*
123. Philip K. Dick — *L'œil de la Sibylle*
124. Douglas Adams — *Un cheval dans la salle de bain*
125. Douglas Adams — *Beau comme un aéroport*
126. Sylvie Denis — *Jardins virtuels*
127. Roger Zelazny — *Le Maître des Ombres*
128. Christopher Priest — *La fontaine pétrifiante*
129. Donald Kingsbury — *Parade nuptiale*
130. Philip Pullman — *Les royaumes du Nord* (À la croisée des mondes, I)
131. Terry Bisson — *Échecs et maths*
132. Andrew Weiner — *Envahisseurs !*
133. M. John Harrison — *La mécanique du Centaure*
134. Charles Harness — *L'anneau de Ritornel*
135. Edmond Hamilton — *Les Loups des étoiles*
136. Jack Vance — *Space Opera*
137. Mike Resnick — *Santiago*
138. Serge Brussolo — *La Planète des Ouragans*
139. Philip Pullman — *La Tour des Anges* (À la croisée des mondes, II)
140. Jack Vance — *Le jardin de Suldrun* (Le cycle de Lyonesse, I)
141. Orson Scott Card — *Le compagnon*
142. Tommaso Pincio — *Le Silence de l'Espace*

143.	Philip K. Dick	*Souvenir*
144.	Serge Brussolo	*Ce qui mordait le ciel*
145.	Jack Vance	*La perle verte*
146.	Philip Pullman	*Le Miroir d'Ambre*
147.	M. John Harrison	*La Cité Pastel* (Le cycle de Viriconium, I)
148.	Jack Vance	*Madouc*
149.	Johan Héliot	*La lune seul le sait*
150.	Midori Snyder	*Les Innamorati*
151.	R. C. Wilson	*Darwinia*
152.	C. Q. Yarbro	*Ariosto Furioso*
153.	M. John Harrison	*Le Signe des Locustes*
154.	Walter Tewis	*L'homme tombé du ciel*
155.	Roger Zelazny et Jane Lindskold	*Lord Démon*
156.	M. John Harrison	*Les Dieux incertains*
157.	Kim Stanley Robinson	*Les menhirs de glace*
158.	Harlan Ellison	*Dérapages*
159.	Isaac Asimov	*Moi, Asimov*
160.	Philip K. Dick	*Le voyage gelé*
161.	Federico Andahazi	*La Villa des mystères*
162.	Jean-Pierre Andrevon	*Le travail du Furet*
163.	Isaac Asimov	*Flûte, flûte et flûtes !*
164.	Philip K. Dick	*Paycheck*
165.	Cordwainer Smith	*Les Sondeurs vivent en vain* (Les Seigneurs de l'Instrumentalité, I)
166.	Cordwainer Smith	*La Planète Shayol* (Les Seigneurs de l'Instrumentalité, II)
167.	Cordwainer Smith	*Nostrilia* (Les Seigneurs de l'Instrumentalité, III)
168.	Cordwainer Smith	*Légendes et glossaire du futur* (Les Seigneurs de l'Instrumentalité, IV)

169.	Douglas Adams	*Fonds de tiroir*
170.	Poul Anderson	*Les croisés du Cosmos*
171.	Neil Gaiman	*Pas de panique !*
172.	S. P. Somtow	*Mallworld*
173.	Matt Ruff	*Un requin sous la lune*
174.	Michael Moorcock	*Une chaleur venue d'ailleurs* (Les Danseurs de la Fin des Temps, I)
175.	Thierry di Rollo	*La lumière des morts*
176.	John Gregory Betancourt	*Les Neuf Princes du Chaos*
177.	Donald Kingsbury	*Psychohistoire en péril*, I
178.	Donald Kingsbury	*Psychohistoire en péril*, II
179.	Michael Moorcock	*Les Terres creuses* (Les Danseurs de la Fin des Temps, II)
180.	Joe Haldeman	*Pontesprit*
181.	Michael Moorcock	*La fin de tous les chants* (Les Danseurs de la Fin des Temps, III)
182.	John Varley	*Le Canal Ophite*
183.	Serge Brussolo	*Mange-Monde*
184.	Michael Moorcock	*Légendes de la Fin des Temps* (Les Danseurs de la Fin des Temps, IV)
185.	Robert Holdstock	*La forêt des Mythagos*
186.	Robert Holdstock	*Lavondyss* (La forêt des Mythagos, II)
187.	Christopher Priest	*Les Extrêmes*
188.	Thomas Day	*L'Instinct de l'équarrisseur*
189.	Maurice G. Dantec	*Villa Vortex*
190.	Franck M. Robinson	*Le Pouvoir*
191.	Robert Holdstock	*Le Passe-broussaille* (La forêt des Mythagos, III)
192.	Robert Holdstock	*La Porte d'ivoire* (La forêt des Mythagos, IV)

193.	Stanislas Lem	*La Cybériade*
194.	Paul J. Mc Auley	*Les conjurés de Florence*
195.	Roger Zelazny	*Toi l'immortel*
196.	Isaac Asimov	*Au prix du papyrus*
197.	Philip K. Dick	*Immunité*
198.	Stephen R. Donaldson	*Le miroir de ses rêves* (L'appel de Mordant, I)
199.	Robert Charles Wilson	*Les fils du vent*
200.	Greg Bear	*La musique du sang*
201.	Dan Simmons	*Le chant de Kali*
202.	Thierry Di Rollo	*La profondeur des tombes*
203.	Stephen R. Donaldson	*Un cavalier passe* (L'appel de Mordant, II)
204.	Thomas Burnett Swann	*La trilogie du Minotaure*
205.	Jack Vance	*Croisades*
206.	Thomas Day	*L'homme qui voulait tuer l'Empereur*
207.	Robert Heinlein	*L'homme qui vendit la lune* (Histoire du futur, I)
208.	Robert Heinlein	*Les vertes collines de la Terre* (Histoire du futur, II)
209.	Robert Heinlein	*Révolte en 2100* (Histoire du futur, III)
210.	Robert Heinlein	*Les enfants de Mathusalem* (Histoire du futur, IV)
211.	Stephen R. Donaldson	*Le feu de ses passions* (L'appel de Mordant, III)
212.	Roger Zelazny	*L'enfant de nulle part*
213.	Philip K. Dick	*Un vaisseau fabuleux*
214.	John Gregory Betancourt	*Ambre et Chaos*
215.	Ugo Bellagamba	*La Cité du Soleil*
216.	Walter Tevis	*L'oiseau d'Amérique*
217.	Isaac Asimov	*Dangereuse Callisto*

218.	Ray Bradbury	*L'homme illustré*
219.	Douglas Adams	*Le Guide du voyageur galactique*
220.	Philip K. Dick	*Dans le jardin*
221.	Johan Héliot	*Faerie Hackers*
222.	Ian R. MacLeod	*Les Îles du Soleil*
223.	Robert Heinlein	*Marionnettes humaines*
224.	Bernard Simonay	*Phénix* (La trilogie de Phénix, I)
225.	Francis Berthelot	*Bibliothèque de l'Entre-Mondes*
226.	Christopher Priest	*Futur intérieur*
227.	Karl Schroeder	*Ventus*
228.	Jack Vance	*La Planète Géante*
229.	Jack Vance	*Les baladins de la Planète Géante*
230.	Michael Bishop	*Visages volés*
231.	James Blish	*Un cas de conscience*
232.	Serge Brussolo	*L'homme aux yeux de napalm*
233.	Arthur C. Clarke	*Les fontaines du Paradis*
234.	John Gregory Betancourt	*La naissance d'Ambre*

À paraître :

235.	Philippe Curval	*La forteresse de coton*
236.	Bernard Simonay	*Graal*
237.	Philip K. Dick	*Radio Libre Albemuth*

Composition IGS.
Impression Société Nouvelle Firmin-Didot
à Mesnil-sur-l'Estrée, le 1er décembre 2005.
Dépôt légal : décembre 2005.
Numéro d'imprimeur : 76601.

ISBN 2-07-030664-X/Imprimé en France.

134119